古典詩歌研究彙刊

第十七輯

龔鵬程　主編

第 **13** 冊

南都・南疆・南國——
南明 (1644-1662) 遺民詩中的「南方書寫」(下)

吳 翊 良 著

國家圖書館出版品預行編目資料

南都・南疆・南國——南明（1644-1662）遺民詩中的「南方書
寫」（下）／吳翊良 著——初版——新北市：花木蘭文化出版社，
2015〔民 104〕

目 4+222 面；17×24 公分
（古典詩歌研究彙刊 第十七輯；第 13 冊）
ISBN 978-986-404-081-0（精裝）
1. 明代詩 2. 詩評

820.91   103027253

ISBN-978-986-404-081-0

9 789864 040810

古典詩歌研究彙刊
第十七輯 第十三冊   ISBN：978-986-404-081-0

南都・南疆・南國
——南明（1644-1662）遺民詩中的「南方書寫」（下）

作 者 吳翊良
主 編 龔鵬程
總 編 輯 杜潔祥
副總編輯 楊嘉樂
編 輯 許郁翎
出 版 花木蘭文化出版社
社 長 高小娟
聯絡地址 235 新北市中和區中安街七二號十三樓
電話：02-2923-1455／傳真：02-2923-1452
網 址 http://www.huamulan.tw 信箱 hml810518@gmail.com
印 刷 普羅文化出版廣告事業
初 版 2015 年 3 月
定 價 第十七輯 14 冊（精裝）台幣 22,000 元

南都‧南疆‧南國——
南明（1644-1662）遺民詩中的「南方書寫」（下）

吳翊良　著

第四章　南明遺民詩中的疆域概念與地理詩學

　　在第二章中，我們針對南明遺民詩中之「何處是南方？」有初步劃分，在本章中則進一步探討南明遺民詩中對南方的疆域概念及其所延伸出的地理詩學。

　　第一節為「海之東，地之南：南方疆域的地理空間」，即在說明南方疆域的地理空間之範圍。首先「神州淪陷的無地與無天」，探討神州淪陷後，為求一塊乾淨地的南明遺民，將活動範圍從內陸擴展至海洋，此處將以江浙、閩海、日本三個區塊，作為討論「海之東」的主軸。接著，「不斷往南移動的南方疆域」，以屈大均之論述談「南之又南」的邊徼荒域，也就是闡釋「地之南」的絕域景觀與地理概念。

　　第二節為「行腳者的南方體驗與地理觀念」，以第一節為基礎，進一步討論南明遺民所經歷的南方疆域之地理景觀與空間意蘊，茲細分成江南水域、東南沿海、嶺南山系、西南荒江、海上孤島；此節凸顯出「南方疆域」殊異之類型乃至與各自政權相互聯繫，人／地之互動交流，所彼此映照相繫之緊密網絡。

　　第三節為「南方疆域的取捨辯證與認同模式——以張煌言、瞿式耜為核心的討論」，則回到南明遺民詩中的「疆域認同」，對他們而言，南方疆域雖乃復興河山，鼎定神州的「一塊地」，卻終是陌生的南荒，遺民詩中具體反映了對於南荒之獵奇、新異、探索、恐懼、焦

慮、憂鬱、絕望、拒斥的情緒話語，我們將藉由張煌言、瞿式耜所分別代表之東南沿海、西南邊域的地理疆域與空間體驗，探討其中所顯露出來的「認同」觀念，若相較學界慣常從「身分認同」、「政治認同」來論述遺民身分之二元對立，從「疆域認同」的角度切入，可以發現張煌言乃「無路可退的認同」，瞿式耜為「身心輵轇的認同」；兩人對南方的「認同」觀念，不像遺民／貳臣在身分上的判然二分，而是呈現出拉扯、輵轇、矛盾、徘徊、猶疑的動態歷程，這是一種無法概約簡化，必須重新回到時事脈絡，因應個人情境而做論述的「疆域認同」。

第四節為「國境之南的地理詩學」。有了上述「南方疆域」之地理空間的基礎，我們將根據其中之自然／人文地理學，提出此中所映現出的一套複雜多元之「地理詩學」。亦即「地之南，海之東」的南方異域乃是一個相較於北方的「異質空間」，遺民詩中如何透過此一「他者」建構了自我主體性；南方的「風土草木狀」之物種、語言、物候則呈現了殊異的南國景象；南明君主之播遷，誠如《小腆紀傳》所說：「從古乘輿奔播，未有若此之艱難者。」〔註1〕是以「移動的行在」，造成了會見天子、使者往還之人文／地理政治學；當時神州淪陷之「無地」說，遺民詩中即有「尺地」、「片地」、「閒地」、「縮地」、「偏地」、「乾淨地」、「無地」、「何地」之基型與意蘊；最後綜合上述之概念，嘗試提出南明遺民詩中跨越政權／地域／國境之光譜圖景，實為一國境之南的地理詩學。

第一節　海之東，地之南：南方疆域的地理空間

一、海之東：神州淪陷的「無地」與「無天」

錢曾（1629-1701）所寫的〈奉和紅豆詩十首〉其五云：

〔註1〕徐鼒《小腆紀傳》《臺灣文獻史料叢刊》第五輯（台北：臺灣大通書局，1987年），頁96。

　　南方花木竟如何？異卉奇葩浩刼過。錄記紅蕉餘北戶，日
南天地已無多。〔註2〕

此詩寫於 1661 年（永曆十五年，順治十八年），時吳三桂擒獲永曆帝，計明年（1662）押至雲南，且鄭成功已擬退守臺灣，南明至此氣數已盡，故云：「日南天地已無多」，於滇黔一綫，維繫正朔的永曆，在中國境內的南方勢力幾告崩解，神州淪陷之後成了「天地已無」的絕望境域，這也是錢謙益所說的：「有地祇因聞浪吼，無天那得見霜飛。」〔註3〕失去天地，楸枰算違，棋局殘敗，現實時勢終究無法挽回的沉痛、悲傷、憾恨，「海角崖山一線斜，從今也不屬中華。」〔註4〕「中國」二字再也不是「漢幟」的領土，象徵「中華」的民族，也被北方的「胡笳」之聲充斥與佔領。明清之際，「中國喪亂，天崩地裂，逆虜干常，率土腥穢」〔註5〕，神州陸沉，罹遭陽九之運，陵谷變遷促使南明遺民離開中原本土。目睹天崩地坼，神州漸漸沉沒，在錢謙益、錢曾之前的南明遺民，就已意識到中國境內即將來到的「無天無地」，而離開神州，前往「海之東」的航海之途。

　　那麼「海之東」在何處呢？本文確指東中國海，乃上鄰黃海、右接太平洋、下隔臺灣海峽，也就是長江入海的外圍海域，若以中國的疆界版圖爲中心來看，大抵可以涵蓋北方的日本，境內的江蘇、浙江，再往南則涵括閩海一帶。「海之東」在南明的歷史發展中具有重要的地理位置。底下將分從江浙、閩海、日本三個區塊作爲討論「海之東」的主軸。

〔註2〕謝正光箋校：《錢遵王詩集箋校》（臺北：中研院文哲所，2007 年），頁 317。

〔註3〕錢謙益〈後秋興之十二〉疊壬寅三月二十三日以後，大臨無時，嗷泣而作第三首，〔清〕錢謙益著，〔清〕錢曾箋注，錢仲聯標校：《錢牧齋全集》第七冊（上海：上海古籍出版社，2003 年），頁 66。

〔註4〕錢謙益〈後秋興之十三〉疊自壬寅七月至癸卯五月， 言繁興，鼠憂泣血，感慟而作，猶冀其言之或誣也第二首，《錢牧齋全集》第七冊，頁 73。

〔註5〕《朱舜水集》卷二，〈安南供役紀事〉（臺北：漢京文化，1984 年）卷二，頁 14。

以江、浙一帶來說，南明魯監國朱以海於 1646（順治三年）稱監國於紹興，六月江上兵敗，舟師本投黃斌卿，斌卿不納，後永勝伯鄭彩至舟山，奉王入閩；同年十月，王發舟山，十一月又次廈門，但在這年的十一月鄭芝龍降清，鄭成功奉唐王，而鄭彩尊奉魯王，於是 1648 年（順治五年）海上遂有二正朔，即隆武三年、監國三年，由此可見浙、閩之嫌隙；魯王抗清路線係往返浙海、閩海一帶，到了魯監國八年（1653）「王乃自削其號，疏謝監國號，漂泊島嶼」，一生不斷漂泊於閩海的南澳、金門，在康熙元年（1662）客卒金門〔註6〕。

以閩海一帶來說，隆武政權即位於閩北福州，當時武將鄭成功雄霸東海海域，後隆武滅，張煌言勸成功尊立魯王以存明後，鄭成功惟奉永曆年號終身〔註7〕。鄭氏軍事起義最為人熟知者，當屬 1657 年、1659 年兩次進攻南京，攻取南都的大規模行動，其言：「據長江，則江南半壁皆吾囊中矣。」〔註8〕此次的進軍更使長江南北大震，一時復明有望，惜乎鄭氏輕敵，棋敗殘局，黯然退守臺灣。鄭成功與閩海的政貿發展與軍事活動在當時的東亞秩序中具有重要的意義，「海之東」的閩南、廈門、金門、臺灣等南方區域更是界定南明文學的地理空間。以上從南明歷史背景，就浙江魯監國、福建隆武二政權分述其位於海之東的地理範圍。

接著，再以南明遺民詩作檢證，更可以看出「海之東」實乃復明活動的重要舞台，茲舉張煌言為例，其詩歌中記載喋血江海，棲山蹈海的艱辛身世，詩云：

> 每擁麾幢欲淚潸，萍踪無奈又三山！才非命世空沈族，事尚因人亦強顏。猿鶴秋深悲別岫，魚龍夜舞泣間關。途窮未盡行藏計，華髮年來已半斑。（〈舟次三山〉，頁123）

從頸聯出句中的「秋深」來看，此詩寫於 1656 年（永曆十年，順治

〔註6〕〔清〕翁洲老民：《海東逸史》，頁 1-15。
〔註7〕可參邵廷采：《東南紀事》，〈鄭成功傳〉，頁 133-144。
〔註8〕邵廷采：《東南紀事》，〈鄭成功傳〉，頁 140。

十三年）秋天，是年八月清軍已先破舟山，張煌言遂於是年多天入閩之秦川〔註9〕。故此，可以推測當年秋天，詩人旅次長江下游的京口，京口素爲江南屏障，三山則爲北固山、金山、焦山，手揮漢家旗麾原應有一番作爲卻無力可回天，身世如寄飄忽不定；荒嶺中的猿鶴與孤海中的魚龍之悲鳴泣泫，正與落寞寡歡的詩人境遇兩相呼應；末聯則指出軍國兵戎之大事乃張煌言終生不渝之職志，己身雖屢受挫折卻仍「途窮未盡」，計策未來的行動與軍事攻伐〔註10〕，但赫見已半斑白的髮絲之際，這般豪情壯志終究也抵擋不住歲月的淘洗與淬煉。此詩除了可以想見當時情事，更點出了1656年（永曆十年，順治十三年）張煌言的軍事行動之路線，先在浙江天台、秋天旅次江蘇京口、多天則退守閩地，到了1658年（永曆十二年，順治十五年）又抵達浙江舟山；大抵而言，從浙江、江蘇、閩海再回到浙江，此正是「海之東」的空間疆界，也是南明政權主要的活動範圍。

　　最後，「海之東」尚包括日本。如東渡日本的隱元禪師（1592-1673）所創立之黃檗宗，在中日文化交流中扮演著重要的角色。朱舜水（1600-1682）的流亡生涯中，有歷安南、渡扶桑的異域

〔註9〕　繫年可見，《張蒼水詩文集》，頁274。此外，隔年元旦即丁酉年（1657）張煌言寫有退守閩地秦川之詩，云：「閩國旌旗越國船，春風奕倖到江天！未能捧日眞虛歲，且復占雲似往年。辛苦椒盤一紀後，衰冷菱鏡二毛先。夜來見說涎頭暗，拂拭吳鉤競祖鞭。」首聯清楚點出張煌言從浙江撤退來到福建的時空背景，然閩地此時乃鄭成功勢力範圍，張煌言素奉魯王監國，二人各擁其主，此處非張煌言的舞台，故言「未能捧日」，但歷嘗艱辛的詩人以祖逖自喻，期許自己能先著「祖鞭」獲得勝利，不讓「枕戈待旦」的劉琨專美於前，或有以劉琨暗指鄭氏之喻。

〔註10〕　如順治十五年（1658）公在浙江，〈舟山感舊四首〉之一，云：「孤雲兩角委漁磯，極目滄桑事已非。隔浦青燐相掩映，傍溪紅雨自霏微。檣烏轉逐危舟宿，社燕空尋舊壘飛。獨有采芝人尚在，天荒地老不知歸。」（頁125）同樣記載了詩人漂泊的戎馬生涯，更以采芝的遺民身份自況，惟復明運動尚未克捷，情勢尚未明朗，只能繼續以滿腔的熱血忠忱，遊走於無盡的天荒與地老，不知歸期。此詩可與〈舟次三山〉意境，相互參照。

體驗，此二者均與南明政權有緊密的關係，考察朱舜水在安南乃 1652
年（永曆六年，順治九年），前一年兵敗舟山，因不願受清虜之戕，
故擬暫留日本長崎，惟當時日人鎖國正嚴，不許逗留，朱舜水遂往
安南，居安南期間曾往返日本、安南兩地，於 1657 年（永曆十一年，
順治十四年）二月遭安南供役之難，與死爲鄰五十餘日，隔年（1658）
夏天至日本，後赴國姓之召，在十月十九日由日本直接入閩歸廈門，
拜謁鄭成功，謀明年北伐之舉〔註11〕。鄭氏水師於 1659 年（永曆十
三年，順治十六年）圍攻南都之情勢，朱舜水對茲役的功過有所評
價，云：

> 有人焉，果能以仁義之師，過之枕席之上，而又雷屬風行，
> 譬則鼓洪爐以燎毛，決衝波而漂炭，咄嗟而辦耳。然而萬
> 有一慮者，即以己亥之秋故也。攻城不能拔，而去之如散
> 屍，使天下戴香盆供饋餉之父老，人受毒痛；海上之師，
> 恐不復取信於天下矣。……前日南都之敗，乃閩師之自潰，
> 非虜能勝之，何得藉爲口實也。〔註12〕

將未能攻克南都的過愆直指鄭成功的輕敵與誤判局勢，可見朱舜水
對當時兵敗軍潰的頹勢，痛心疾首，其興復明室之專篤與強毅，亦可
見一斑。朱舜水流寓於安南、日本，仍與南明魯王監國、鄭成功所遵
奉的永曆正朔，暗通往來，不曾間歇。就此而言，朱舜水的流亡行
旅，從「地之南」（安南）到「海之東」（日本）的地理疆域，在「神
州淪陷的無地與無天」的絕望境域中，離開黃土的中原陸地，前往
「海之東」的藍色海洋〔註13〕，不但是漂泊異域的時代見證者，同時

〔註11〕《朱舜水集・年譜》，頁 664。
〔註12〕《朱舜水集・年譜》，頁 680。
〔註13〕廖美玉師：〈蹈海與立國──《全臺詩》所建構的東亞海洋詩學〉一
　　　　文中，跳脫中原核心觀點，直接站在「海外」的位置重新建構海洋
　　　　詩學，並提及「海外」與「威加海內」的中原霸主形成兩個世界，
　　　　對本章第二節「行腳者的南方體驗與地理觀念」中「東南沿海」一
　　　　節，所欲論述之南明抗清志士、英雄、豪傑的身分來說，有相當大
　　　　的啓發。詳參氏著，《第五回東方詩話學會國際學術大會──東方詩
　　　　學傳統與文化特性之現代性變容論文集》（韓國：韓國外國語大學

也是南明遺民跨越疆界／國境的代表。

二、地之南：不斷往南移動的南方疆域

　　本文此處之「地之南」，大抵乃今日中國行政區域之「江南」，往下延展至「閩南」、「嶺南」、「滇南」、「桂黔」乃至境外之「越南」。當時如永曆帝竄逃入滇緬邊境，正在國境內／外，屬於天之極南，如圖所示＊：

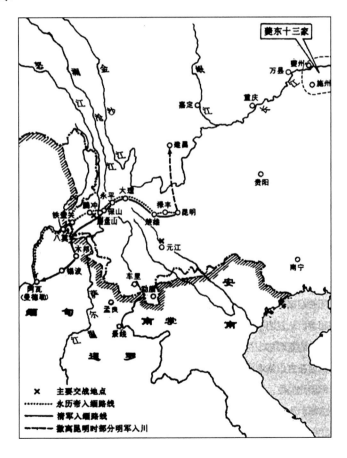

校，2007 年 7 月 3-6 日），頁 125-140。有相當大的啟發。可參見本章第二節「行腳者的南方體驗與地理觀念」中「東南沿海」一節。
＊ 永曆帝入緬及敗亡圖。引自顧誠：《南明史》，頁 698。

－177－

就南明遺民詩中來說，其南方疆界的地理觀念，是一個不斷往南移
動，未知而陌生的地理向度，如屈大均《廣東新語》曾述：

地至廣南而盡，盡者，盡之於海也。然瓊在海中三千餘里，
號稱大洲，又曰南溟奇甸。……皆廣南之餘地在海中者也。
則地亦不盡於海矣，地不盡於海，凡海中之山，若大若小，
其根蒂或與地連或否，是皆地矣。雖天氣自北而南，於此
而終。然地氣自南而北，於此而始。始於南，復始於極南，
愈窮而愈發育，故其人才之美有不生，生則必爲天下之文
明。蓋其位在離，離中虛，故廣南之地多虛，極南之地在
海中尤虛，虛而生明，故其人足文而多智，學得聖人之精
華。辭有聖人之典則，以無忝乎海濱鄒魯。蓋自秦、漢以
前爲蠻裔，自唐、宋以後爲神州，雖一撮之多，非洲非島，
在煙水渺瀰蛟鼉出沒之間，亦往往有衣冠禮樂存焉。地之
盡於海者，與諸夏而俱窮；其不盡於海者，不與諸夏而俱
窮。南而又南，吾不知其所底矣。〔註14〕

總結這段話有幾項重點。第一，「廣南」乃是地的盡頭，南下則是無
盡的大海，大海之中本無存在陸地之概念，然海中之地（如瓊州）超
拔而出，變成了海中之地嶼，此乃廣南餘地在海中的延伸，故此，「地
不盡於海」說明了陸地不結束於廣南，同時也往大海蔓延，這些海中
之島嶼、沙洲之根柢，正與陸地之底脈，彼此相通接連。可見，廣南
是陸地的盡頭，但又是海上新的陸島之初始；第二，由廣南再往下即
爲大海，但此處並無氣候上的寒暖變化，故云：「於此而終」，惟海上
之陸卻是「地氣」之所出，「地氣」由此（南）開始而北嚮，即所
謂：「始於極南」；第三，極南的窮盡之地，本應荒陬渺茫充滿未知，
但屈大均卻認爲極南方之地「愈窮而愈發育」，更具有普天之下共有
的文明，以此帶出「離中虛」的地理語境。「離」，乃六十四掛中第卅
卦。離者爲「火」，「象日象火」〔註15〕。《說卦》曰：「帝出乎震，齊

〔註14〕屈大均：《廣東新語》（北京：中華出版，1985 年），頁 29-30。
〔註15〕黃壽祺，張善文撰：《周易譯註》（上海：上海古籍出版社，1990
　　　年），〈離卦第三十〉，《釋文》：「離，麗也；麗，著也，八純卦，象

乎巽，相見乎離，致役乎坤，說言乎兌，戰乎乾，勞乎坎，成言乎艮。」「震」，象徵東方和春分；「巽」，象徵東南和立夏；「離」，象徵南方和夏至；「坤」，象徵西南和立秋；「兌」，象徵西方和秋分；「乾」，象徵西北和立冬；「坎」，象徵北方和冬至；「艮」，象徵東北和立春〔註16〕。〈說卦傳〉並接著說：

　　離也者，明也，萬物皆相見，南方之卦也。〔註17〕

據此，可知「離」的空間方位是「南方」的象徵。故文中的「離中虛」，以「離」象徵著南方的廣南，其本體爲「虛」，是元一、乃初始、爲根柢，由虛而實而生明，足證其含蘊能量，承覆天地宇宙之功能；第四，說明廣南／極南之地（此指海上洲島）在漢爲「蠻裔」，唐宋以後爲「神州」的變遷演化，其關鍵在於「衣冠禮樂存」，也就是聖賢經教與禮儀制度的廣設，使其能比肩海之東的「海濱鄒魯」之典章儀則，在「地之南」廣被中原教化與德澤，共同納入禮儀之邦，最後則云「不盡於海者，不與諸夏而俱窮」，申言只要有「地方」（陸地）的存在，華夏就與其緊密相附，彼此依存；第五，回歸到地理空間，「南而又南，吾不知其所底矣」，呼應前面所說的「是皆地矣」，地軸之南而又南，不知其底限也沒有終界，縱使窮盡於海仍有「地」之復甦，看似隱沒實又浮現，生而復始，是超越本體之後的永恆存在。「地之南」──從「江南」，往下延展至「閩南」、「嶺南」、「滇南」、「桂黔」乃至境外之「越南」──跨越了「南而又南」的邊域荒州、南溟窮島，開展了一幅「地之南」的輿地圖景。

　　南明遺民詩中更以「南極」來形容這種南而又南的地理向度。如顧炎武〈浯溪碑歌〉：「西南天地窄，零桂山水深。」〔註18〕，零桂山

　　　　日，象火。」頁249。
〔註16〕《周易・說卦傳》，黃壽祺，張善文撰：《周易譯註》，頁620。
〔註17〕《周易譯註》，頁620。
〔註18〕王冀民：《顧亭林詩箋釋》（北京：中華書局，1998年，頁153。

水深不可測，天地與之相比益顯窄仄〔註19〕，西南方所開啓的異世界，由此打開。再如錢澄之〈舟行雜詩〉：

> 向南山轉秀，世界亦全寬。行李得舟樂，人心度嶺安。古祠開野岸，獨樹矮江干。荒草離離外，知經戰馬殘。（頁238）

此詩寫於 1647 年冬天，從廣東韶州府即將抵達端州（肇慶），雖天地滄桑，戰馬倥傯，但是「向南」的空間移動，山景卻轉爲秀麗動人，南方的寬廣世界亦攤展於前。這種南而又南的地理向度，茲以徐孚遠爲例作深入探討，其曾自道：「江南亡人閩南客」〔註20〕，將眼中的視域投向更深遠的南方之境，云：

> 此日閩南乘船去，中原回首更悠悠。（〈再懷唐著夫〉，頁514）

> 去歲天南飛一羽，始知寄迹在黔土。（〈懷錢開少〉，頁439）

> 衣冠南徼外，風俗上皇前。（〈懷常煒良〉，頁492）

> 雖然湘水遠，企足望飛騫。（〈滇望〉，頁498）

第一首乃寫給友人唐著夫，根據《釣璜堂存稿》前後詩題、詩句來判斷，應是寫於 1649 年（永曆三年），時徐孚遠至舟山朝王，十月晉爲左僉都御史，徐孚遠應是聽聞唐著夫將離開閩南〔註21〕，往更遠的南方漂流，也自然就與中原神州的距離拉得更遠了。第二首的錢開少，即錢邦芑。南明永曆中，以御史巡按四川。1652 年（永曆六年），受任撫黔，拒迎孫可望，於永曆八年在貴州修文潮水寺祝髮爲僧。是年春移居貴州湄潭西來庵，旋遷貴州余慶蒲村。此詩依照鄰近詩題〈聞沈崑銅變感賦〉判斷，沈崑銅處斬於南京乃 1659 年春天事，故詩中的「去歲」爲 1658 年（永曆十二年）徐孚遠接獲從「天

〔註19〕王冀民：「杜甫〈詠懷古迹〉詩：『支離東北風塵際，漂泊西南天地間。』時永曆帝已由桂林奔南寧、潯州、梧州、肇慶，豈非漂泊西南而天地亦窄，翻不及零桂山水之深乎？」《顧亭林詩箋釋》，頁158。

〔註20〕〈寒夜〉，《釣璜堂存稿》，頁437。

〔註21〕要考証唐著夫終向何方，仍有待考察唐氏生平，筆者暫擱置此問題，但目前推測應是前往西南方的永曆行在。

南」來的書信，徐氏這時才始知錢邦芑定居黔州。第三首首聯爲「從王趨百粵，避迹已多年。」故可知「南徼」指嶺南、「上皇」指永曆，蓋言漢家衣冠綿續於南荒邊徼，南方風土民情展現於桂王面前。第四首首句云：「見說滇南事」，此處以湘南、滇南合稱南方，「飛騫」指心中急切地想要騰躍千山險阻，奔赴天子行在。杜甫飄零西南夔州，曾用「南極」（星）來指稱夔州，其〈南極〉云：

> 南極青山衆，西江白谷分。古城疏落木，荒戍密寒雲。歲月蛇常見，風飆虎忽聞。近身皆鳥道，殊俗自人群。睥睨登衰析，蠻弧照夕曛。亂離多醉尉，愁殺李將軍。

「南極」，正是南方之星，故用之夔州。〔註22〕以星宿之南極，來代稱邊境之南（夔州），並摹寫南方山水風景人物時事〔註23〕。

　　遺民詩中更以天之「南極」來比喻南之又南的地理向度，如張煌言〈送徐闇公監軍北上二首〉之二：

> 準擬眞人開北極，豈容高士臥南州！〔註24〕

又〈戊戌元旦〉：

> 要識嵩呼南極近，而今天末是長安。〔註25〕

離開了南極（州），往北就是「北極」，可見其南北征伐，空間幅度之廣，並將南極與長安相互對照，拉出天南／地北之兩個世界。徐孚遠詩中亦有「南極」，如〈南信〉：

> 數載雙鳬行不得，兩章封事馳南極。秋深粵鳥屢飛來，問之杳杳無消息。誰謂於今道路難，麒麟驤首白雲端。羣公扶轂王良策，惟有逋臣倚柱看。（頁434）

此詩前二首題爲〈問海客〉，首句爲：「去國離家十四載」，1645年，先生自信州奔赴唐王行在，離開故鄉到閩北，因此十四年後爲 1658

〔註22〕仇兆鰲：《杜詩詳註》（臺北：里仁書局，1980 年），頁 1556。
〔註23〕黃希曰：「此是用《爾雅》中之南極。夔在長安之極南也。」盧注：首二，南方山水。三四，南方風景。中四，南方人物。末四，南方時事。」仇兆鰲：《杜詩詳註》（臺北：里仁書局，1980 年），頁 1556。
〔註24〕《張蒼水詩文集》，頁 102。
〔註25〕《張蒼水詩文集》，頁 125。

年，故推測此詩寫於此時。筆者考證此年亦是永曆帝冊封鄭成功爲延平郡王，徐孚遠受鄭氏之令，取道安南，赴滇赴命，阻不得反，乃返廈門之年〔註26〕。詩中所云之「封事」或指桂王封成功爲延平王，晉先生爲左副都御史之事，惟閩南、滇南兩地遙隔，又有清軍阻擋，「於今道路難」，欲交通消息確屬不易，加上魚雁往返曠日費時，軍事情報刻不容緩，故云：「馳南極」，「秋深粵鳥屢飛來」這年秋天徐孚遠已從安南歸廈門，因無緣朝覲天子，未達使命，所以說：「問之杳杳無消息」，但後來永曆帝有感徐孚遠之忠憤淋漓，一心帝闕，特下敕令詔書，鼓舞徐孚遠與鄭成功今秋之北征，能夠順利，所謂：「俾知朕今秋必督諸王侯各路大舉北伐，爾其贊助行間，指揮進取，與延平王朝夕勗勉，用建奇勳。」〔註27〕徐孚遠亦有詩參證：「大軍北伐猶未還」，可知 1658 年（永曆十二年，順治十五年）秋，東南沿海之水師枕戈待旦，誓師北伐。

　　從屈大均的「南而又南，吾不知其所底矣。」跨越了閩南、黔土、南徽、湘南、滇南，再到南極的論述，遂成了不斷往南移動的南方疆域。

第二節　行腳者的南方體驗與地理觀念

一、江南山水

（一）追憶中的秦淮舊識

　　秦淮河流經南京城，南京古稱金陵，明初洪武、建文曾定都於此，金陵古都乃當時全國重鎮，秦淮河環城而流，與太湖水系縱橫相連，晚明的金陵秦淮「眞欲界之仙都，升平之樂國也」〔註28〕，惟鼎

〔註26〕可參《徐闇公先生年譜》永曆十二年條，頁 44。及論文第四章中第二節「行腳者的南方地理景觀」，東南沿海一小節。
〔註27〕《徐闇公先生年譜》永曆十二年條，頁 46。
〔註28〕余懷：《板橋雜記》，頁 7。

革以來，時移物換，南明遺民在江南一帶所看到的地理景觀，首先以
秦淮風月的興衰起滅爲主要吟詠對象，這種追述記憶中的秦淮勝景所
反映出的故國興亡與殘敗的南方山水，屢見諸南明遺民詩，黃宗羲以
秦淮相關地景爲題，從雨花臺、報恩寺、高座寺、秦淮河、鳳凰
臺、鍾山、燕子磯、雞鳴山、烏龍潭，寫了〈懷金陵舊遊寄兒正誼〉
〔註29〕，洵爲此中代表：

> 記得城南路，登高木末亭。清風瞻畫像，舊景掛巖屏。藉
> 地皆芳草，清歌指妙伶。因懷松柏下，苦雨出荒螢。

> 金碧琉璃塔，曾登至九重。詩人同踥蹀，開士亦從容。春
> 樹旗亭雨，孤鴻江上鐘。至今猶夢寐，詩草落寒茸。

> 當年舉社會，高座問精藍。有晉風流在，聊容制義參。名
> 流十五國，夏課一千函。投老牽前事，祇堪作笑談。

> 河房曾掛榻，不異蕊珠宮。數里朱欄日，千家白柰風。渡
> 煩桃葉淚，舟賽角燈紅。昔日繁華事，依稀在夢中。

> 臺傾鳳去久，猶自護寒雲。玉像銷釵釧，詞人記錦裙。南
> 皮絲竹盛，北海姓名紛。當日吾年少，翩翩自逸羣。

> 鍾山多古蹟，強半入園陵。天仗曾陪入，芒鞋幾斷繩。銅
> 牌逢老鹿，落日訪居僧。但說山中景，應無及廢興。

> 斷岸觀音閣，同人四五遊。長宵喧水鳥，落照集漁舟。詩
> 法空江冷，遠山眉黛愁。白楊風獵獵，皓首獨登樓。

> 曾寓雞鳴麓，岧嶤自攀。功臣肅像貌，僧塔鎖刀環。秋氣
> 生羅縠，晴光出黛鬟。自從採菊後，此景不相關。

> 西北烏龍窟，幽棲讀易堂。潭中見塔影，隔水聽風篁。載
> 酒蓮花筏，吹笙茉莉旁。宴遊今歷歷，腹痛在山陽。

> 南中遊學日，猶及盛明時。朝入時文社，暮拈分韻詩。酒
> 樓登月下，祕笈訪山雌。勝事眞難數，汝今試問之。

〔註29〕《黃宗羲全集》第 11 冊，頁 295-296。

此組詩共十首，寫於 1683 年（康熙二十二年）癸亥，公七十四歲時〔註30〕。依照歷史發展來看，此時清人政權已算穩固，地處東南海隅的臺灣亦已攻克，對明遺民來說，反清復明的理想與行動均告破滅，黃宗羲於此時追憶「五十年前以身所見聞者，詮次其事，家國之恨，集於筆端，不絕失聲痛哭。」〔註31〕五十年前正是 1630 年代，乃晚明，也是黃宗羲人生中的壯年歲月，他記憶中的金陵圖景是如何呈現的呢？從最後一首自題爲總序來看，詩人回憶了當時求學於秦淮南中的盛平之世，歷數勝事話當年，揭示了整組詩的創作要旨：「記憶」。而這些記憶正透過南方秦淮的山水地景漸次展演、呈現。是以第一首的「雨花臺」，從詩人對自己的提問「記得城南路」爲端緒，看到明初忠臣方孝孺的畫像屹立在芳草與歌舞的舊景之中，樓臺旁的松柏長青伴隨著久雨與飛螢，「記得城南路」呼應了總序中的「猶記盛明時」，揭示了「記憶」的本質與意涵；第二首寫「報恩寺」，從金碧輝煌、大千琉璃的繽紛外觀描述了佛塔的宏觀壯麗，「春樹旗亭雨」乃本詩中的關鍵，它先點出了寫作的季節乃爛漫迷濛的仲春時節，其後，「春樹」與第一首的「芳草」相映，「旗亭雨」又上接「苦雨」，到了尾聯的出句「至今猶夢寐」又再次扣合了總序的「猶及盛明時」與第一首的「記得城南路」，從「夢寐」、「猶及」、「記得」，清楚地映顯出詩人縈繞於心的深層記憶與追憶逝去年華的百般無奈；第三首，則具體談到作者於崇禎十二年參與復社聚會的往事，崇禎十二年（1639），南京的復社成員在鄉試完後發表了彈劾阮大鋮的〈留都防亂公揭〉〔註32〕，公之名與陳貞慧、冒襄等人均列其中。故云「當年舉社會」，但這些前塵往事隨著復社諸子的隕落、阮大鋮的離世，都

〔註30〕組詩的創作年代雖已超出本文討論起迄，不過筆者意在討論南明遺民詩「追憶」中的秦淮勝景及其心境，故仍納入討論。

〔註31〕此乃康熙二十一年，華亭張孝廉守求其父司馬澹若公履端家傳，黃宗羲追憶明末往事的情緒反應。見《年譜》，頁 49。

〔註32〕《年譜》，頁 27 繫此事於崇禎十一年，大木康考證認爲是崇禎十二年。此處據大木康說，亦可參論文第三章。

化作祇堪笑談的前事了；第四首則寫秦淮河，主要聚焦於秦淮風月的
旖旎風情。「蕊珠宮」是道教宮殿，「河房」乃秦淮河畔的南市、珠市、
舊院等女伎居處，以蕊珠宮借喻秦淮舊院，正是寫其曾有的繁華壯麗
與紙醉金迷的「昔日繁華事」，末句「依稀在夢中」，時移事往的今昔
對比，適可與第三首的「投老牽前事」兩相對照。第五首寫「鳳凰臺」，
「南皮」指曹丕與吳質文酒射雉，遊宴同聚之樂，末聯：「當日吾年
少」再次追憶了過往的時空，而「翩翩自逸羣」則藉由「鳳凰」高翥
飛天的凌雲氣勢，指涉自己孑然不群，不迴於俗的超逸形象。第六首
「鍾山」，此地鄰近明太祖朱元璋陵寢，古蹟、園陵並置，詩人與拄
佛杖的僧侶相偕祭謁皇陵，遊觀山景盡興任情，卻迴避提及過往的興
廢盛衰。第七首，「燕子磯」，秦淮河的港口，詩人先敘寫長宵中夜、
落日餘暉，乃至因外在的水鳥、漁舟等物起興，帶出江水空冷、遠山
苦愁的寂寥氛圍，鬢白的詩人則在風吹白楊的悲淒衰颯中，獨自登
樓。第八首「雞鳴山」，首聯指出詩人曾寄寓於此的身世，頷聯「功
臣」與「僧塔」，或指前朝遺民志士與逃禪陰助復明者，筆者未敢確
解，暫此聊備一說，惟以採菊東籬的典故自況陶淵明，其隱退歸返山
林不問世事之志，則確然可見。第九首寫「烏龍潭」，宗羲曾與故人
宴遊於此，然物換星移，景物歷歷在目，友人已凋零謝世，故引用了
向秀途經山陽聞笛聲作〈思舊賦〉，悼亡知交嵇康之典，表達出對世
變滄桑的深沉感慨與無限追思。整體言之，組詩的架構可以分成兩大
部分。一為「記憶」，一為「情景」。前者乃從總序的「猶及盛明時」
與第一首的「記得」、第二首的「夢寐」、第三首的「前事」、第四首
的「昔日」、第五首的「當日」，從這些詞語可以清楚地陳述了詩人正
在現下「記憶」往事；後者乃第六、七、八、九，著重在地理景觀與
人事感懷的抒情交融之層面。

　　從余懷《秦淮燈船曲》描寫晚明秦淮河畔的歌舞盛況，到黃宗羲
晚年追憶金陵舊遊的感時回憶，均說明了南明遺民在江南地理景觀中
寄寓了個人的身世感懷與國族記憶。

（二）戰亂後的荊棘銅駝

陳子龍〈秋日雜感〉組詩共十首〔註33〕，所顯露的情韻沒有秦淮風月的旖旎浪漫，金碧歌舞；江南於清初受到清軍的蹂躪與兵燹摧殘，風景殊異往昔，此組詩寫於 1645 年（順治二年）秋天，陳子龍客吳中時，該年五月清軍攻克江南，福王朱由崧於安徽蕪湖被挾，弘光政權已然崩滅，詩人面對荊棘銅駝、黍離麥秀的江南殘景，以組詩的方式呈現了南都覆亡、陵谷傾頹、弘光遺事與遺民情志。整體言之，〈秋日雜感〉距陳子龍 1647 年（順治四年）五月被清軍俘，不屈而猝起投水的沉亡之日，約一年半左右；因此，視此組詩爲解讀陳子龍晚年的遺民情懷與忠義精神，實不爲過，將其置諸陳子龍的生命脈絡中考索，進而與南明史事相互映證，觀察詩中描寫南方地理景觀所映顯出的歷史情境與主體意識，是解索重點。試逐一分述之。

> 滿目山川極望哀，周原禾黍重徘徊。丹楓錦樹三秋麗，白雁黃雲萬里來。夜雨荊榛連茂苑，夕陽麋鹿下胥臺。振衣獨上要離墓，痛哭新亭一舉杯。

> 行吟坐嘯獨悲秋，海霧江雲引暮愁。不信有天常似醉，最憐無地可埋憂。荒荒葵井多新鬼，寂寂瓜田識故侯。見說五湖供飲馬，滄浪何處著漁舟？

> 萬木凋傷歎式微，何人猶與賦無衣？繁霜皓月陰蟲切，畫角清笳旅雁稀。阮籍哭時途路盡，梁鴻歸去姓名非。南方尚有招魂地，日暮長歌學采薇。

> 桑田海水兩悠悠，汗漫常思歷九州。星漢清深孤客夜，風雲蕭瑟大荒秋。□□□□連天起，□□□□匝地遊。縱與尚平探五嶽，短衣蓬鬢不勝愁。

> 金闕珠樓瑞靄中，天門端拱萬方同。鳳城南鎖黃河隘，鳥

〔註33〕陳子龍著；施蟄存，馬祖熙標校：《陳子龍詩集》（上海：上海古籍出版社，2006 年），頁 525-529。

道西迴紫塞通。三市銅駝愁夜月，五陵石馬慟秋風。玉泉不識朝宗意，依舊東流入漢宮。

妖氛芒角掃黃圖，望帝魂歸定有無？軒後衣冠成異代，湘妃珠玉竟先驅。虛傳龍種還天闕，空見□□入上都。何日伺臣親灑淚，手批荒草問金鳧。

南臺西苑柳如絲，鳳輦龍舟向晚移。春燕俄驚三月火，昏鴉空繞萬年枝。□□盡繫明光殿，□□新栽太液池。苦憶校坊供奉伎，短簫橫笛譜龜茲。

雙闕三山六代看，龍蟠虎踞舊長安。江陵文武牙籤盡，建業風流玉樹殘。青蓋血飛天日暗，黃旗氣掩斗牛寒。翩翩入雒羣公在，剩有孤臣淚未乾。

故宮樓閣照江清，細柳新蒲日日生。霜老蓮房殘望苑，風飄槐葉下臺城。仙人露掌飢鳥集，玉女窗扉蔓草平。回首蔣陵松柏路，按鷹調馬不勝情。

經年憔悴客吳關，江草江花莫破顏。豈惜餘生終蹈海？獨憐無力可移山！八廚舊侶誰奔走，三戶遺民自往還。圮上隆中俱避地，側身懷古一追攀。

第一首首聯從周朝的麥秀點出了國祚的衰亡與山川的改異，意指異族入侵中原所帶來的陵谷變遷；頷聯寫秋天景色；頸聯緊扣「吳中」地景，茂苑、胥臺乃吳國宮殿，分別以荊榛莽草、夕陽麋鹿擬況出悽愴蒼涼之感；末聯使用吳國勇士「要離」之事典，象徵日暮窮途的遺民志士，「新亭」乃晉室南渡，新亭對泣之典，指涉南都弘光政權，國祚短促，詩人舉杯還酹滿目山川，寄寓無限哀慟。

第二首首聯以詩人孤寂寥落的身影與悲涼蕭瑟的秋季點題；頷聯「不信」有詩人堅定不移的心志，然普天之大卻「無地」可埋藏憂傷，「無地」二字儼然引發更大的焦慮與茫然；頸聯中的「葵井新鬼」指在蘇州金閶起義的吳易、沈自炳、戴之俊、孫兆奎、趙汝璧，「瓜

田故侯」乃南都不守，淪落四處的故國之侯如徐弘基者〔註34〕；末聯「何處著漁舟」指的是當時湖中未靖，舉世皆亂，故無放舟悠閑的太平之日。

第三首首聯萬木凋傷時值寒秋，「無衣」用《秦風・無衣》之典，指共赴國難，同仇敵愾的從軍曲，「何人猶與」則感嘆現下已無知交可以並肩作戰，喋血山河，出句的「歎式微」雖言景色，亦可聯結到詩人此刻因少知契的陪伴而顯落寞孤單；頷聯「畫角清笳」，「清笳」乃北方胡樂，哀感疾屬，代指佔據南方的清軍；頸聯以阮籍窮途末路之典，比喻己身本欲東渡閩、浙二政權，後因海上邏禁甚密，久之未成行，固有途窮之慨，並取改姓避難的梁鴻，擬況易名扮裝的坎坷身世；末聯的「招魂地」，用屈騷忠義之形象，雖江南已淪陷，惟閩、浙「尚有招魂地」，指涉南方乃糾合南明抗清義士的遺民之境，南明遺民流徙南北，今昔對照之下，景物「楊柳依依，雨雪霏霏」，長歌吟嘯，賦詩采薇，深刻的描繪出征戰沙場的體驗。

第四首首聯滄海桑田物換星移，詩人不畏辛勞跋涉欲歷遊九州；頷聯「星漢清深」、「風雲蕭瑟」寫景兼抒愁懷，「大悲秋」點出時節呼應詩題，也與第二首的「獨悲秋」詩意相契；頸聯缺句，暫不解；末聯感慨滄桑之變，縱能與尚平遊歷探索五嶽名山，惟九州陵夷，詩人愁懷之深也只能「艱難苦恨繁霜鬢」了。

第五首首聯寫燕京，此為明成祖肇基之地，將視角拉到北方的都城；故頷聯寫燕京南控黃河，西通紫塞的地勢；頸聯的「銅駝石馬」反映出燕京經闖王之亂後，朝市變遷、陵園頹廢的荒涼場景與哀慟記憶，昔日之金闕珠樓已不堪回首；末聯則以燕京皇室的泉水處「玉泉」之流動，昭顯無情無識的泉流不解人事異遷，兀自東流，

〔註34〕《板橋雜記》載徐弘基於鼎革之後的流離際遇，云：「乙酉鼎革，籍沒田產，遂無立錐；群姬雨散，一身孑然；與傭、丐為伍，乃為人代杖。其居第易為兵道衙門。吾觀《南史》所記，東昏宮妃賣蠟燭為業。杜少陵詩云：『問之不肯道名姓，但道困苦乞為奴。』嗚呼！豈虛也哉！豈虛也哉！」頁58。亦參《陳子龍詩集》考證，頁526。

對顯出懷有故國之思的詩人之淵深情感。

第六首首聯「妖躔」指闖王李自成凌踐燕京，致使崇禎莊烈帝自縊與周皇后同殉社稷；頷聯「軒后」即周皇后，「湘妃」指田太妃，兩人素不睦，田太妃後因病重先卒，未遭鼎革，故云：「竟先驅」；頸聯闕句，然從「龍種」可知指福王時王之明詐稱太子事〔註35〕；末聯指崇禎帝、周皇后並葬於田妃墓內，斬蓬翳而封之，一切簡率，故有「金鳧荒草」之悲〔註36〕，遺民何日能祭謁先皇之墓，揮灑清淚，此中悲涼，無限惆悵。

第七首首聯以漢代宮殿西苑寫起，此處乃王侯公卿遊賞之處，鳳輦指涉后妃、龍舟象徵帝王，以句中雙對呈示出太平升樂之景，指偏安的弘光政權曾有的短暫輝煌與絢麗；頷聯三月火，指張獻忠、李自成入京，崇禎自縊的國慟往事；頸聯「明宮殿」、「太液池」俱為漢代宮殿，適與首聯的「西苑」相互映照；帶出末聯的弘光政權之荒謬與奢淫，「苦憶教坊供奉伎」，乃典午南渡於江南選妃進宮之事〔註37〕，動盪家國與神州陸沉，大難臨前尚能行吹簫、橫笛、譜曲等縱樂之舉，詩人寓史於詩，以古喻今，從漢代宮殿的起落崩塌暗諷南明弘光的荒蕩行徑，力道十足。

第八首承接第七首同言南都史事。首聯「京口三山」乃長江南岸的金山、焦山、北固山，六代指定都金陵的三國吳、東晉、宋、齊、梁、陳，金陵龍蟠虎踞，險勢如長安；頷聯「江陵」（荊州）指順治二年四月左良玉欲清君側，調動史可法軍力以致江淮防線大亂，「玉樹殘」以陳叔寶、張麗華的玉樹歌章，指弘光小朝廷紙醉金迷，不知亡國遺恨仍「隔江猶唱後庭花」；頸聯青蓋血飛、黃旗氣掩，指福王朱由崧於蕪湖被總兵田雄劫持，帝君崩殂故天象灰暗，黃旗乃帝王之

〔註35〕計六奇：《明季南略》，《臺灣文獻史料叢刊》第五輯（台北：臺灣大通書局，1987年），頁156。

〔註36〕見《陳子龍詩集》考證，頁527。

〔註37〕計六奇：《明季南略》，《臺灣文獻史料叢刊》第五輯（台北：臺灣大通書局，1987年），頁171-173。

氣被遮掩，斗（北斗星）牛（牽牛星）之氣也不再旺盛而氣衰體寒；末聯「入雒羣公」則指南京開城迎降，北上仕清的錢謙益、王鐸之流，對比出孤臣遺民的忠忱之志。

第九首言南都陵寢荒涼思及埋葬至此的孝陵之墓。首聯故宮與細柳，對映出往昔與日新的雙重時間軸線；頷聯緊扣南都宮殿，以太子之宮「望苑」、東晉南朝的宮殿「臺城」比喻；頸聯「仙人露掌」、「玉女窗扉」言故宮淪為荒煙蔓草，不復以往；末聯承接上述的陵寢覆滅之景象，以金陵鍾山埋葬孫權的蔣陵之墓與首聯的孝陵墓，兩相映照出南都覆滅，宮殿蕭瑟鳥有的殘敗，故縱鷹行獵軍威盛大、馴調馬匹的行伍之景，已不可見。

第十首總結陳子龍之遺民心志。首聯明寫客居吳中，憔悴的容顏與潦倒的際遇，期望江邊的花草能持續茁壯美麗不受動亂摧殘而消褪；頷聯可謂整組詩中最清楚表達陳子龍的熱忱心志，其不畏懼餘生的動盪亂離，縱使蹈海奮戰，加入海上抗清勢力如魯監國、鄭成功等，亦在所不惜，惟詩人擔憂的是己身無力可移山的絕望與孤獨；故頸聯加深了此孤寂之感，「八廚」言能以財救人者，已然少矣，江南抗清節節敗退後，僅剩「楚雖三戶，亡秦必楚」的少數遺民，自相奔走呼告；末聯「圮上隆中」分別以張良、諸葛亮的避隱潛伏為心志，寄望自己暫時側身規避風險，遠蹈忠良賢臣之志。

整體言之，〈秋日雜感十首〉寫於 1645 年秋天，清軍陸續攻克江南，弘光覆滅，陳子龍客寓吳中的時空背景。詩中的主題至少涵蓋了南都政權崩塌，陵寢灰飛，宮殿湮滅，感慨陵谷滄桑，故國山川朝夕變色，遺民志士相繼殉難，忠愛家國的遺民之慟，魯陽揮戈的不懈毅力等面向，陳子龍從江南吳中的地理景觀，因地起興，以茂苑、胥臺、要離等春秋吳國史事懷古，帶到現下的詩人處境及其生命感受，並歷述南渡以來弘光政權於南都的相關歷史情事，寄寓當時詩人決策東渡閩、浙卻途窮末路之嘆，乃至堅持復國心志，在詩中表陳了「豈惜餘生終蹈海」的篤定艱毅與勇敢熱切，同時也展

示了清初江南在戰亂後的荊棘銅駝之圖景。

二、東南沿海

（一）碧海騎鯨的南航旅程

　　南明魯王朱以海，其一生浮沉閩、浙沿海，卒於金門荒島，如果說永曆帝奔走西南，荒江野嶺乃「神州」陸地，那麼魯王航行於東南（往返浙、閩），「海洋」則為其勢力範圍，魯王及其從扈在沿海地帶接應中土復明勢力，並據海島以圖恢復，對東亞秩序的理解與知識結構的生產，有著重大影響與關鍵。此處將以護擁魯王的張煌言為例，觀察南明遺民詩中「碧海騎鯨的南航旅程」。

　　當詩人實際面對海洋的狂放浩瀚、廣闊無垠，席捲而來的是未知的恐懼與茫然，張煌言詩中清楚地揭示了此一現象，其〈沈彤庵閣學艤舟南日山，遭風失維，不知所之；雖存亡未卜，余猶望其來歸也〉（壬辰）：

> 昨夜驚濤勢轉雄，孤帆何處御長風？沃焦不信膠舟解，博望初疑銀漢通。欲問馮夷愁莫應，倘成精衛恨何窮！袖歸當有支機石，豈遂騎鯨向碧空。（《張蒼水詩文集》，頁85）

此詩作於1652年，沈彤庵遭風浪而湮沒消失於南海〔註38〕。首聯寫海上的浪濤不斷地翻湧與令人驚懼的聲勢，對比出孤舟遠航的渺小孤單；頷聯中「沃焦」指傳說中東海南部的大石山〔註39〕，「博通」指

〔註38〕沈彤庵，名宸荃，字友蓀（「東南紀事」「錢公肅樂傳」附載作「字葵中」）；慈谿人。崇禎庚辰進士，授行人；奉命旋閩。福王立，復命南都，擢山西道御史。時馬、阮亂政，上疏論之。出為蘇松兵備僉事，未赴而南都亡。與浙東諸公起義，魯王授以右僉都御史。及江上師潰，從王入閩，累官制兵部尚書（「南疆逸史」作工部）、東閣大學士。復從至舟山，加太子太傅。舟山破，又從王泛海，抵中左所及金門。後遭風沒於海。國朝諡賜「忠節」。（「明史」有傳）《張蒼水詩文集》，頁86。

〔註39〕古代傳說中東海南部的大石山。郭璞〈江賦〉：「出信陽而長邁，淙大壑與沃焦。」〔梁〕蕭統編，〔唐〕李善注：《文選》（台北：五南，1991年），頁307。

張騫通往西域尋找河源，地源（水流）與星漢（銀河）相通，況大海之遼闊與陸海之互融；頸聯「馮夷」乃河伯，《莊子・大宗師》：「馮夷得之，以遊大川。」言詩人問馮夷沈彤庵之行蹤，河伯卻啞然莫應，擔憂友人之心，昭然若揭，更設想倘若溺卒於海，化為唧石填海的精衛鳥，死於非命的身世境遇徒使此恨無窮無盡；尾聯以「支機石」作結，張騫奉命尋找河源，乘槎經月亮至天河，在月亮見一女織，又見一丈夫牽牛飲河，織女取支機石與騫。以張騫代指沈彤庵，心中仍想望友人不但可以「袖歸」更能取得「支機石」，祝福與祈禱之志，誠感動人。末句的「豈遂騎鯨向碧空」，以看似理性之詞來告訴自己，沈彤庵不會無故地馳掣海鯨，逕向碧空而去，從此無影蹤，此乃詩人以詰問的方式來寬慰自己，友人雖「生死未卜，余猶望其來歸也」的堅強語詞。沈彤庵在當時南航入閩、復次舟山、泛海金門、海難過程、驟卒於金門外海的海難過程，張煌言此詩即記錄了遺民飄浪東南沿海之心境。

　　南航閩海的船行經驗，張煌言屢以「騎鯨」、「鯨波」來形容閩、浙之間的海洋景象，除上引詩作外，尚如〈壬辰除夕，寓湄洲禪院〉、〈同定西侯登金山，以上游師未置，遂左次崇明二首〉之二（甲午）：

　　　　浪跡天涯又歲寒，強將枯影對辛盤。鄉思暗逐鯨波寫，世
　　　　事明隨漁火看。柏葉尊前催律呂，蓮花漏上換支干。江山
　　　　百戰渾非舊，留得磻溪把釣竿。（頁 97-98）

　　　　相聞赤伏啓重離，一詔敷天並誓師。萬里鯨波趨錦纜，兩
　　　　山鰲柱擁金羈。已呼蒼兕鄰流蚤，未審玄駒下瀨遲。瓜步
　　　　月明刁斗寂，行人猶指漢官儀。（頁 109）

前者作於 1652 年末，首聯以歲終年末的時序寫到己身浪跡天涯，離開故鄉到了異域，原本應當歡聚的除夕之日卻僅剩孤影、殘盤相對，流洩出寂寥落寞的孤單身影；此際詩人正寓居閩南湄州禪院，頷聯以「鯨波」（海浪）的層疊輪替狀寫內心思鄉的情緒，暗湧翻騰，

縈繞迂迴，坐觀漁火明滅，看透世事起伏；頸聯「柏葉尊前催律呂」化用了杜甫的「尊前柏葉休隨酒」〔註40〕，柏葉尊酒與竹管音律的相互催生，提醒詩人干支交替，一年將過；尾聯感嘆中原江山幾經百戰的摧殘與凌夷，已非舊時原貌。後者作於 1654 年，首聯的「赤伏」，指東漢光武帝得赤伏符，以得天命〔註41〕，泛稱帝王取得天下的符命。「離」掛，指南方。此處代永曆帝。整句是說：永曆帝於南方取得天命，授詔書，集中各方的軍伍兵力，準備長驅入江，誓師中原；頷聯寫海上景象，「萬里鯨波趨錦纜」乃海浪綿延不絕，如絲線般繽紛華美，「兩山鰲柱擁金羈」指海中天柱屹立不搖，足使金戈鐵馬浴血海域；頸聯點題，「已呼蒼兕」寫自己與定西侯的軍力（蒼兕）已同登金山，準備進攻，故云：「臨流蚤（早）」，此乃相對於未至而「下瀨遲」的上游師（玄驂）；「瓜步」乃江蘇東南，詩人雖暫左次崇明島仍等待援兵挺入鎮江、京口，各方會師之後，將形成一行伍盛大、軍容威儀的雄壯氣勢；至此，恢復漢官儀度的禮樂制度，便指日可待了〔註42〕。

從以上的討論來看，當時魯王亦漂流於東南沿海，面對海洋的巨大聲勢，張煌言或寫海潮：「敕水鞭潮勢自雄」，或寫浪濤：「閩越波濤千里闊」（頁 123）、「駭浪扁舟輕似葉」（頁 123），或寫海風：「禁得誰摶萬里風」（頁 119）；從海潮、波濤、海風可知其擅寫變化莫測的海洋景象；惟值得注意的是，張煌言詩中屢以「騎鯨」、「鯨波」、「長鯨」的詞語，豐富了海洋意象，若相較於瞿式耜在 1645 年（順治二年）所寫的〈病中感懷〉：「荒服長鯨剪，孤臣走狗烹。」〔註43〕，

〔註40〕〈人日詩〉之二，仇兆鰲：《杜詩詳註》（臺北：里仁書局，1980 年），頁 1856。

〔註41〕《後漢書・卷一・光武帝紀上》，頁 1-21。

〔註42〕寫於同年稍後的〈再入長江〉：「江聲萬古似聞聲，天際依然渡水犀。涿鹿亦曾經再戰，盧龍應復待三犁。珥弓挽處驅玄武，鎖甲摜來失白麀。兵氣至今猶未洗，自慚無計慰雲霓。」（頁 109）語氣與信心則略嫌減弱，「自慚無計」尤顯其自責、愧疚之情。

〔註43〕《瞿式耜集》，頁 274。

在境內的廣西桂林想像沿海汪洋的「長鯨」，以「長鯨」活動的「東南沿海」代指距離京城最遠的屬地，此處言閩地之荒陬邊境；那麼，張煌言即是以其實際的海上遊蹤與經驗，在南航閩嶠的海域中，面對未知的探索與驚異的冒險，更爲生動地繪製出「碧海騎鯨的南航旅程」。

（二）東亞網絡的世界秩序

東南沿海除了是南明政權活絡之地，與當時東亞海域的世界秩序，彼此之間的互動亦堪注意。顧炎武〈海上詩四首〉：

> 日入空山海氣侵，秋光千里自登臨。十年天地干戈老，四海蒼生痛哭深。水湧神山來白鳥，雲浮仙闕見黃金。此中何處無人世，祇恐難酬烈士心。

> 滿地關河一望哀，徹天烽火照脣臺。名王白馬江東去，故國降旛海上來。秦望雲空陽鳥散，冶山天遠朔風迴。遙聞一下親征詔，夢想猶虛授鉞才。

> 南營乍浦北南沙，終古提封屬漢家。萬里風煙通日本，一軍旗鼓向天涯。去夏，誠國公劉孔昭自福山入海。樓船已奉征蠻勒，博望空乘泛海槎。愁絕王師看不到，寒濤東起日西斜。

> 長看白日下蕪城，又見孤雲海上生。感慨河山追失計，艱難戎馬發深情。埋輪拗鏃周千畝，蔓草枯楊漢二京。今日大梁非舊國，夷門愁殺老侯嬴。〔註44〕

此詩典故眾多、牽扯到的南明史事亦複雜難解，大抵來說是敘述乙酉、丙戌年間（1645-1646），發生在東南沿海、閩浙兩地的魯監國與隆武政權之史實；顧炎武曾於1645年（順治二年），隆武封帝於福建時，接唐王之遠詔，後未親赴；隔年（1646）春天擬赴任，卻因母喪未能至閩，此年六月，魯監國江上兵敗，魯王以海由紹興退守福建中左所，八月福州失守，隆武帝在汀州被清軍所殺；從此詩

〔註44〕《顧亭林詩箋釋》，頁66-72。

第三首原注的「去夏，誠國公劉孔昭自福山入海。」劉孔昭乃弘光政權（1645），以「去夏」來看，現在指的是順治三年即隆武二年（1646）的「秋光千里」之秋天，寫於順治三年秋天，「味全組詩意，此題當作于今年九月隆武帝汀州殉國之前，六月魯王江上既敗之後。」〔註45〕因之，可以初步推斷此詩的內容寫作與牽涉人物必與隆武、魯監國有關。但是，究竟是「感嘆魯王海上勢力的消頹」還是「哀悼隆武帝的崩殂」？還是詩中出現的「萬里風煙通日本」而與日本乞師有關之作？歷來說解頗紛雜，茲羅列如下：

(1) 徐嘉《顧詩箋注》謂指張肯堂請唐王勞舟師，出海道抵江南，倡義旅事；

(2) 黃節《顧詩選注》謂指魯王出海時，張名振扈從至舟山，黃斌卿不納，飄泊海外事；

(3) 錢仲聯《夢苕盦詩話》認爲上述二說皆非，云：「此詩頸聯用海上三神山事，明指日本，蓋即徐氏於第三首『萬里風煙通日本』所箋魯王命使往日本乞師事也。……亭林此詩第一首是預慮其無望，第二首則實指其無成，側重點亦有不同乎？」

(4) 《清詩選》則依黃節說，主魯王遁海而作；

(5) 潘重規認爲此詩編次緊接〈李定自延平歸齎至御札〉詩後，蓋亭林聞唐王下親征之詔，故登山望海，日夕佇望王師之至，此亭林當日之心情，亦了解此詩作意之關鍵也。

(6) 王蘧常：《顧詩彙注》：「全云：『浙江失守。』……全謂浙東失守而作，是。」並以「唐王被獲，感觸而作，非。」

綜合各家之說，主「魯王兵敗遁海」者，有黃節、《清詩選》；主「浙江失守」者，有王蘧常；主「唐王出海江南，勞軍師」者，有徐嘉；主「唐王親詔，企盼王師到來」者，如潘重規；主「日本乞師」者，

〔註45〕《顧亭林詩箋釋》，頁72。

有錢仲聯〔註46〕。

　　細讀四首詩，筆者認為必須先還原寫作時的歷史情境，接著再就文字所涵容的詩人之情感載體，進行結構性的分析，始能深契其旨。在當時，顧炎武遠奉唐王為正朔，雖未親任要職，心志卻始終不渝，惟在 1646 年（順治三年）六月，魯監國兵敗舟山逃於江海，不到三個月隆武則被殺害於汀州。由第一首詩的首聯對句：「秋光千里自登臨」，可以推斷必在秋天所寫，故〈海上〉寫於順治三年秋天，魯王兵敗至閩、隆武已滅之時。不過，細觀四首詩，對隆武崩殂遇害之事乃至詩人對此的悲傷哀慟等，均未得見，依照顧炎武對唐王的忠忱耿介，不應無感；那麼，隆武於順治三年九月遇害之情事，或可推測為顧炎武仍未知悉。王蘧常據此即推論顧炎武當時是仍不知道此事的，其云：「此詩作於是年秋，當時民間傳訊濡滯，何能及知隆武九月之變。」潘重規則認為〈海上〉編次緊接〈李定自延平歸齎至御札〉詩後，蓋亭林聞唐王下親征之詔〔註47〕，「延平」乃唐王駐蹕之地；由此，亦可進一步地推斷：顧炎武在收到唐王征詔之敕書後，寫下了〈海上〉組詩，從詩歌中的語意來看，當時顧氏仍不知唐王已遇害，不然不會毫無所感。有了這層基礎，那麼「哀悼隆武帝的崩殂」絕不會是解讀詩意之重點，「期許隆武的海上軍師」才是關鍵。

　　再次，閩、浙素有閒隙，兩地各擁其主，魯監國與隆武帝各有勢力與人馬，顧炎武專奉唐王，那麼對魯監國的看法呢？特別是，六月之後，魯王兵敗舟山流亡至閩，詩人鄉居登海，對於江、浙一帶的海上征戰亦當有所興感，故此，詩中「感嘆魯王海上勢力的消頹」亦為一切入關鍵。

〔註46〕以上諸說可參潘重規：《亭林詩考索》（台北：東大出版，1992 年），頁 189-190。錢仲聯之說，則參見《清詩紀事‧明遺民卷》（蘇州：江蘇古籍出版社，1987 年），頁 441-442。

〔註47〕潘重規：《亭林詩考索》（台北：東大出版，1992 年），頁 189。

　　再其次，第三首頷聯出句：「萬里風煙通日本」，組詩中的「日本乞師」又作如何解釋？筆者認爲上述六家之說，皆有可取，不過若就某一事件來解釋整組詩，則有掛一漏萬、削足適履之弊；環扣在「感嘆魯王海上勢力的消頹」、「期許隆武的海上軍師」、「日本乞師」三者，才是解讀這組詩的整體面向。

　　試觀第一首寫魯王。有二解。第一，乃指魯監國兵敗之後，逃到閩嶠，雖可偷安，然烈士志切恢復，豈可懷安苟活〔註48〕。第二，指魯監國兵敗於海，張名振隨扈，本欲投靠黃斌卿，黃拒絕不納，指張名振被拒事。第一首頸聯「水湧神山來白鳥」，錢仲聯認爲「三神山」明指日本〔註49〕，由此觀之，第一首之主題即包含了「感嘆魯王海上勢力的消頹」與「日本乞師」。

　　第二首則專寫唐王。首聯寫乙酉六月蘇州胥台爲清軍所破，滿目瘡痍的景象；頷聯寫南京福王，弘光政權下的諸侯、王爺紛紛渡江逃竄，詩人在海上望見從清營逃出的弘光降幡，倉卒航行；頸聯以秦望山（浙江）／冶山（福建）對舉，描述浙江軍散潰堤，南方福建的政權（不論是駐紮於此的隆武或者是奔逃至此的魯監國）更應該提防「朔風回」的逆襲；尾聯寫遙聞隆武親詔〔註50〕，詩人投以熱切寄望與期待，惟帶領之師，統領之帥實則乏人，此處暗指御營右先鋒，授鉞禮的鄭彩〔註51〕。第二首乃與「期許隆武的海上軍師」相關。

　　第三首仍專寫唐王。首聯寫「乍浦」、「南沙」自從明代以來即爲漢家版圖；頷聯以福王時劉孔昭出航日本，迷途航海，不知所終，顧炎武或藉此反對向「日本乞師」〔註52〕，而建議王師應把重心放在軍

〔註48〕《亭林詩考索》，頁189。

〔註49〕《清詩紀事・明遺民卷》，頁441。

〔註50〕可與〈李定自延平歸齋至御札〉詩，參照。

〔註51〕《南疆繹史》，頁40。

〔註52〕《顧亭林詩箋釋》：「明自嘉靖後，通稱日本爲倭國、倭寇，此用『日本』，蓋與下句『天涯』巧對。『通日本』謂風煙通向日本，係承『南營』、『終古』二句，指蘇南、浙東與日本當年對抗關係而言，未見

伍的培養與整頓；故頸聯續寫唐王樓船軍隊已奉敕出軍「征蠻」靖
海，卻遲遲不見壯盛氣勢的海上班師，而僅有似張騫桴槎泛海，尋找
天源的寂寥身影，詩人的理想與期待，此際落空；而尾聯再接續這一
失落的情緒，「愁絕王師看不到」，「王師」確指唐王海軍而無日本軍
師，故又可證顧炎武不贊成向「日本乞師」，而這次唐王親征詔下，
給予顧炎武極大的期待與希望，可是千里望海，軍幡仍舊無影蹤，此
中愁苦與憂慮，乃當日亭林之心境也。第三首仍與「期許隆武的海上
軍師」相關。

　　第四首首聯以蕪城（揚州）、海上孤雲（魯王游蹤）寫興亡感
慨；頷聯寫河山的變異與戰爭的催殘無情；頸聯寫宗室的麥秀黍離
與明朝二京（北京、南京）的相繼隕陷；尾聯以守大梁城門的侯嬴自
喻自傷，侯嬴荷信陵禮遇，遂得殺身以報信陵；亭林受知於唐王，則
王師渺不可見，欲報無從，極望雲天，哀慟之情，更有百倍於侯生者
〔註53〕！故此，第四首仍與「唐王」（隆武）有關。

　　〈海上〉詩計四首，詩寫魯王、唐王情事。當時二方勢力，可以
圖示如下＊：

　　　　有向日本乞師之意。」頁 69。
〔註53〕《亭林詩考索》，頁 190。
＊ 魯監國與隆武（1645-1646 年），司徒琳（Lynn Struve）《1644-1662：南明
　　史》，圖 5。

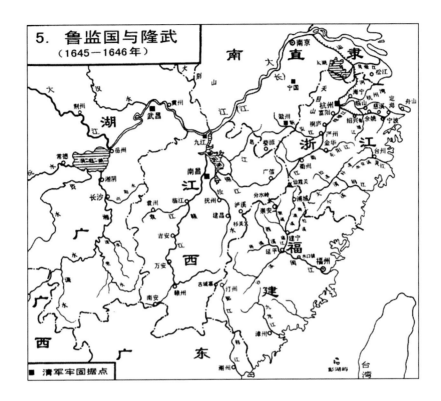

其解讀分別為，第一首係「感嘆魯王海上勢力的消頹」；第二、三首
則「期許隆武的海上軍師」；第四首乃「顧炎武對唐王的忠誠情
義」；大體來說，詩歌中對隆武／唐王的期待，恰與其平生尊奉唐王
為正朔之志，若合符節；至於第一首中的「水湧神山來白鳥」、第三
首中的「萬里風煙通日本」則與「日本乞師」有關，詩句中的「日本
乞師」，是陳述一發生的「歷史現象」（福王時的劉孔昭航海日本，後
不知所終），究其實質，顧炎武並不贊同向日本乞師之舉。這樣的立
場與後來順治五年，魯監國系統的黃孝卿、馮京第，有著不同的認知
與想法。

　　除了日本乃東亞世界之邦國，底下則探討越南與南明之間的互
動，以期更完整地理解「東亞網絡的世界秩序」。

　　徐孚遠（1599-1665）與交州、安南（今越南）的南航之旅，亦

屬東亞世界的政治網絡，值得探討。「交州古號越裳國」〔註54〕，其範圍在近八百年的歷史中常有變化，是中國西漢到唐朝初期的地方行政區，包括今天越南北、中部和中國廣西的一部分。有時還包括現在的中國廣東、海南。徐孚遠受鄭成功之令，遠赴雲南回覆永曆之封敕，於 1658 年（永曆十二年，順治十五年）取道安南，安南要以臣禮，先生不可。致書安南西定王爭之，不得要領。阻不得進，乃返廈門〔註55〕。此行隨行者有黃臣以、張衡宇二人，即走海線，去程有：

〔註54〕《交行摘稿》，《叢書集成新編》第 68 冊（台北：新文豐出版社，1985年），頁 455。

〔註55〕《徐闇公先生年譜》，頁 44。先生赴滇年月，各書所記不同。《賜姓始末》繫戊戌二月，沈雲《鄭姓始末》繫丁酉十二月，林霍繫之辛卯，《行在陽秋》以爲甲午年。陳乃乾、陳洙：《徐闇先生年譜》推爲永曆十二年正月。蔡靖文〈由《釣璜堂存稿》試探徐孚遠入臺之相關問題〉，則認爲入安南爲永曆十一年，其推證之資料與論證，引述如下：「按王忠孝永曆十三年二月〈上桂王心懸跡阻疏〉云：「臣於去年二月內，曾具興朝赫濯有象一疏，附僉都臣徐孚遠上聞。取道交南，阻梗不得前進，臣孚遠從交南另差賣疏入都，未知得徹天聽。」而永曆十四年二月十日〈上桂王綸綍遠頒謝恩疏〉曰：「永曆拾貳年貳月內，再具興朝赫濯有象一疏，附僉都臣徐孚遠，阻於交南，另差賣報，爲卜得達宸覽？」是知，王忠孝永曆十二年二月上疏，附呈徐孚遠阻道交南之疏（十三年疏見王忠孝，《惠安王忠孝公全集》，南投：台灣省文獻委員會，1993 年 12 月，頁 72。十四年疏見同書頁 73）。又參以徐孚遠〈四月朔〉、〈七夕西風，過大州頭〉等詩（分見《交行摘稿》頁 3，頁 12）」；可知，徐孚遠入交南之年，非如《年譜》所言永曆十二年。筆者認爲所以有永曆十一年、永曆十二年兩種主張，主要乃出自於桂王冊封鄭成功爲延平王的年代問題。陳寅恪據魏默深「國初江南靖海記」之記載：「十四年明桂王遣使自雲南航海進封成功延平郡王。」《小腆紀傳》則訂爲永曆十二年：「遣漳平伯周金湯冊封朱成功爲延平王，招討大將軍，賜尚方劍，便宜行事。」若依照陳寅恪的資料則鄭成功指派徐孚遠入滇取道安南爲永曆十一年，若按照《小腆紀傳》則爲永曆十二年。兩者之說皆有其依據，姑存記此以供參照，惟筆者翻閱《張蒼水詩文集》，其有詩〈徐闇公入覲行在，取道安南；聞而壯之二首〉繫年於戊戌年元旦（順治十五年，永曆十二年，1658）後不久，詩題明確題爲戊戌年，時間點上恰與徐孚遠出發之正月相符，後順治十六年（己亥年）張煌言有〈得徐闇公信，以「交行詩刻」見寄二首〉，可知該年

〈同黃臣以、張衡宇行交海〉，回程有〈將至大星連日暴風粵中水師皆有怨於我，故作末二句〉之相關記載，惟徐闇公詩未按次編年，此安南之行未能得知確切的時序；但可以知道的是，徐孚遠航行安南乃當年正月，記載到當年七夕爲止，「航行旅程」〔註56〕加上「取道安南」的總時間約莫七個月；換言之，《交行摘稿》主要是記錄了1658年（永曆十二年）的一月到七月間，徐孚遠南航交州（越南）之見聞與心境，其中從越南返回廈門曾受困海上一個月，有詩云：「南海行幾一月程」〔註57〕，總計詩凡五十九首。對於南明遺民的海上漂流與

「交行詩刻」完成。張煌言詩，見頁 126-127、140。；又，徐孚遠有詩〈時有傳余亦隨使入朝覲者，欽之因贈余詩，已而訛言也。依韻奉和兼送黃職方南歸〉，詩中有「舊年折翅又新年」，表示新的一年初始，而《徐闇公先生年譜》記載，黃職方即黃臣以（事忠），永曆十二年正月由廣東龍門航海至思明，詳參頁 44。由以上之時間點來看，筆者認爲徐孚遠啓程航行安南之時，可鑿定爲永曆十二年。此外，證據二，乃在於《徐闇公先生年譜·徐闇公先生傳》中有句：「乃入閩事隆武皇帝。又以運屯，同賜姓藩大集勳爵，結盟建義於閩島，與賜姓藩爲僚友，養精蓄銳四十萬，待時而動，十三年於茲矣。」（頁 61），隆武帝辛乃順治三年事，徐孚遠云「運屯」，再按照「十三年」於海島，往後推算乃順治十五年，亦即永曆十二年，可再得證。因此，《徐闇公先生年譜》所云之「辛卯歲」該年三月泛海赴交在（永曆），三月至交州；應正爲「戊戌歲」，也不可能當月即到交州。年譜明顯有誤，今改正。

〔註56〕此次南航往返之時間，計費五個月，張煌言有詩〈得徐闇公信，以「交行詩刻」見寄二首〉云：「瘴海誰堪汗漫行，知君五月在舟程。」（《張蒼水詩文集》，頁 140）

〔註57〕〈將至大星連日暴風〉，《交行摘稿》，頁 455。徐孚遠有多首詩載其返程廈門一個月以來的海難經驗，參〈行瓊海入一線沙，亦名角帶沙，危險萬狀，吾輩三人，自擬必死矣，口占〉、〈一線沙出，得西風可至大洲頭，始爲通道。行至初五日，已報過洲頭，風輕流速，退回〉、〈行大洲頭歌〉、〈七夕西風過大洲頭〉、〈將至大星連日暴風〉、〈舟行迷道〉諸詩，由以上的敘述，大抵可以知道此趟從南海出發的返程之旅，約莫一個月左右。時間上從五月二十七日到七月七日；先繞入瓊州海峽的一線沙，抵瓊州北岸的海口灣，憑藉西南風的吹送，到廣東的紗帽山，惟因五月時值東風加上海上有八櫓船逼近與攻擊，故又折返一線沙；後再從一線沙出，欲取道大洲頭，惟風輕流速，遂過了大洲頭因而又折返，到了七夕，才等到西風之吹送。

經歷，徐孚遠可爲一典例。

　　徐孚遠與安南重臣詩歌往來的紀錄，可以見出南明使節與東亞國境的互動，如〈贈安南范禮部名公著。僭稱尚書〉詩云：十載風塵臥翠微，今來假道赴皇畿。未聞脂秣遙賓駕，更有荊榛牽客衣。生似蘇卿終不屈，死如溫序亦思歸。南方典禮惟君在，僑盰相期願弗違。（《交行摘稿》，頁 453）

　　「十載風塵臥翠微」，依照徐孚遠所奉永曆正朔（1647）來看，往後推「十載」爲永曆十年（1656 年，順治十三年），當年正月李定國奉桂王入滇，亦即桂王顚沛流離大西南已歷十載，於第十年始入滇南坐臥此翠微之境地，而今（永曆十二年）詩人欲「假道」（交州）奔赴王權邦畿之地（雲南）；頷聯以沒有健壯之肥馬與豐盈之秣草來敘述到了越南卻沒有受到主人的禮遇，沿路荊棘叢生徒使路途難行；頸聯則分別以「蘇武」之堅貞不屈終能歸漢，與「溫序」之典指自己慷慨就義之情志；尾聯褒揚對方係能夠恪守禮節、遵照儀典的君子，期許范禮部切莫遺忘了「禮儀」之範〔註58〕。

　　惟此行阻道安南，未見永曆而返，徐孚遠〈二日〉：
　　　　天公何事久陰陰，晴雨無期似客心。夏甸幾時巡鳳輦，春
　　　　光難可變鴉音。不堪異類思微服。遙念同朝憶故簪。終日
　　　　溪流流未徹，那能滴淚到滇黔。（《交行摘稿》，頁 453）
肩負著傳達鄭成功與永曆帝之使命，客寓他鄉、流落異地，時節雖爲春光卻在頓時變成猛禽出沒的可怖場景，所心繫者乃南巡在雲南的

　　　熟料將到大星，此時又碰上了連日的暴雨，招致粵中水師之怨。見
　　　《交行摘稿》，頁 455。詩集中〈粵遊阻途復歸南海〉亦有類似記載，
　　　頁 515。
〔註58〕徐孚遠阻道安南時曾致書安南西定王，稱：「自我宣宗皇帝從三楊之
　　　請，崇立貴國，始重以使權，繼隆以王號；而貴國二百三十年來，
　　　輶軒歲至，球幣無愆，稱爲知禮之國，我列聖所以嘉獎眂賜亦無替
　　　也。自妖氛狂熾，三京淪陷，永曆皇上正位南極；側聞貴國遵正
　　　朔，重冠裳，孚遠等是以聞義而假途也。」《年譜》附林霍繫徐闇公先
　　　生傳，頁 60。惟林霍繫徐公入安南爲辛卯歲，誤。徐泓已糾其訛，
　　　可參。

桂王，徐孚遠身處「異類」環境，陌生的異域遙想起同朝的故友舊臣，而今飄零天之南，卻找尋不到流亡於滇黔之昭宗，此未能朝覲永曆帝之焦慮、遺憾與失落，遂一再地出現於詩中，如〈五日同黃張飲歌〉：「帝都飛舄尚茫茫，嘆我年來已老醜。」（《交行摘稿》，頁454），以飛舄比喻急迫見到聖上之焦急心態，並感嘆自己年華即將老去卻未竟志業；〈懷王先生〉：「從今便斷朝天夢，慚愧當年化杖人」（《交行摘稿》，頁454）「化杖」，指神話中的「鄧林」。夸夫追日，窮盡扶桑，後路途力竭而卒，木杖化為一片樹林，此處是否暗指東渡扶桑，乞師日本之明臣可進一步深索，惟「朝天」二字清楚地點出了朝聖西南之任。再如〈將回贈臣以職方時臣以議，欲間道行復命也〉：「瀚海吞氈報漢恩，蕭然反棹不堪論。軒車高蓋誰迎者，辦得芒鞋朝至尊。」（《交行摘稿》，頁455）亦以芒鞋步履之行腳姿態，踏破西南邊徼，跨越國境邊界，朝聖「至尊」的不渝之志，昭然雪亮。

　　徐孚遠奉命南航交州，「越南」遂可劃為南明遺民行腳的地理範圍之中，雖未能朝天謁尊，親見桂王，卻意外的將天之南的見聞知錄，掮筆成文，成了南明遺民詩中境外離散經驗的典例；從朱舜水、黃宗羲、張煌言的「日本乞師」，到徐孚遠之「取道安南」，南明遺民以南方為中心，上達日本，下至越南，在南／北的交流與互動之中，隱然呈現出一幅「東亞網絡的世界秩序」。

三、嶺南山系

　　粵省居南州遠徼，海澨偏方，李唐張曲江一時冠絕，詩學盛於當時；明末以來，黎遂球、陳子壯、陳家玉、鄺露等人踵繼前賢；南明遺民屈大均、陳恭尹、梁佩蘭，同稱嶺南巨擘。嶺南，即五嶺以南。五嶺之名始於《史記‧張耳陳餘列傳》：「秦為政亂政虐刑，以殘賊天下，數十年矣。北有長城之役，南有五嶺之戍。」《索隱》引裴淵《廣州記》云，「大庾、始安、臨賀、桂陽、揭陽、斯五嶺。」又《漢書》卷三十二，〈張耳陳餘傳〉第二，服虔曰：「山領有五，因以為名。交

趾、合浦界有此領。」顏師古注云：「裴氏《廣州記》云：『大庾、始安、臨賀、桂陽、揭陽，是爲五領。』鄧德明《南康記》曰：『大庾領一也，桂陽騎田領二也，九眞都龐領三也，臨賀萌渚領四也，始安越城領五也。』裴說是也。」由此，可以推知五領之稱之歧異在於一爲「揭陽」，一爲「九眞」，裴淵贊前者之說，鄧德明則支持後者；屈大均則在《廣東新語》提出不同看法，他認爲：「大抵五嶺不一，五嶺之外，其高而橫絕南北者皆五嶺，不可得而名也。」屈氏看法較寬泛，以能橫絕南北界域之崇山峻嶺者皆可名之曰五嶺，故無法盡述其稱，巧妙地閃避了裴、鄧之說；大體而言，五嶺乃今之越城嶺、都龐嶺、萌渚嶺、騎田嶺、大庾嶺五座山組成〔註59〕。地處廣東、廣西、湖南、江西四省區交界處，明清之際嶺南的遺民詩人輩出，又因其地理位置易守難攻，故與密謀復明的政治運動息息相關，是本文考察南明遺民的「南方」地理之一大重點。

（一）崖山棧道的喋血奮戰

「嶺南山系」由於形勢特殊險要，層巒疊嶂，境內諸峰聳立，以羅浮山最負盛名，陳恭尹〈登羅浮〉詩云：

> 八桂秘南經，雙山雄粵望。偉哉昔所聞，於今覩其狀。彌天列青藹，絕地聯層嶂。掩苒草木平，陂陀谿谷壯。誰言盛積阻，極目何超曠。雲巒時絕續，泉聲日奔放。飛樓候朝暾，倒影排溟漲。相傳蓬島來，夐矣陶唐尚。事往誠莫稽，跡湮理無妄。搴禽應臼杵，暗虎懷仁讓。蟲書篆符竹，蝶化遺衣桁。繫維羽人宅，信此餘風暢。陰崖饒異產，神藥滋蓋藏。名遺炎帝書，類絕秘含訪。伊昔休明會，位與王侯抗。時勤玉璽封，未昧高山嚮。望秩禮久虛，旱魃人猶仰。我來仲夏月，溽暑陽方亢。臥聞夜來雨，飛出龍池上。何因霈九州，蒼生企靈貺。（《續修四庫全書》第 1413 冊，頁 34）

〔註59〕五嶺之名，及嶺南納入中國版圖於中國歷史上的行政劃分、疆界範圍、文化意識，詳參陳雅欣：《唐詩中的嶺南書寫研究》（台南：國立成功大學中國文學研究所碩士論文，2008 年），頁 14-76。

羅浮山乃嶺南山系之主要根脈，諸峰林立〔註60〕，亦是境內名山聖地。此首詩主要分成四個部份。首先，點出羅浮山於八桂的地理位置係一岩嶢祕境，接著敘述了山勢的雄偉、極目遠曠的蒼穹景色、山泉潺流之音聲；再次，則從名山仙境的傳說談起，高處遠眺的海景有蓬萊仙島，飛升登天的羽人居宅，山中蘊藏著珍奇異產與神靈丹藥；再其次，則以羅浮山的地理位置與物候天象表徵南方，故以南方火德的炎帝代稱，乃至撰有《風土草木狀》的嵇含，都是用來指述南方地理，並強調其炙熱旱魃的物候氣象。最後，以夜雨降甘霖，潤澤九州大地，蒼生祈願靈驗的祝禱作結。如果相較屈大均「山是羅浮好」〔註61〕的故鄉情懷，陳恭尹在此則以客觀山勢、歷史遺跡、神話傳說、南方物候作為鋪述基調，組構出一幅壯麗詭譎的嶺南山景。

　　除了羅浮山之外，南明遺民行腳於嶺南的生命經驗與地理景觀，尚有新會的厓山。眾所周知，厓山海戰乃南宋抗禦蒙古異族的戰役，丞相陸秀夫背負宋昺帝躍海，南宋國祚告終。屈大均《廣東新語》卷二《地語・厓門》：「厓門，在新會南，與湯瓶山對峙若天關，故曰厓門。自廣州視之，厓門西而虎門東，西為西江之所出，東為東北二江之所出。蓋天所以分三江之勢，而為南海之咽喉者也。宋末陸丞相、張太傅以為天險可據，奉幼帝居之。連黃鵠、白鷂諸艦萬餘，而沉鐵碇於江。時窮勢盡，卒致君臣同溺，從之者十餘萬人。」〔註62〕因此，對南明遺民來說，嶺南海濱的厓山與殉國節義的忠臣，地景與志士形構出忠義的歷史形象與典範；行腳嶺南的地理景觀中，以厓山為題，吟詠詩史，如屈大均〈吊厓〉、〈登圭峰頂望厓門〉二詩：

　　　　虎頭門外二洋通，想像精靈滿海東。一代衣冠魚腹裏，千

〔註60〕屈大均：〈張二文畫馬送予出塞詩以酬之〉：「我栖羅浮四百峰，十年學道師老龍。」《屈大均詩詞編年箋校》，頁27。
〔註61〕屈大均：〈過梅村作〉，頁107。
〔註62〕《屈大均詩詞編年箋校》，頁172。

秋宮闕蜃樓中。乾坤開闢無斯變，龍鳳驅除亦有功。萬古
人倫能再造，高皇神烈自無窮。（頁171）

悵望江門烟雨濃，先朝空有玉臺鐘。湘妃萬古餘斑竹，望
帝三春在碧峰。揮斷金戈時已盡，歌殘薤露去無從。天邊
島嶼多遺殿，綠草離離積幾重。（頁172）

「虎頭門」，據《廣東新語》卷二《地語‧虎頭門》：「故祀南海神于
虎頭門之陰。門在廣州南，大小虎兩山相束，一石峰當中，下有一
長石為門限，潮汐之所出入，東西二洋之所往來，以此為咽喉焉。」
〔註63〕可知虎頭門乃廣州城外的海上重鎮，並為祀南海神祈之地；首
聯即點出虎頭門乃匯聚東、西二洋的交通要塞，並由此想像出活躍於
東方海域的神靈；頷聯以南宋趙昺帝事，點出皇室衣冠淪為魚腹之
食，朝代興衰與政權的興廢，終成海市蜃樓，邈不可及；頸聯以乾坤
天地變化之極來形容虎頭門的開闢萬鈞之勢，乃自古未有，並在此聯
直接寫出「龍鳳」此一代表明朝開國君主的稱號；故尾聯以高皇朱元
璋作結，讚揚其豐功偉業可以亙古不衰，萬古留存。

第二首首聯先寫「圭峰」，《廣東新語》卷三《山語‧圭峰》：「圭
峰在新會城北二里許，秀拔玉立，其頂四方，名玉臺。」〔註64〕攀登
圭峰之頂「玉臺」眺望遠方的「江門」（厓門）；頷聯則以湘妃泣
竹、「望帝春心託杜鵑」的后妃／君王暗指故國之思；頸聯以魯陽揮
戈終究無成之悲，接續故國已亡之意象，殘歌盡、薤露悲；尾聯則想
像出遙遠的海角天涯之際，在一片迷離蒼莽的綠草之中，存在著被人
遺忘的宮殿建築。

從羅浮山到厓山，可以勾勒出南明遺民於嶺南山系的行動蹤跡
與忠義情志，而嶺南更是其喋血奮戰的生死場域，茲以屈大均〈廣州
北郊作〉八首為例：

朝臺秋草白茫茫，化作龍堆四十霜。鬼火不隨風雨滅，光

〔註63〕《屈大均詩詞編年箋校》，頁171。
〔註64〕《廣東新語》（北京：中華書局，1997年），頁109。

芒知是谷篆王。

髑髏臺畔幾英雄，血作青磷四野中。鬼伯不驚魂魄毅，沙場往日共秦弓。

新開萬里戰場邊，白草萋萋恨骨纏。烈士要離那有家，伯鸞思葬素馨田。

五嶺人頭嶺并高，名王獵火盡山毛。清明上巳爭拋盞，十萬蕃魂在白蒿。

紛紛羌婦上墳來，人哭聲連鬼哭哀。木葉山中魂望久，青磷肯向四樓回。

截將山勢白雲回，雙作丁靈得勝臺。南塞可憐成北塞，牧羝誰在黑龍堆。

咫尺陰山接越臺，夕陽吹角打圍來。揮鞭亂渡韂韂水，駝背佳人滿紫埃。

古道呼鑾粵秀旁，牛羊氣作野雲黃。酪漿肉飯南邊有，不記龍沙是故鄉。

〔箋〕作於居粵時期。詩中「鬼火」、「鬼伯」、「鬼哭」、「沙場」、「戰場」、「青磷」、「髑髏」滿紙，當是廣州兩次血戰失陷後作〔註65〕。廣州兩次城破，一次為 1646 年（順治三年），一次為 1650 年（順治七年）。此詩即為順治七年清軍屠城後，屈大均行經廣州北郊，感觸傷懷而發。

　　第一首的「朝臺」，可合併第七首首句的「咫尺陰山接越臺」來看，此臺即為越秀山的「越王臺」，按越秀山在廣州北郊與詩題相符，可知「朝臺」乃指屈大均清晨登越王臺眼望所極盡是白茫茫的秋草，堆積如沙、沉澱如雪、蜿蜒如龍的灰土，加上連綿不絕的陰雨與飄忽無蹤的鬼火，一片蕭瑟與悽涼。第二首以臺畔的死人頭骨，憑弔抗清奮戰的英雄，其碧血化作墓熒飄散在四方荒野之中，驍勇善戰馳

────────────

〔註65〕《屈大均詩詞編年箋校》，頁31。

騁沙場的昔日光采，縱使身為鬼魂也仍有驚人膽魄的識量。第三
首，藉由蒿里點出戰場的殘酷血腥與寂寞荒涼，荒草與白骨交織纏
繞，並以春秋時代的烈士要離與上述的英雄兩相呼應，伯鸞則指隱逸
之士，欲埋於美人所葬之「素馨田」〔註66〕，英雄／隱士／美人帶出
戰爭的冷酷與無情；第四首，五嶺作為南明軍隊與清軍相互交戰的棧
道，殺戮之甚竟使髑體堆疊如五嶺之高，血腥之厲使山毛絲毫不剩，
原本除污障的上巳佳節，祓襖之河遂成了漂流的十萬白骨，從人頭積
累與山同高，血流成河的駭人景象，可以想見其嚴酷慘烈之況，值得
注意的是此處的「十萬蕃魂」，「蕃」相對於漢，故「蕃」指清軍，屈
大均哀弔北方南來之軍魂，這些「蕃魂」聽從上級命令，從北方征戰
到荒野的南方，離開故有家園，切斷了與原生家庭的聯繫；故第五首
即寫北方蕃魂的家屬，聽聞靈耗至墳前慟哭，人聲與鬼聲淒厲哀
慟，為國捐軀的戰士成了木葉樹林中沒有軀體的青磷之魂。第六首，
以「丁靈」，漢時為匈奴屬國，《史記》卷一一○《匈奴傳》：「後北服
渾庾、屈射、丁零、鬲昆、薪犁之國。」司馬貞‧索隱：「丁靈在康
居北，去匈奴庭接習水七千里。」丁靈乃匈奴的屬國，來替稱南方已
被清軍攻陷，故云：「得勝臺」，華夏「南塞」成了滿洲族的統轄之
地，而忠貞如蘇武北放牧羊者能有幾何？第七首以空間的對比方式壓
縮了陰山（北）與越臺（南）的距離，並用東晉時前秦符堅揮鞭斷流
的氣勢，來比喻北方軍容之強盛與凌夷可以長驅直入南國，於是南方
的佳人遂於戰亂之際與銅駝對泣，漫起瀰天的塵埃；第八首再次點出
兩軍交戰的場域「古道」，屈大均於此處（粵秀）呼告先皇御駕，城
陷後的廣州令其回憶起粵地曾有的故國影像，最後追悼這些生為游

〔註66〕《廣東新語》卷十九：「素馨斜，在廣州城西三十里三角市。南漢葬
　　　　美人之所也。有美人喜簪素馨，死後遂多種素馨花於冢上，故曰素
　　　　馨斜。又名曰花田。」屈大均有詩〈花田〉：「日落江城鼓角悲，花
　　　　田牧馬暮歸遲。蘼蕪尚帶羅裙色，滿地秋霜知不知。」〔箋〕時城西
　　　　淪為清兵牧馬之地，有感作此。（頁30）花田在廣州城西，此詩可與
　　　　〈廣州北郊作〉相互參看，更能明瞭當時廣州城受清兵陵夷之況。

子，死爲孤魂的北方士兵，以南方亦有酪漿肉飯可以代替北方塞外（龍沙）的故鄉飲食，故「不記龍沙是故鄉」，看似寬慰之詞，實顯交戰之後的淒絕與落寞。廣州城陷後的屈大均，行經北郊，於此詩中反思了戰爭的本質：大時代的流離與動盪，迫使臣民／軍士無家可歸，詩中既「可憐南塞」，也同理了「北塞」的軍戎之無奈與辛酸；而統合「戰場」、「五嶺」、「山中」、「南塞」、「古道」、「南邊」，這些空間方位與地理名詞，清楚地揭示了嶺南山系中「厓山棧道的喋血奮戰」之地理景觀與詩史意義。

（二）南溟奇甸的絕域景觀

蘇東坡有：「九死南荒吾不恨，茲游奇絕冠平生。」描述「南荒」之勝景與歷遊海南島的心境；「吾不恨」的斷然篤定，可以想見「南溟奇甸」的奇絕景觀對蘇軾內在心境的轉化與調適之功。南明遺民在嶺南地區，對南溟海域、奇甸荒郊的絕域奇觀，如何呈現？茲以屈大均爲例說明，其〈波羅曉望〉：

> 牂牁春水蜀中來，東注扶胥浴日臺。江口月明龍戶合，海天雲散虎門開。金銀宮闕隨潮汐，錦繡山河寄草萊。氛祲冥冥殊未息，南征深仗伏波才。〔註67〕

此詩乃屈大均於番禺郡波羅廟觀日所作〔註68〕。首聯的「牂牁」乃郡名。漢時設置，位於今貴州省舊遵義府以南，至司南、石阡等府，皆其地。點出空間場域乃南州遠徼的西南邊境，從蜀地流向黔境匯進南海的水脈，詩人在番禺郡的波羅廟眺望汪洋日羲，東昇破曉之姿；頷聯以月明、雲散兩種天象物候來刻畫海天江口的景色，虎頭門，在廣

州城南，「乃潮汐之所出入，東西二洋之所往來，以此爲咽喉焉。」
頸聯寫海上宮闕如海市蜃樓，錦繡山河盡化爲洪荒草萊；尾聯「氛
祲」乃隱辭微語，或暗指鄭氏的海上起義尚未停歇，故云「冥冥」言
其隱匿，並以漢代伏波將軍喻李定國，敘述永曆帝由李定國隨扈同入
雲南之事，一東南，一西南，均南明史事。屈大均由番禺郡之波羅
廟，描述羊城八景中的「扶胥浴日」，重點雖置諸興寄感懷與南明史
事，然詩中的牂牁（黔）、蜀中（蜀）、番禺（粵）之地理界域，仍勾
勒出一幅迥異於中原的南溟版圖。接著，可再從嶺南「奇甸」的海郊
之景來觀察，屈大均〈出獅子洋作〉：

> 忽爾乾坤盡，浮沉黑浪中。火螭銜夜日，金蜃噴天風。洗
> 甲心徒切，乘桴道欲窮。朝宗餘一島，尚見百川東。〔註69〕

「獅子洋」，在珠江口，南至虎門。首聯敘述出洋的景象，忽然之間
天地盡沉於起伏的滔滔海浪，以此狀寫海域的波濤洶湧與遼夐無
際；頷聯分別以火螭、金蜃兩種巨靈來寫海上日夜的輪替與天風的急
促；頸聯則從景到情，寫詩人「洗甲」之心，冀停止干戈戰事，求天
下太平，故效法孔子乘桴於海，窮道致理；尾聯寫「海」與「地」的
關係，水流朝宗盡於大海，惟大海之中立起一島，「地在海中者也」、
「地亦不盡於海矣」〔註70〕，島之往外延展又有「百川」東流，海中
有島，島塊隱接著內陸，島外復有海，海之外又有島嶼，彼此循環，
相生迴複，「南溟奇甸」的荒郊／海島，即如斯呈現出「南而又南，
吾不知其所底矣」的絕域景觀。

四、西南荒江

西南邊境在南明政權的版圖有著重要的軍事地位，永曆政權於
嶺南、廣西、貴州、雲南的遷徙流動之空間體驗，對西南荒江的地理
景觀如何展示與詮釋？茲以瞿式耜爲中心，分成「浮萍扁舟的漂泊經

〔註69〕《屈大均詩詞編年箋校》，頁 1124。
〔註70〕《廣東新語》，頁 29。

驗」、「荒域邈天的邊境敘事」兩點討論。

（一）浮萍扁舟的漂泊經驗

　　遠方邈地的西南荒江，是一處奇觀絕域的異質空間，梁佩蘭〈送何不偕之桂林〉：「八桂蒼蒼地，題詩那可聞。」〔註71〕透露出桂林蒼蒼，原始遼荒，題贈詩句予人並不容易。再如梁佩蘭〈送程湟榛職方出守桂林〉：

　　　　長河風起波濤立，官船信風鳥飛急。七千里路如目前，洞
　　　　庭波疊湘潭烟。衡山九疑相聯綿，向南一面通入滇。〔註72〕

從湘南的洞庭湖到廣西的桂林，再橫越南嶽衡山並一路向南，通航滇境。由「長河」、「官船」、「洞庭波」、「湘潭烟」可知，通往八桂、滇黔一帶，必須靠舟航，此乃相對於北車的交通方式；也因此，南明遺民扁舟獨航於恍惚迷離的烟水流域，其漂泊如浮萍的離散經驗，常發乎吟詠，自然成章，茲以瞿式耜爲例，做較深入的解析。瞿式耜擁戴永曆帝，與之隨扈西南，進出兩廣，有多首詩作反映了扁舟漂泊的經驗，1646 年瞿式耜在廣西，此時已藉由「舟」的擺盪來傳達漂泊的心情，如底下三首〔註73〕：

　　　　愁來把醆讀騷經，隔水笙簧偶一聽。野鳥忘機看濁浪，天
　　　　狼何日寢妖星。傷心莫話銅駝事，病骨慳遊鐵篷亭。無蒂
　　　　浮名久已破，虛舟且自逐浮萍。（〈感懷用前韻〉，頁277）

首聯寫寓居西南時，孤夜愁來，攤展《離騷》，傾瀉煩憂之情，隔著江水聽聞笙簧絲竹之樂，卻更添憂愁；頷聯則借景抒情，坐望浪花淘洗來去，天邊野鳥的浪跡天涯毫無牽絆，詩人心想天狼星、妖星等不祥徵兆，何時才能止歇；頸聯用銅駝往事來抒寫故國情懷，病弱瘦骨以致無法盡情遊賞；尾聯則以無蒂的浮萍自稱，浪蕩他方無所依靠，

〔註71〕《四庫禁燬書叢刊・嶺南三大家詩選》，集部第 39 冊，頁 200。
〔註72〕《四庫禁燬書叢刊・嶺南三大家詩選》，集部第 39 冊，頁 181。
〔註73〕採用版本爲《瞿式耜集》（江蘇師範學院歷史系、蘇州地方史研究室整理；上海：上海古籍出版社出版，1981 年 11 月），以下皆同。

唯有一葉虛舟與自己浪遊沉浮。

> 宦海風波夢裡經，漁歌一曲儘堪聽。愁多獨坐憐秋月，睡
> 少頻興看曉星。懷古劇談新舊雨，思歸空畫短長亭。退天
> 鮑繫心難住，羨殺無情逐浪萍。（〈不寐二首即用前韻〉之一，
> 頁 278）

首聯形容仕宦生涯的奔波與險惡，如夢一場，江畔演奏著漁歌，可以
盡情地聆聽；頷聯點題，乃詩人夜中不寐獨賞秋月與晨星；頸聯以懷
古起興寫歷史古今的變遷，並透露出想念江南的歸鄉之情；尾聯以
「繫鮑」寫自己本欲安居之心，卻難以長久地停駐在某處，只能與孤
舟共同搖盪於天南邊境，並欣羨假使自我能做到「無情」而不任情，
那麼就能身如浮萍，而不會使心境感到寂寥荒涼。

> 旅泊荒江味飽經，江風吹送夜潮聽。推篷倒射中流月，掬
> 水翻搖天上星。城角嚴更何隱隱，沙邊警鶴自亭亭。跳波
> 知為驚魚網，何事盆魚也躍萍。（〈不寐二首即用前韻〉之二，
> 頁 278）

首聯感嘆旅次荒江南陬，嚐盡了辛酸苦楚，江邊吹送著微風，聆聽夜
潮，詩人此刻不寐；頷聯寫景，以斗篷倒射水中月影、掬水翻搖天上
星斗；頸聯描述荒城的吹角聲，迴盪在疏遠遼敻的城郊而隱默消失，
望見沙邊的鶴鳥兀自高潔昂然的影像；尾聯則先寫捕魚網擄獲了海濱
之魚，卻不解宅內的「盆魚」原有人照料，應可以安居在室，而不是
淪為魚網內的「跳波」之魚，何以「盆魚」漫無方向地搖盪跳躍於浮
萍之中。詩人於此即用「盆魚」自喻，本可安居江南，惟動亂之際，
流離失所，此生境遇如同「盆魚」離開了熟悉的故土，逡巡漂蕩於草
萍之間。

底下二首寫永曆帝已還都肇慶，瞿式耜孤舟西行，護守桂林的孑
然身影：

> 野鳥孤花向晚新，天涯萍聚幾閒身。荒城濁酒三生夢，蠻
> 徼殘山歷刦春。古碣摩娑堪尚友，寒蟾依約似雷人。同心
> 珍重分飛去，指點詹梅索共巡。（〈和朱子暇南薰亭雷別韻亭在

　　　虞山〉，頁 280）

此詩寫作應繫年於 1648 年（永曆二年，順治五年）十月至十二月之間；虞山公園的南薰亭在今廣西桂林，首聯以亭外的野鳥與孤花起興，漸近向晚的景色卻是離人浪遊天涯的背景，而此刻瞿式耜與友朋朱子暇正離情依依；頷聯寫荒城桂林與南蠻邊界的空間地域，此處雖則偏遠荒涼卻有濁酒相伴，可以與友偕賞，共歷劫難，情義彌堅；頸聯瞿式耜以桂林的摩娑古碑來向友古人，並在月宮中的寒蟾見證下，與離別的友人互許約定；尾聯深心祝福即將分飛的朱子暇，在離別之際共遊巡賞這亭簷寒梅。

> 五岳何年一縱遊，拚將殘骨向崖投。半生濁夢完前刧，萬
> 里狂波只漏舟。好夜因風隨月泛，孤松倚石看雲流。胸中
> 帶得烟霞氣，縱入愁鄉不解愁。（〈和密之七夕韻二首〉之一，
> 頁 288）

這首詩寫於 1650 年（永曆四年，順治七年）七夕，距當年十一月瞿式耜大義殉節，僅剩四個月。首聯以希冀「何年」能歷遊五岳，恣意漫遊的祈願起始，進而點出為國不惜捐軀，縱然殘骨餘生仍趨身挺進崖口；頷聯以前半生的功業自矜，惟有歷難艱險，才能度脫「前刧」之重責大任，故漏舟孤航於萬里煙波，驚濤駭浪，亦不可怖；頸聯則轉入夏夜晚風，乘月泛舟，在古松、崖石中觀看來去的流雲；尾聯寫雲烟彩霞的迷濛自存心中，此刻的詩人縱使身置愁苦之鄉，亦不解「愁」了，以外在景觀調適內在的憂愁與人生的困頓，惟是否真能澆胸中塊壘，語雖豁達實則難掩落寞惆悵。

　　從瞿式耜的這五首詩來看，「虛舟」、「浮萍」、「匏繫」、「浪萍」、「旅泊」、「荒江」、「躍萍」、「萍聚」、「漏舟」等意象交疊穿織，可以看出南明遺民浪遊西南邊徼的心境底蘊與「浮萍扁舟的漂泊經驗」。

（二）荒域遐天的邊境敘事

　　南明遺民在西南邊徼的漂泊遊蹤中，對於心境與地景的敘述，瞿式耜是個極重要的典例；其隨扈永曆帝的政治立場與軍事行動，使遊

歷從嶺南到桂林，對於西南地域的疆界，有實際的行腳經驗與歷練，
此處以其為例，觀察西南荒江中「荒域遐天的邊境敘事」，如何呈現
南明遺民遊盪於西南所踏查實訪的地理版圖與國界疆域。

　　茲先從瞿式耜〈丙戌夏六月，余以得代請告，候朝命梧江。念丁
光三、鄭大野，相別數月，爰以扁舟過端州訪之，二公喜出意表，布
席閱江樓。次日，攜尊訂遊七星巖，適曹石帆憲副亦至，同遊攬勝，
得未曾有。歸舟口占數律以紀其事。閱江樓則別有述也〉其二為例，
詩云：

> 桂嶺諸巖夙擅奇，爭如此地曠而夷。迴崗複嶂隨身護，遠
> 水平疇四面宜。風物江南憐劇似，心情旅客輒頻移。若還
> 插柳長堤徧，粉本荊、關與大癡。（頁207）

此首乃1646年（順治三年）六月瞿式耜的遊歷路線，此時瞿式耜乃
候命於廣西梧江，先到廣西端州拜訪丁光三、鄭大野二人，後再遊歷
廣東肇慶之七星巖。首聯描述八桂山巖之爭奇擅異適為西南方空曠險
夷的空間景觀；頷聯仍寫景，強調此地山勢的迂迴險奇可做遮蔽，四
面復有平蕪流水的田園風景；頸聯轉至個人心境，以異域的風物與江
南的景致之相似重疊，牽引起詩人的懷鄉之情。

　　到了〈丁亥正月初九扈駕西行，夜泊昭平撿校灘，風雨迷離，扁
舟獨宿，竟夕不成寐，枕上口占二律，以志愁懷〉其二：

> 寄命風濤險，非關利與名。君臣千古重，生死一身輕。鼎
> 奠何方穩？鑾移到處京。天心終悔禍，翹首泰階平。（頁215）

此詩寫於永曆元年（1647），時清兵破肇慶，逼梧州，王由平樂抵桂
林，瞿式耜隨扈西行之有感而發。首聯寫不畏此行之風濤險阻及心
中志願報國並非關名利；頷聯強調君臣之重乃千古不變之真理，因
此死生相對而言則屬渺小不足為道的；頸聯以自己隨著聖皇鑾輦之
西行遷移，冀求定鼎固稷為許；尾聯的「天心」，指上天之意志終
究會讓佔據中土之夷虜感到後悔，並從「翹首泰階平」來期盼風調
雨順。

　　另如〈全陽大捷贈督師何定興〉：

皇圖叶大有，耆定啓昌辰。獨總元戎署，長驅絕幕塵。前
鋒犀甲銳，列校虎符鈞。懸壘躬爲殿，援枹手自親。陣嚴
胡騎遁，城拔燕巢新。桂嶺峰初靜，湖湘勢已振。出車當
六月，舞羽捷三旬。左次臨南關，中原扈北巡。白旄勞尚
父，青社畀元臣。愧我艱難際，欣看寶玦麟。〔註74〕

此詩與〈戊子季夏勞師全陽途中即事〉〔註75〕、〈全陽道中，古松綿
連數百里，余神往多年，末由一經其地。戊子季夏，全陽大捷，余扶
病勞師，途中因得縱觀焉。先作長歌以紀之，已復成近體四首，俚淺
不堪，聊以引同人之珠玉云爾〉〔註76〕、〈戊子十月既望，新興焦侯
邀遊虞帝祠金黃門，首唱佳韻，依韻和之〉〔註77〕，均寫於順治五年
（戊子，永曆二年，1648）；從「出車當六月，舞羽捷三旬。」句來
看，可以推知〈全陽大捷贈督師何定興〉乃1648年（永曆二年）六
月時，湖南督師何騰蛟出師獲大捷，這次戰役歷經一個月：「舞羽捷
三旬」，瞿式耜欣喜誠悅，故爲之。針對此次大捷，瞿式耜並撰有〈永
城大捷疏〉〔註78〕，可與之相參對照；全詩盛讚湖南督師何騰蛟於全
陽的大捷之事，何騰蛟具有運籌帷幄的謀略可以驅除夷虜，幫助南明
反清之鴻圖大業，其軍隊嚴陣布列，裝甲銳利，而何督師讓營壘成爲
軍事們必須親躬的「殿堂」，即連枹鼓也都親手裁縫，在勢如破竹的
嚴陣中使敵軍遁逃，並功克新城建立城池，在看似平靜的桂嶺山巔之
中，北方的湖湘之地已獲大捷全勝，此次軍事行動之勝利，距離當時
的「南關」，即永曆之所在地肇慶，有了更穩固的根基，收復湖湘一

〔註74〕《瞿式耜集》，頁216。
〔註75〕《瞿式耜集》，頁216。
〔註76〕《瞿式耜集》，頁217。
〔註77〕《瞿式耜集》，頁217-218。
〔註78〕「本閣部由粵省而全陽，由全陽而永陽，躬帥士馬，斬關奪要，譬之
　　　解牛者解其脊，破竹者破其節，爲其難不爲其易也。……是役也，仰
　　　仗皇上之天威，廷臣之妙算，督師臣與諸勳鎮臣之苦心血戰，故能馘
　　　名王之首，剚可汗之腹，立開三楚之疆圉，益堅兩粵之門戶。且不爲
　　　恢復一大郡爲可喜，實實殲盡勁虜一枝，窮虜膽落，而衡、長、武、
　　　漢破竹之勢，無復棘手處矣。」（《瞿式耜集》，頁84）

帶便能指日北伐，定鼎中原；何騰蛟指揮軍旗，調配軍隊的稱職，實乃盡瘁勞苦之尊禮大臣，應賜予功勳元臣。

　　以上略舉瞿式耜從 1646 年（丙申夏）到 1648 年（戊子夏）的流播遷徙，並與當時西南軍事（朝命梧江、扈駕西行、全陽大捷）與永曆帝之流亡相關參照，以證瞿式耜詩中的「邊境敘事」，接著則將視野放置西南荒圍的地理空間上，〈戊子十月既望，新興焦侯邀遊虞帝祠金黃門，首唱佳韻，依韻和之〉其三：

> 祠宇蕭疎迥絕塵，孤峯隨意幾閒人。窺雲應傍巢松鶴，破浪終同遊釜鱗。茶梡酒鐺全部史，風篙月槳一江春。予與道隱、子暇扁舟泛月而歸。卻憐嶺嶠曾無恙，便托荒巖老此身。
> 〔註79〕

此詩寫於 1648 年（永曆二年）與新興焦侯即焦璉共遊桂林虞山祠，金堡首先唱和，瞿式耜依韻和之。首聯寫桂林虞帝祠蕭瑟絕塵，迥異於俗的人間境地，無雜沓的人煙唯有幾閒人恣意來去；頷聯寫景，並以「松鶴」、「釜鱗」比喻客寓的處境；頸聯則在荒山棧道中以茶酒伴史籍，後與金堡扁舟泛月而歸；尾聯寫嶺嶠（廣東）境內還都肇慶的永曆政權，此時無恙故可偏安，然桂王仍不從瞿式耜之勸諫，移蹕桂林，詩人既無法擁主而立，徒能落寞的寄託此身於荒巖之中。

　　由上所述，瞿式耜以灑血孤臣之身，於炎方嶺表的地理空間，在「荒邊」、「遐天」（〈不寐二首即用前韻〉之一，頁 213）、「荒城」、「蠻徼」（〈和朱子暇南薰亭罷別韻亭在虞山〉，頁 218），開展了西南邊境的行腳旅程，詩中紀史，史可證詩，允為南明遺民詩史，良有以也。

五、海上孤島

（一）閩浙嶠嶼的去來往返

　　魯監國的行在主要漂流於海島。從丙戌年監國元年開始，六月

〔註79〕《瞿式耜集》，頁 218。

江上師潰，張定西以舟師扈王出海，投舟山，黃斌卿不納；鄭彩奉之如廈門，改次長垣。既或次閩安、次沙埕；及諸將殺斌卿，乃居舟山，時定西爲政。舟山陷，定西扈王至廈門。厥後，鄭成功奉王居金門，又次南澳、澎湖諸地。張煌言誓奉魯監國，一生棲山蹈海，艱險備嘗，其主要行蹤也是去來往返於閩浙海嶠，先觀其由南到北之作，〈舟次琅埼，謁錢希聲相國殯宮〉之一，此詩寫於 1653 年（永曆七年，癸巳）：

> 琅江東去水如油，拜墓停橈古渡頭。赤手曾扶板蕩運，黃腸猶帶黍離愁。波濤腥壑蛟龍蛻，風雨荒塋麋鹿遊！懸擬轀車歸兆日，同天應已靖旃裘。（頁 103）

「琅埼」，在福建閩侯縣東；錢希聲，即錢肅樂（1606-1648）〔註80〕，卒於海外琅埼山。首聯寫海外琅江的流水滔滔東去，「水如油」指海水能不揚波，河清海晏之日遙遙無期，舟次琅埼山，此處埋葬著錢肅樂的遺軀，停止橈槳之前行，在渡頭的墳墓弔謁故友知交；頷聯寫亂世之中，錢肅樂以其忠義心志維繫了時運之墮落，縱使身歿已入「黃腸」（乃柏木中的黃心所做的槨棺）棺木，麥秀黍離的故國之思仍未散褪；頸聯狀寫海外波濤浪起，光怪迷離的空間、蛟龍巨壑的出沒，以及風雨之中點綴著荒塋鬼磷的蕭瑟淒清；尾聯則冀望有朝一日能夠駕驅移靈，使其安土「歸兆」，而那天應已平定夷虜了。〈北還入浙偶成〉：

> 南浮北泛幾經春，死別生還總此身！湖海尚容奔亮客，山川應識報韓人。國從去後占興廢，家近歸時問假眞？一寸丹心三尺劍，更無餘物答君親。（頁 104）

此詩同寫於 1653 年，可見張煌言從舟次琅埼（南）到北還入浙（北）的播遷，南北遷徙與調兵征戰經歷了凡幾寒暑，死生交際的瞬間只剩肉身形軀；湖海可容蹈海棲山的異客，山川應能識報韓人；離開流寓的南方政權，回到北方的鄉土，近鄉情怯，難辨所見之眞假；唯有以忠義之丹心與武將之三尺劍，報答皇室君親。而同年，張煌

〔註80〕《張蒼水詩文集》，頁 104。

言又從浙入吳，〈入吳〉云：

> 萬里寒江一棹過，連天野燒奈愁何！風雲矯首憐毛羽，霜
> 雪攢眉羨薜蘿。閩嶠駿歸骨自好，滇池龍起瘴猶多。年來
> 出處渾無據，見説蒼生倍軏軻。（頁 106）

此仍爲 1653 年事，張煌言先在廈門，還浙，次於東甌，尋入吳淞。
（《年譜》頁 245）首聯寫閩浙之間遙隔千里，惟憑扁舟浮海而過，
在這航行的過程中烽煙野火燃燒不止；頷聯寫昂首眺望風雲變色，憐
惜旌羽軍隊的敗退傷亡，經年霜雪的摧折，張煌言羨慕起「薜荔與女
蘿」〔註81〕之隱士。頸聯寫閩嶠／滇池，分別描述東南／西南，東南
駿歸代指骨健筋壯的詩人自身，西南龍起指永曆帝處於李定國、孫可
望的嫌隙，吳黨、楚黨的黨爭之中，「瘴猶多」寫西南之窮山惡水與
人事之風波險惡；尾聯感嘆順治十年一整年來，從閩地到浙江，又輾
轉至吳地，境遇曲折，聞見普天蒼生之坎坷流離，倍增辛酸。

　　同樣地，來往閩浙之間者，尚有徐孚遠。據全祖望《徐都御史
傳》記載：

> 閩事不支，浮海入浙，而浙亦亡。錢忠介公方自浙奔閩，
> 相見於永嘉，慟哭。忠介復拉公同行。會監國至，再出師。
> 公周旋諸義旅間，欲令協和共事。而悍帥如鄭彩、周瑞之
> 徒，不聽公勸。忠介以早去。時諸軍方下福寧，圍長樂，
> 忠介望其成功，不用公言。公復返浙東，入蛟關，結寨於
> 定海之柴樓。已而鄭彩弟兄累畔換，忠介貽書於公，服其
> 先見，卒以憂死。然公雖告忠介以引身，而其栖栖海上，
> 卒亦不能自割。特其來往風波之間，善於自全，則知有過
> 人者。監國自長垣至舟山，公入朝，從之。時寧、紹、台
> 諸府俱有山寨，以爲舟山接應。柴樓最與舟山聲息相近，
> 以勸輸充貢賦。海濱避地之士多往依焉。遷左僉都御史。
> 辛卯，從亡入閩。時島上諸軍盡隸延平，衣冠之避地者亦
> 多。延平之少也，以肄業入南監，嘗欲學詩於公。及聞公

〔註81〕〔宋〕洪興祖：《楚辭補注》（臺北：土城，頂淵出版，2005 年），頁
79。

至，親迎之。〔註82〕

由以上的敘述，可以推知徐孚遠歷航浙、閩，共有三階段。首先，1646 年（隆武二年，魯監國元年）由閩至浙，此次與錢肅樂（希聲）相見於浙江永嘉，兩人偕行；再次，1647 年（魯監國二年）正月，監國誓師長垣（福建），徐孚遠扈至舟山，遷左僉都御史；再其次，1651 年魯王奔閩海，鄭成功移魯王至金門，此時徐孚遠居廈門，成功以上賓禮遇先生。從張煌言、徐孚遠「閩浙嶠嶼的去來往返」，展示了南明遺民所行經的地理景觀與空間變遷。

（二）絕島君臣的正朔存續

絕島君臣於此延續正朔道統，繫天命於一絲。張煌言〈新秋鼓浪嶼納涼，分得『簪』字〉：

> 孤嶼蒼涼沁客心，偏宜散髮坐長林。山川戰後形容改，草木秋來情性深。影亂鞦韆知墜葉，聲飄絡緯似鳴琴。披襟已在芳洲上，塵俗何能解盍簪。（頁 94）

此詩寫於 1652 年（永曆六年，壬辰），鼓浪嶼乃廈門外海之離島。首聯寫此刻詩人散髮悠閒地靜坐密林之中，海上孤島的寂寞蒼涼正沁入客寓他鄉的遊子之心；頷聯寫戰爭之後的山川容顏之衰頹與改異，新秋草木雖漸凋零惟詩人性情卻更加深刻；頸聯描摹落葉墜落之亂影與飄散之聲響；尾聯指披襟掛懷於鼓浪嶼，然朋友之「盍簪」〔註83〕，聚合疾速，無情天地豈能深契知解？又〈至夜，傳王師出東粵志喜〉：

> 土圭才見景初長，忽報天聲出五羊。始信玄陰消北陸，懸知赤伏耀南荒。金魚尚自唐分錫，銅馬翻爲漢辟疆。此日孤臣淹漲海，衣冠拂拭待從王。（頁 97）

時公次湄州，李定國率領西南軍隊，先於衡陽大勝，收復肇慶、高州、廉州和雷州，恢復兩廣的失地。首聯「土圭」乃古代用以測日影、

〔註82〕《徐闇公先生年譜》，頁 68。
〔註83〕語出《易經・豫卦・九四》：「由豫大而有得，勿疑，朋盍簪。」

正四時和測度土地的器具，夜影正初始，扣合題目所稱之時序「至夜」，忽然就傳來從羊城（廣州）的捷報；頷聯「玄陰」指冬季極盛的陰氣，蓋有二指，其一指時序乃冬季，其二為代稱北方的清軍勢力到了南方逐漸消沉，故有對句的「赤伏耀南荒」，赤為火，為朱明之象徵，南荒指西南永曆帝行在地；頸聯承接上述之捷報與勝利，故云「銅馬翻為漢辟疆」指收復故土與失地；尾聯則轉寫詩人自己心境，以窮海絕島的孤臣自許，拂拭衣冠，隨時待伺永曆君主之詔命。此處的王師指永曆帝，題目所稱之「王師出東粵」，指的是李定國之軍隊，李氏乃永曆之部署；再依照詩中如五羊、南荒等指涉廣東之語意脈絡而言，指稱永曆帝應較切合。張煌言對魯王去監國號，於王仍不改節的心志，無須懷疑。然何以此處稱永曆為王？此或可解釋為魯王已詔告：「海上諸臣皆受滇命也」〔註84〕，是以此處之「王」乃永曆帝，張蒼水雖志節不屈，但考量整體情勢仍應與桂王合作，方能有光復神州之日。

陸世儀（1611-1672）〈遙哭希聲錢公〉二首亦將窮海、孤臣、絕島、君臣、正朔相互縮結在一起：

> 中原傾覆事如何？窮海孤臣強負戈。利鈍由天非所計，鞠躬自我更無他。流離尚欲書章句，疾革猶聞喚渡河。正氣如公那可滅！濤聲隱隱似悲歌。
>
> 營頭夜隕海濤奔，真宰茫茫未可論。絕島君臣留正朔，瘴天風雨葬忠魂。誰將心事傳龍比？賴有遺書屬弟昆。千古崖山成恨事，臨風遙慟一傾樽。（《清詩紀事‧明遺民卷》，頁311）

錢希聲〔註85〕，乃南明魯王時臣。陸世儀（桴亭）自序：「公，婁舊

〔註84〕引號內文字見《張蒼水詩文集》附全祖望輯年譜，頁244。
〔註85〕錢肅樂基本上是魯王系統人物，乙酉六月十八日遺舉人張煌言復台州表迎魯王監國。……二十八日再奉箋勸進，晉右僉都御史。後聞中隆武帝立，錢肅樂以大敵在前，未可先釁同姓，宜權稱皇太妃報命，招忌，以懷二心於閩也。……明年丁亥，鄭彩扈監國

令也。申、酉之難，間關嶺海，卒死王事，葬海中琅琦山。其弟肇一、兼三負遺書至婁，因賦二律，以誌慕思。」〔註86〕錢希聲遵奉魯王，漂泊流離閩、浙一帶，並卒於閩南外海之「琅埼」，在福建閩侯縣東；故此詩二首扣緊窮海與絕島兩大部分。第一首首聯寫天覆地滅，中原干戈不止，普天已無乾淨地，故孤臣負戈浮海，另蹈新天地；頷聯站在錢肅樂的立場，錢肅樂終其心志，堅守魯王監國，至死不渝，而物事發展常如人意，利鈍厚薄非人力所能控制，故此只能聽任天命，唯一能做的就是反躬自省，無愧於心；頸聯寫詩人在流離之際仍書寫章句以存詩史，兵馬倥傯，甲冑疾促，仍在河的彼岸呼喊著渡河而過；尾聯稱揚錢公浩然正氣不可磨滅，琅江濤聲似訴慷慨成義之悲曲。

　　第二首首聯先從深沉之夜始，軍營陣頭伴隨著海濤之聲，「真宰」乃天地萬物之主宰〔註87〕，令人感到浩瀚茫然，無從探究其真理奧義；頷聯稱錢肅樂歷難閩島，在南方的絕島，魯王監國與其隨扈們共同承繼了明室正朔與抗清志業，後錢氏卒於外海琅埼，忠義志士之身軀埋葬於瘴癘之氣與迷濛風雨之中；頸聯交代詩人寫作此詩之緣由，乃錢肅樂之弟肇一、兼三以遺書至婁，詩人有感於此故而誌思，同時也寬慰錢氏生平志節不會煙消雲散，賴有一門忠義存留其事蹟與義舉；尾聯以宋末元初的趙昺帝厓山殉海之事，來比擬現今窮島君臣的轗軻際遇與陽九之厄，詩人面對千古之憾恨、來去之濤聲、吹送之微風，以一樽還酹江月之無奈遺憾，回敬著無情天地。

　　至鷺門，來往諸島，禍牙舉事，六月駐琅江。肅樂入覲，監國大喜。……戊子，監國次閩安。肅樂請立史官紀事。……連江失守，肅樂聞之，以頭觸枕祈死。血疾大動，因絕粒。監國賜藥，亦不肯進。六月五日卒於琅江，……諡忠介。參徐鼐《小腆紀傳·錢肅樂》，頁 479-486。

〔註86〕《清詩紀事·明遺民卷》，頁 311。

〔註87〕《莊子·齊物論》：「若有真宰，而特不得其朕。」郭慶藩輯：《莊子集釋》（台北：華正書局，1991 年），頁 55。

第三節　南方疆域的取捨辯證與認同模式──以張煌言、瞿式耜爲核心的討論

心嚮故國成爲遺民，或者選擇仕清成爲貳臣；但學界未曾以「疆域」的概念來觀察遺民之「認同」，中國南方乃一實存之地理空間更是境內的疆界版圖，南明遺民向南的流亡與政權不斷置換、行在變動的離散際遇，使得南明遺民對南方疆域之空間感受，有著複雜叵測的心境變化；特別的是，不同於安居江南之「地方感」，南明遺民在東南沿海、嶺南山系、西南邊境、海上孤島的「空間經驗」則顯得跌宕曲折與駁雜交錯；一方面來說，中國境內的南方版圖乃賡續道統／王權之實存空間；然一方面來說，這裡若相對於詩人已然熟悉的北方故土／家園，是一較爲陌生的荒域；故此，南明遺民詩中對南方疆域的「空間感知」遂有了獵奇、探索、新異、恐懼、焦慮、憂鬱、壓抑、絕望之複雜情緒，乃至感離、恨別、思歸、苦窮之種種情懷，這些「空間感知」所反映出來的自我／他者之鏡象差異，正形塑出一種對於「南方疆域」之游移、猶豫、徘徊、矛盾的認同觀念與價值取向，必須重新回到時事情境脈絡裡頭，方能更深入的觀察遺民對南方疆域的「認同」之觀念、衝突、轉折，及其所蘊涵之意義。故此，本小節將以張煌言所代表之東南沿海，瞿式耜所代表之西南邊疆爲論述核心〔註88〕，分析南明遺民對南方疆域的「認同觀」。

一、張煌言：「處處無家處處家」〔註89〕的空間感知

張煌言主要活動範圍乃於浙、閩一帶與東南沿海之島嶼；觀

〔註88〕以此兩人爲例之探討，有底下幾點考量：首先，張煌言與瞿式耜均兼有文士／將領的雙重身份；再次，云「南方疆域」，必須涵攝當時南明政權──東南沿海與西南邊疆──的主要分布地，此二人各自尊奉不同政權──監國魯王、永曆桂王──可做參照，其所分處的東南沿海與西南邊疆，正屬廣義的「南方」，可統攝爲「南方的疆域認同」進行觀察。是以，錢澄之是否能替換張煌言拿來作爲討論「南疆」的對象，筆者的想法是，錢澄之屬西南桂王系統，此處的設計則必須要有一東南沿海的代表人物，故以張煌言爲對照。

〔註89〕此論點受黃俊傑〈論東亞遺民儒者的兩個兩難式〉啓發而來，頁165。

《張蒼水詩文集》中的《奇零草》（1647-1662；順治四年到康熙元年）〔註90〕、《采薇吟》〔註91〕（康熙三年六月到九月）之詩作均按次編年，可供張煌言之具體行蹤。

　　流動的空間環境與播遷的生命經驗，使張煌言的詩中常發「感離」、「思歸」之音，如〈余自丙戌蹈海，奉違家君定省已四載矣。茲待罪軍次，每一念至，為之黯然〉之二（己丑）：

> 鐵衣何事換斑衣，朔雪炎風歸未歸。莫慰兒舠娛晝錦，聊憑龍盾報春暉。停雲轉悔辭家易，夾日還慙報國微。記得青箱多舊訓，丹心玄髮敢相逢。（《張蒼水詩文集》，頁74）

此詩寫於1649年，公時結寨於平岡，由標題所示可以知道張煌言感慨從順治三年擁護魯監國以來，即飄蕩浙閩沿海，已有四年不見家父，思及故鄉與親友，故有此作。首聯以戰戎鐵衣之更換為「斑衣戲彩」、「老萊子著彩衣娛親」，以示詩人期待有朝一日能卸下戰甲改披彩衣娛親，惟播遷南北，轉徙各地，經歷了南方熾熱之風與北方嚴酷之雪，期有歸鄉之日卻始終未能遂己之願；頷聯提醒自己雖能在觥籌交錯的白晝歡愉之景盡情享樂，更要以軍容之龍盾、盔甲來護守疆土，捍戰沙場以報親情，移孝盡忠；頸聯以停雲出岫，人之離鄉，寫「辭家易」，然心中不免追悔戀鄉，更深怕不能在國家危難之際，挺身出力，而有慙愧；尾聯記存家傳青箱之舊訓格理，縱使身蒼老（髮鬢蒼白），但心（赤誠之心）仍舊不變。

　　此「感離」之情也漸而延伸出「思歸」之愁，如底下三首同寫於1652年（壬辰）的作品：

> 小雨江天倍渺茫，翩然有客度鳴榔。坐來知己忘觴薄，話到英雄看劍長。殘角分明悲渤海，孤篷輾轉憶瀟湘。相憐身世真飄泊，豈為春風欲斷腸！（〈舟中聽雨分得「長」字〉，頁84）

> 回首鄉關北海濱，南來猶見故鄉人。君因久客翻為主，我

〔註90〕《張蒼水詩文集》，頁65-166。
〔註91〕《張蒼水詩文集》，頁167-179。

亦同仇況比鄰。八載滄桑愁欲老，一罇清酒話相親。共悲
吳楚烽烟急，太史占星正聚閩。(姚吳人、萬楚人，故云)（〈同
姚興公、萬美功過訪陳齊莫小酌〉，頁 84）

偶遇南海菖蒲節，轉憶西山薇蕨生。風俗不殊鄉國異，年
華一去夢魂驚。何須繫纏爲長命，安得懸符盡辟兵！客況
淒其聊對酒，莫辜好景是朱明！（〈端陽客驚閩〉，頁 91）

第一首乃寫此年公扈監國入閩，再次南巡，細雨飄離、蒼穹渺茫，
客寓他鄉的身世之感；第二首，姚興公、萬美功、陳齊莫與張煌言
均從北方至閩南，爲南來之客，故首聯言眾人回首北海之濱的鄉關，
此際到了南方同淪異域成爲異鄉人，而這群異鄉之客卻因相似的背
景來到了荒域而有共同之鄉愁，彼此互稱爲「故鄉人」；而陳齊莫因
到閩南已久，竟從原來之「客」而轉成爲此地之「主」，張煌言亦以
天涯「比鄰」擬況己身與友人跨越距離，心靈之疊近；「八載」，乃
指從 1645-1652 年的歲月滄桑，詩人與知交借酒團聚相親；惟地處南
荒，雖知吳、楚烽烟仍未平，此刻卻只能聚首於閩地，感嘆戰爭之
殘酷與悲涼而無能爲力。第三首，首聯點出煌言來到閩南（南海）
本屬暫時之過渡時期，沒有長居之計，故云「偶遇」，恰巧遇上了年
中的端陽，節日使其突然想起在西山採薇蕨的殷商遺民伯夷、叔齊
二人；頷聯認爲此處的端陽風俗與北方故土並無二致，兩者無殊，
沒有差別，但異域空間仍使其產生「鄉國異」的陌生感，在年華轉
瞬離去之後才驚覺魂夢一場，如夢似幻；頸聯冀能繫纏授命，報效
家國，只是如何能得兵符，下詔軍令指揮全局呢？「安得」二字之
無奈與落寞，可以推知當時兵權之分散與各擁其重；尾聯則揚起振
作之情，鼓舞南來之「客」切莫空對好景〔註92〕。

　　地域空間的阻礙與隔絕，更因此而使張煌言從感離、思歸，到「恨

────────────

〔註92〕與「客」來擬況遠離故鄉，南北空間遙隔者，尚有〈春到〉（癸巳）：
　　　　「春到何關鄉國情，無言芳草自分明。一經作客流離久，幾度逢人
　　　　嫵媚生。」（頁 98）；〈旅愁〉（丁酉）：「何年客子是歸期？」（《張蒼
　　　　水詩文集》，頁 124）。

別」、「苦窮」之慟，「恨別」如：

> 國難驅人出，家傾待子歸；可能磨墨盾，其奈冷斑衣！金
> 革三年淚，冰霜寸草暉。髮膚雖不悔，猶恨故園非。（〈追慕
> 二首之一〉（甲午），頁112）

此首詩寫於1654年，公乃先在吳中，後至東甌，間至閩中。前首寫
詩人因世變阨厄，成了去國懷鄉的孤臣孽子，離開熟悉故土家園無法
「斑衣」娛親，「斑衣」與「鐵衣」彼相對照，此已見上述詩作，煌
言再次強化了無法在家園與親友安居天倫之樂的遺憾；疆場上的金革
血淚與冰霜中生長茁壯的寸草相互對比；雖然「身體髮膚受之父
母」，肉身不應有所毀壞，但詩人仍舊不悔，「舍孝就忠義」與「記得
青箱多舊訓」呼應，意即在國家尚未中興光復之前，「國」的位置擺
在「家」的前面，犧牲小我之個體情志，成就大我之漢鼎鴻業，也正
因此，「猶恨故園非」，看到故園已被蹂躪，今非昔比，無法恢復往昔
之平穩與安定，「恨」字之自傷、自嘆的無可奈何之怨與悲憤踔厲之
氣，共織成遺民詩中的遺憾天地。

　　至於「苦窮」者，如〈送邱含山還長亭山房〉：

> 投老猶垂橐，忘歸未□衣。江山雙淚迸，家國寸心違。作
> 客悲王粲，爲郎憶紫薇。入林還悵望，吾道已全非。（頁147）

此詩寫於1659年，公次舟山。邱含山於監國時任中書舍人〔註93〕。
詩人藉由送別邱含山，同時也寫出了河山改異，陵谷變遷的悲涼悽
愴，老來仍垂橐奔波的辛酸生涯，作客他鄉，輾轉遷徙的生命際遇；
在歸長亭山林，面對著「吾道已全非」的荒涼之境，暗自惆悵不斷落
空的孤寂心境，詩人的窮途末路之悲，於焉已淋漓可見。

　　由以上的分析，張煌言往返閩浙沿岸、海嶠島嶼，在輾轉擺盪、
播遷流離的空間變遷之中，展示了其「空間體驗」，這種空間感知乃
是漂浮不居、擺盪遷徙的，不斷變遷之空間經驗自然無法形成一安居
的「地方」，遂有感離、思歸、恨別、苦窮的情緒話語；那麼，詩人

〔註93〕人物考略，見《張蒼水詩文集》，頁46。

如何看待南方疆域的「認同」觀之轉折、建構、意涵？此可從其詩中的「海島」觀點，進行剖析。筆者按照詩集的編次繫年，認爲張煌言對南方疆域的「認同」觀念，有五次轉折。

第一次，1652 年（永曆六年），始於公復扈監國入閩時，此後往返閩、浙之間，僅將南方閩嶠當作跳板，無意深耕。

第二次，1659 年（永曆十三年），移師浙江舟山，視爲可經營的「立國」〔註94〕之地，如〈島居八首〉之二、六、八。〔註95〕詩載：

> 島事幾滄桑，何勞更辨亡！人能扶日轂，我且挾雲囊。傲骨甘鷗鷺，雄心怯虎狼。誅茅還闢土，海外有封疆。（頁148）

> 浮槎非我好，戀戀爲衣冠。豫讓橋應近，田橫島正寬。蘆中長磬折，圮上獨盤桓。雖未成嘉遁，人呼管幼安。（頁148）

> 鳩工嚴部勒，治屋亦猶兵；據水軒轅法，依山壁壘橫。短垣繚卻月，中霤貫長庚。只此扶桑國，居然細柳營。（頁149）

第一首以開闢荒土，在舟山海島建立「封疆」，從「威加海內」的陸地思維拓展至海外的新世界；第二首，以田橫〔註96〕、管幼安〔註97〕之典，強化海島作爲孤臣正朔之延續；第三首先以嚴厲監督工人之建造屋宇爲起始，強調「治屋」之嚴謹就如同帶兵打仗不能輕忽懈怠；爲了防止河流潰堤所以遵「軒轅法」，建立高大的轅門，橫山蹈嶽以

〔註94〕此處的立國之定義，自然無法與近現代的國家觀念完全畫上等號，不過按照張煌言之「南國」／海島之辭彙與用法，將其視爲一具有政權領導（魯監國／永曆帝）、文武將相、諸侯朝政、人民群衆、管轄領土的「國家」觀念進行後設思考，仍是可以成立的。

〔註95〕在 1658 年，順治十五年（戊戌）的〈冬懷八首〉之七中，張煌言時於舟山，已出現「何須南國更招魂」（頁132），惟此處之「南國」僅爲南方之代稱，尚未視「島」爲一立「國」之概念。到了次年於舟山所寫之〈島居八首〉，始有此輪廓。

〔註96〕田橫，本齊王田氏族。韓信破齊，橫自立爲齊王，高登基後，橫率領從屬五百人逃至海島，高祖派人招降，橫不願北面臣事之，遂自殺，餘五百人聞橫死，亦皆自殺。

〔註97〕《三國志‧管寧傳》：「管寧，字幼安。……華夏傾蕩，王綱弛頓，遂避時難，乘桴越海，羈旅遼東三十餘年。」〔晉〕陳壽撰《三國志》（西安：陝西人民出版社，2007 年），頁 169-175。

造家屋，壁壘分明，難以侵越；屋宇之外，有繚繞之月，可見其高聳，屋室之內，閃現西方的「長庚」〔註98〕之金星，可知其遼夐；詩的重點在最後一句所稱之「扶桑國」，以海上日本國（扶桑）代指屯兵舟山的政權，雖爲蕞爾島國，卻能在海上整肅軍紀，建立起一模範的「細柳營」〔註99〕。從「封疆」、「田橫島」、「扶桑國」到「細柳營」，張煌言將「舟山」當作可以暫時棲居之「地方」，以治屋／帶兵之基層建設來看，不但力圖扎根，並具深耕經營之理想，明顯已有認同「海島」成爲一「家國」的可能。

　　第三次，1660 年（永曆十四年），卻推翻先前海島立國之想法，認爲海島不可依倚與眷戀，云：「自笑經營何太拙，誤將島嶼作并州」。此時公於浙江林門，故此「島嶼」乃指舟山，暗指先前（永曆十三年）將舟山島作爲可以久居之「并州故鄉」實乃錯誤認知。

　　第四次，1661 年（永曆十五年），因江浙一帶抗清勢力瓦解，退守閩地，以廈門爲「王土」之根據地，強烈反對鄭成功佔取臺灣〔註100〕，「若以中國師徒委之波濤浩渺之中、拘之風土狉榛之地，真乃入於幽谷。」此處對於鄭成功到臺灣的「海島立國」之說，已完全推翻，並有〈南國〉一詩可以相互參照，詩中「南國旌旄何處留」指

〔註98〕　《詩經・小雅・大東》：「東有啟明，西有長庚。」〔宋〕朱熹：《詩經集傳》（台北：學海出版社，1992 年），頁 148。

〔註99〕　《史記・絳侯周勃世家》卷五十七（台北：中華書局，1970 年），記載漢代周亞夫爲將軍時，屯兵於細柳，軍紀森嚴，天子欲入軍營，亦須依軍令行事。（頁 1-9）

〔註100〕　〈送羅子木往臺灣二首〉之二，云：「羽書經歲杳，猶說衰衣東。**此莫非王土**，胡爲用遠攻？圍師原將略，墨守亦夷風。別有芻蕘見，迴戈定犬戎！」（頁 162）時公在浙江林門，以四方之地莫非王土，勸阻鄭成功無須遠攻進取臺灣。並致鄭成功書，云：「但自古未聞以輜重眷屬置之外夷，而後經營中原者。或謂女直起於沙漠，我何不可起於島嶼？不知女直原生長窮荒，適彼樂郊，悅以犯難，人忘其死。若以中國師徒委之波濤浩渺之中、拘之風土狉榛之地，真乃入於幽谷。其間感離、恨別、思歸、苦窮種種情懷，皆足以墜士氣而頓軍威；況欲其用命於矢石、改業於耰鋤，胡可得也！」（頁 286）

南方殘餘軍隊已無地可容，並以「域外曾無麟鳳洲」暗指臺灣乃一無聖賢親臨，教化未開之地；對南國立於海島之想法，承接上一階段，仍不表認同。

第五次，1662年，（康熙元年），時當永曆崩殂、鄭氏卒〔註101〕，張煌言以金、廈為基，仍反對屯兵退守臺灣〔註102〕，並三上書魯監國，以「主上羈旅島嶼，不獨與閩人休戚相關，且與閩海存亡相倚；……伏乞密與寧靖王及諸搢紳謀之，發憤為雄，以慰遐邇」（頁289-290）！又：「去冬緬甸之變，君亡臣死，天下無復有明室矣！海上猶存一線，真乃天留碩果。」（頁290）希冀海島的金門之魯監國與臺灣之寧靖王能夠聯手，乃「定策復奉魯王監國」〔註103〕，在桂王永曆崩殂後，重新簇擁魯王，望其於登基，海上勢力遂可「猶存一線，天留碩果」，建立成「但得南國首為推戴」（頁290），「南國」（金、廈）一詞在此之出現乃襄扶漢鼎的復興基地，遂與第三次、第四次不同，而又與第二次呼應，意即以「海島立國」有其積極建設之義。

總上所述，張煌言對南方疆域的「認同」觀念，可由「海島立國」的角度來分析，一開始往返閩嶠一帶，僅視南方金、廈為光復中興之跳板，並無深耕之打算；到了1659年，進攻鎮江、京口欲取留都失利後，轉退守舟山島，此時則有「島」可以建「國」的念頭；一年之後（1660）則推翻先前海島立國之想法，認為海島不可依倚與眷戀；1661年，堅決反對鄭成功蹈海立臺，以思明（廈門）乃「繫漢九鼎」之地，遠勝臺灣，甚至桐江（浙江）；康熙元年，時當永曆崩殂、鄭成功卒，復明勢力節節敗退，金、廈已然成為最後一塊乾淨土，故「但得南國首為推戴」，重新擁戴魯王，終究也不得不接受「海島（金、廈）立國」的現實處境。張煌言對南方疆域的概念，

〔註101〕有〈驚聞行在之變，正值虜庭逮余親屬；痛念家國，心何能已〉（頁183-184）、〈感懷兼悼延平王〉，頁184。

〔註102〕有〈得故人書至自臺灣二首〉（壬寅）：「杞憂天墜屬誰支，九鼎如何繫一絲？」（頁183）

〔註103〕《張蒼水詩文集‧年譜》，頁252。

因應時空情境與歷史進程顯露了多重轉折與迂迴心境，這種對南方疆域之認同觀念，絕非可以化約概論，張煌言本身漂泊動盪的背景，使其對空間感受乃「處處無家處處家」之感知，因應轉徙、流離的際遇遂爾有「總是姓名隨地變」〔註104〕的身分認同之駁雜多變，重新回到時勢情境裡頭，以詩人所面對的真實境遇爲判準，剖析各時期對南方疆域的看法之差異、分別、轉折，乃筆者此處所措意。

二、瞿式耜：在地認同與中原故土的矛盾拉扯

　　分析完東南沿海的張煌言，接著我們看西南邊徼的瞿式耜。

　　瞿式耜從 1646 年駐守桂林，到了 1650 年閏十一月〈十七日臨難賦絕命詞〉〔註105〕結束生命，五年之中縱使永曆帝不斷遷徙、逃竄，瞿仍固守桂林，泊清軍桂林圍城，遂決意殉節與城同存亡。對瞿式耜而言，西南邊徼（尤其是桂林），上扼荊楚，粵東屏障，北控贛西，是一處進可攻退可守的邊防重鎮，從江南來到西南，瞿式耜如何看待西南疆域，其中映現之認同觀如何詮釋？

　　我們可先從 1646 年剛到廣西昭州的瞿式耜，詩中對西南邊陲所展示的世外奇景開始談起，〈丙戌清和遊昭州珍珠巖追紀二十六韻〉云：

> 粵西山川稱詭特，討勝搜靈恣獵弋。桂林巖洞甲諸山，昭州更訝未曾得。迎仙洞闢珍珠巖，籃輿未往神先即。萬峯疊翠俯平田，甘里峯迴路轉仄。巍然突起一峯尊，峭蒨蘢蔥多異色。崖南豁開兩洞口，下方遙睇黝如墨。捫蘿拾級試一登，石室千尋杳無極。弘敞虛明眼界開，如鼇飛兮如鳥革。陣阤曲折斷復聯，前門後戶光吞蝕。層層起案鎖玄關，面面玲瓏如鬼刻。懸乳垂纓象萬千，滴水紋聲綷如織。石牀丹竈安排好，仿佛羣仙來降陟。士人何事渾山靈，傀偶居然玉柱逼。重開生面快須臾，坐石摩娑三歎息。其傍

〔註104〕〈間行雜感二首〉之二（己亥），頁143。
〔註105〕《瞿式耜集》，頁245。

－229－

俯瞰深無底，有洞硈砑開左翼。憑肩接趾下層梯，一步一迴難認識。翻身仰視上方人，分明指畫蓬萊域。四壁蓮花誰削成？明珠翡翠環羅側。洞中有洞路通連，探幽豈憚窮昏黑。撚松傴僂入深潭，拍手狂叫足忘蹜。金膏玉屑光熊熊，殊形詭狀反迷惑。卻疑仙迹幻鑪錘，還訝天公巧埏埴。勝地從來誇勝遊，宜遊茲地緣非翯。林巒面目罕曾諳，冠纓塵土何繇拭？今我來遊得到此，開榛闢莽非人力。作詩聊以紀歲時，猶愈搜奇徒耳食。（頁206）

粵西的巨麗山水與詭譎奇特吸引遊人造訪，深入此處之名勝靈秘可以盡情地狂恣優游，桂林山水已甲天下〔註106〕，未料來到昭州更是驚訝於此處的山谿林洞別有天地；珍珠巖居高處可以俯瞰田野平疇，迂迴繚繞的山路轉仄入幽，驀然瞥見山峯矗立在眼前，峭蒨蘢蔥的繽紛山色，點綴成蒼茫遼闊的視野，接著進入南邊山崖的谿谷，踏陟青蘿步階而上，石室內有重層關卡，陴阤難行，深邃迂迴，杳然無盡，洞內石景鬼斧神工，雕刻玲瓏，忽走出洞口似飛鳥迴翼，翱翔於遼闊蒼穹。洞口之外的山景猶如蓬萊仙域，鑲嵌著四壁蓮花，環繞著翡翠明珠，映現出一幅清秀詭麗的奇山異水；洞內仍有洞穴，彼此相連，織綜成綿密的互通網絡，詩人為訪勝景不懼怕眼前闐黑而撚松照明前進，佝僂彎夭深入幽潭，直至殊形詭狀的奇特之景出現在眼前，讚嘆珍珠巖乃仙迹之境，造化之神奇如雕琢之陶器，巧奪天工，如真似幻，頓時以為身陷迷惑的幻境，已分不清真實與虛幻；來到西南的瞿式耜，眼見耳聞乃不同於中原故土之奇山異水，「罕曾諳」可以想見其獵奇新鮮之感，並對邊境山水宣示出「誇勝遊」之禮讚，反問自身從塵世俗境而來，是否能藉此滌淨世俗羈絆與富貴功名，讓身心與西南勝境彼此超脫相化，自我與山水的相遇，此中緣份不可言淺，瞿式耜並特為宣稱以「我」之獨身行動來到珍珠巖，此處之勝景已臻化境，不僅迴異北方江南風土，也無後起之來者能夠代替，故云「徒耳

〔註106〕瞿式耜亦有：「桂嶺諸巖夙擅奇，爭如此地曠而夷。」（頁207）特指桂林山水之奇譎。

食」，若說能再尋訪到可以勝過此處之奇異山水，洵屬不實的傳聞，瞿式耜對珍珠巖的激賞與肯定，由此可見〔註107〕。

　　南來宦遊，堅防邊陲，駐守桂林長達五年，西南邊徼作爲南方屏障的最後一道防線，瞿式耜對此除了有「討勝」、「搜靈」、「搜奇」、「獵奧」的空間感知，亦對桂林地緣產生了某種程度上的「在地認同」，如〈昭州郡守梁君襄明邀余大士庵看竹，庵故詮部唐公別業，涼風習習，竟忘身之在炎方也。即席賦贈二首，以紀其遊〉之一：

　　　祇園修竹萬竿圍，複徑重岡隱翠微。嫩色娟娟深映席，冷
　　　香細細慢侵衣。鶡冠好製商林臥，羽扇輕搖聽屑霏。一刻
　　　清涼眞淨土，憺然相對欲忘歸。（頁206）

此詩寫於1646年，瞿式耜剛到西南之際。南方炎朔，詩人與昭州郡守梁襄明，共同前往唐人別業大士庵看竹，萬竿的脩長之竹、迂迴的路徑、重層的疊嶂映藏著園林之悠靜隱密；綠竹嫩色照映在客席，芳香滲透進衣裳；脩竹除了可供賞玩，竹皮尚可製作衣冠之飾，坐臥竹林之中，輕搖羽扇，清風徐來，忘卻身處炎熱之他方異域；於是，尾聯直以「眞淨土」之佛教勝境來表達此刻自我正居處於清涼消遙與殊勝安定（憺然）之感。

　　再如〈再次石帆遊七星巖韻〉之四：

　　　巖高冷翠滴衣裳，著屐登臨漫舉觴。麗構怳從天外出，奇
　　　蹤偏向谷中藏。夕壇風靜添燈炯，曉殿雲開洗鉢香。若果
　　　佛容爲弟子，吳山粵水莫論長。（頁209）

此詩寫於1646年。首聯以七星巖的高峻地勢起興，登陟高巖，冷霧溼氣沾滴衣裳，在巖頂舉觴漫飲；頷聯描寫七星巖的麗構乃天外仙

〔註107〕瞿式耜於同年八月，遊歷粵東之七星巖。有〈八月廿三日端州郡伯朱子暇邀同林六長、方密之、徐巢友遊七星巖，密之以佳什見投，依韻奉次〉其四：「琳宮日永靜翻經，山水清音豈解聽？獵奧扶筇穿石竇，攀崖引岫拂天星。每思放浪浮煙艇，隨意登臨設慢亭。名姓會須人點綴，來游且莫認浮萍。」（頁212）同樣以「獵奧」二字來描述詩人面對異地山水之態度，惟端州之七星巖給予瞿式耜的詫異程度，並不高於昭州之珍珠巖。

境，谷中並深藏著奇蹤；頸聯寫山巖上的佛寺殿堂在靜風吹拂之中張
燈撚火，添加光明，朝陽破曉，雲朵飄去，鉢香縈繞廳堂；尾聯遂因
佛堂之莊嚴而禮讚感發，若是佛陀能收容式耜爲弟子，那麼在此（桂
林）即能超克物我之別與形軀拘限，面對記憶中的故園吳山，或者眼
前的粵西山水，便能因宗教的寄託與開釋，而不去計量兩者的優劣，
進行無謂的比較，忘懷其中的得失，方能隨遇而安，擁抱現下的眞山
實水，探發其在地意義，這層「在地認同」對瞿式耜來說是必須經過
的思考與反省，唯有如此，才能穩固半壁江山，以圖定鼎中原，光復
故土；就此而言，將復明之興望寄託在西南一帶（尤其是桂林）的「在
地願景」，亦自然地流露於詩中，如〈出郭閑步〉：

> 留得餘生在，投簪且乞閒。白頭堅漢節，淨業托堯山桂城東
> 北十里。役夢殘鍾外，飛鴻落照間。屏騶從所適，明月漾前
> 灣。（頁222）

此詩寫於 1649 年（永曆三年）正月初。瞿式耜孤守桂林，不勞車
馬，隨意信步，出郭城外所見之「劫火頻經後」的景觀，竟如重生般
「江山景物新」〔註108〕，白頭餘生來到荒圍邊域，心中堅持不易者
乃「漢節」之核心價值，式耜並以桂林城外的「堯山」作爲晚年淨
業、洗塵、滌俗的理想境域，「托」字清楚地表現出必須寄託於此地
的現實處境，就某種程度上乃對「在地」所產生之「認同」；因此，
〈小東皋詩四首之一〉中的主體與地方之對話，亦可作爲「認同」之
理解：

> 隔水羣山四望收，雙峯離立刺人眸。伏波、獨秀兩山並峙。平
> 林織霧疏還密，古樹千霄老更遒。風雨破窗堪伴寂，菰蘆
> 小隱足忘憂。天公佚我留茲地，何必希踪五岳遊？（頁229）

此詩寫於 1649 年秋天，當時瞿式耜拜訪張同敞（別山），於伏波山所
見之叢林，隱蔽幽靜，可作爲亡妻權厝之所，鳩工修葺，遂成一宅，
張同敞命名爲「小東皋」〔註109〕。首聯寫地理環境之深寂，隔山繞

───────────────

〔註108〕〈出郭書所見〉，頁222。
〔註109〕可詳參詩序，《瞿式耜集》，頁229。

水，伏波、獨秀兩山對峙而立；頷聯描述似疏實密的樹林平疇中之迷霧，直達穹頂的古木蒼樹之遒勁；頸聯狀突如其來的風雨拍窗，打破寂然沉靜，棲居於菰蘆之中亦有「小隱」之閒適忘憂；尾聯則設想，天公以「茲地」許之為安居之處，既然無法「漫說家山歸病骨，且依客土寄芳魂」〔註110〕，那麼就認同「茲地」，使該處與自我主體之間產生積極的聯結與彼此詮釋的意義，無須再心羨五岳，不斷地向外競逐奔波。

　　瞿式耜的在地認同與願景，從詩中的一方之「淨土」、心態之「憺然」、莫論「吳山粵水」之短長、形留「茲地」，與其奏疏中所言之留守桂林，扎根於「地方」之心志，彼此映顯參照〔註111〕；惟流亡者之心靈結構，表面上開始接受異域空間的風土習慣並嘗試「認同」此地，看似安居他方之生活，其實心中對原鄉之記憶仍舊是根深蒂固，如〈昭州郡守梁君襄明邀余大士庵看竹，庵故詮部唐公別業，涼風習習，竟忘身之在炎方也。即席賦贈二首，以紀其遊〉之二：

> 蒼虯千尺壓琅玕，翠重烟深五月寒。好鳥自譚方外語，名花如接坐中歡。憨留樂土供閒賞，願乞餘年伴懶殘。忽憶江南風景似，啣杯清淚不勝彈。（頁207）

頸聯將昭州稱之「樂土」，並期望能在此安居頤養餘年，惟尾聯隨即轉為「忽憶江南風景似，啣杯清淚不勝彈」，粵西山水與江南風景兩者之相似，使瞿式耜憶及故土風貌，想起此身所處實乃一「異質空間」，是對照於記憶中的故土而為「他者」，終非樂土；與此心靈結

〔註110〕按照詩序，小東臯為安葬瞿式耜亡妻之處。故瞿式耜此處寫亡妻之病骨欲歸家鄉卻未能如願，只好暫且安葬在陌生之域的遺憾。同樣也迴照出自身客居他鄉，期望能落地歸根的想望。〈庚寅八月廿七日書付鉝兒〉亦有記載：「汝（案：指瞿式耜之子瞿鉝）母權厝于東門對江之小東臯，風景不惡，儘可讀書，汝可速來慰我懸望。」（頁272）

〔註111〕瞿式耜詩文中的「地方感」，可參論文第五章第五節「民族的南方願景」。

構相同者，意即先言安居南方／地方，認同茲地，後又遁入北方／原
鄉，如〈丙戌夏六月，余以得代請告，候朝命梧江。念丁光三、鄭大
野，相別數月，爰以扁舟過端州訪之，二公喜出意表，布席閱江樓。
次日，攜尊訂遊七星巖，適曹石帆憲副亦至，同遊攬勝，得未曾有。
歸舟口占數律以紀其事。閱江樓則別有述也〉中其一、其二，

> 依巖鼎搆一琳宮，妙麗莊嚴擬議窮。物力縱饒須福力，人
> 工盡處即天工。六時梵唄清塵慮，千里蓮香送晚風。末劫
> 幸留茲淨土，何當披髮早皈空。（其一，頁 207）

> 桂嶺諸巖夙擅奇，爭如此地曠而夷。迴崗複嶂隨身護，遠
> 水平疇四面宜。風物江南憐劇似，心情旅客輒頻移。若還
> 插柳長堤徧，粉本荊、關與大癡。（其二，頁 207）

前者尾聯之「末劫幸留茲淨土，何當披髮早皈空。」以天地雖遭逢劫
難，慶幸普天之下仍留此乾淨土；但到了其二之頸聯卻又說「風物江
南憐劇似，心情旅客輒頻移。」粵東（端州）有著劇似江南之風物，
宦遊至此的詩人，難掩感離傷別的故鄉之思。再如〈八月廿三日端州
郡伯朱子暇邀同林六長、方密之、徐巢友遊七星巖，密之以佳什見投，
依韻奉次〉其三〔註112〕：

> 閱世風波總慣經，亂離消息豈堪聽？遐方遠勝江南地，達
> 者爭看處士星。何處容身藏白社，相逢掩淚悵新亭。聯裾
> 共話滄桑事，爾我同棲一葉萍。（頁 212）

「遐方遠勝江南地」，宣稱實地踏訪的南疆荒域遠勝記憶中的江南地
輿，表面上看似認同「遐方」，旋即又掩淚感嘆：「聯裾共話滄桑事，
爾我同棲一葉萍。」流亡他方，心繫故鄉，異域與故土所映現出身心
之對立乃遺民詩中主要命題〔註113〕。惟瞿式耜漂泊在西南荒疆／記

〔註112〕 方以智原詩見《清詩紀事‧明遺民卷》，頁 357；瞿式耜次韻三首，
　　　　韻腳為「經聽星亭萍」，均踵步方以智，故可知此首詩寫於 1646 年
　　　　（順治三年）夏天，《明遺民卷》引方濬師：《蕉軒隨錄》作順治三
　　　　年春，誤。

〔註113〕 如徐孚遠詩中常出現「故鄉」語詞，〈無徒〉：「我生於世無根株，
　　　　身在閩南家在吳。」（頁 439）；〈冬寒〉，頁 527；〈興公見枉，追敘

憶故土之間，所展開的「認同」之矛盾、拉鋸、輵轕，更爲大量且集中的展示於詩中，如：

> 目極鄉園難縮地，浮家聊當蟻浮萍。（〈懷家山二首，即用前韻〉之二，頁213）

> 回思吳越繁華地，何日扁舟再採萍？（〈書事一首，仍用前韻〉，頁214）

> 擷荒兼海錯，酌醴佐吳羹。渾是江南味，都忘粵客情。（〈訪朱子暇於郡齋，適密之、巢友先在，遂留過午，即事賦贈〉，頁214）

> 爲防河北留河內，卻看虞山是故山。（〈再次前韻〉，頁220）

> 西陲片土偶然留，瞻念中原徒感傷！（〈己丑夏六月，吾孫昌文航海而來，抵桂林時，夫人已辭世二十日矣。昌文以哭祖母抱病月餘，病小愈，因作粵行小紀一篇，余見之爲作長歌以志喜，又以志悲也〉，頁226）

> 孤臣無限江南恨，但道衰顏尚未凋。（〈贈別錢馭少東歸〉，頁231）

> 虞山兩揖虞山客予與道隱俱常熟人，莫作天涯萍聚看。（〈戊子十月既旺，新興焦侯邀遊虞帝祠，金黃門首唱佳詠，依韻和之〉，頁217-218）

> 胸中帶得烟霞氣，縱入愁鄉不解愁。（〈和密之七夕韻二首〉之一，頁231）

> 上言努力爲名臣，下言明歲同作還鄉人。（〈短歌贈吳鑑在〉，頁232）

鄉愁與故土成了瞿式耜此類詩中的抒情基調，其中值得注意的是，詩

亡友臥子，受先四五，公惟云未識天如，感而有作〉，頁527；〈秋夜〉：「旅人箕坐添惆悵，鄉思羈懷兩欲并」，頁532；〈荒山吟〉：「往時鳴鳥知何處，不盡春風感故鄉。」（頁544）；〈遣悶作〉：「壯歲驅車去故鄉，興期杳杳夜何長。」（頁550）；〈秋思〉：「卻看人意薄如霜，何事孤飛去故鄉。」（頁551）

人常將身處之桂林（西南）與心嚮之常熟（江南）貫通聯結，相提並論，如「虞山是故山」，「虞山兩揖虞山客」，此乃言桂林亦有一座虞山（亦稱舜山，因舜帝命名）恰與瞿式耜之故鄉也就是常熟虞山彼相呼應，在異域荒疆中尋求已然失落之故土，粵西「虞山」是此刻親臨的眞實之境；江南「虞山」則陵谷變遷，淪爲清軍進駐之地，成爲記憶中的過去〔註 114〕。在此種眞實／幻滅、當下／記憶兩相對照之生命情境，瞿式耜的身／心（body／mind），對南方荒圍恆常處於一種既「認同」又「猶疑」的想法，一方面認可「茲地」作爲乾淨土的復興基地，一方面又逸離現實軌道，在記憶中的故土找尋自我價值的根源存在，從而表露出對江南鄉土的無盡愁懷，更加凸顯出身之所居與心之所嚮的反覆拉鋸與複雜輊輵；直到桂林城破，殉節求義，獄中的瞿式耜浩氣端吟，丹心告天，仍始終堅持「南荒」作爲乾淨土〔註 115〕，以「南方」爲光復日月之邊域〔註 116〕，其對邊境之南疆，所能維繫之一絲漢鼎，仍寄予厚望。只是「漫說家山歸病骨，且依客土寄芳魂」竟成了讖語，式耜客卒天南異鄉，結束了這生命情境中的複雜「認同」；我們由瞿式耜之例，可以看到南來文人對南方疆域之觀感，就國家現實處境的「公領域」來說，南方邊域已是復興中華，光復漢鼎的最後一道防線，唯有先深耕於此，凝聚各方軍力，逐步實現在地的願景，才有機會北伐，收復神州大陸，故瞿式耜以「茲地」表述了對此地之「認同」；惟就個人心靈層面的「私領域」而言，瞿式耜以詩爲載體，將身世之感與家國之志，相互鎔鑄在記憶中的江南風物，故

〔註114〕 瞿式耜生命中的兩座虞山，錢澄之亦有詩記載，〈虞山歌爲留守相公賦〉：「公功在粵家在吳，兩地山皆以公重。」（《藏山閣集》，頁306）

〔註115〕 〈閏十一月初一夜放言〉其二：「苦爭乾淨荒邊土，盡改中華文物觀。」（頁 241）

〔註116〕 〈自入囚中，頻夢牧師，周旋繾綣，倍於平時，詩以志感〉：「君言胡運不靈長，佇看中原我武揚。頗羨南荒留日月，寧〔誰〕知西土變冠裳？天心莫問何時轉，臣節堅持詎〔豈〕改常？自分此生無見日，到頭期不負門牆。」（頁 243）

土恆是其心靈之原鄉與價值認同之所在。亦即暫時認同南方疆域爲根基地，期待著復返之日的到來〔註117〕。於是，膺任邊防重責的瞿式耜，一方面得先對「茲地」逐漸認同，凝聚「地方感」，但同時又在異域空間對記憶中的鄉愁之召喚，不斷給予回應與回憶，以致於在身／心層面上，對南方的「認同」，呈現出兩方之拉扯、輾轉、矛盾、徘徊、猶疑的動態歷程。

綜合本小節所論，張煌言乃「無路可退的認同」；瞿式耜爲「身心輾轉的認同」；政權分治／地理疆域／認同概念相互交雜變化，南明遺民踏訪於邊徼實地，然心仍嚮往故土，加上南方政權相互對立，壁壘分明，輪替翻覆速度又快，投身其中一政權又把希望寄託下一個，致使身／心、客觀處境／主觀情境恆常處在一種變動不居的思維，因而對其中的「疆域認同」之觀念，遂形複雜。張煌言、瞿式耜二人體現了南明遺民對南方疆域的複雜詮釋與認同觀念，以其爲例，可見旨要。

第四節　國境之南的地理詩學

以上分述了從江南水域、東南沿海、嶺南山系、西南荒江、海上孤島之地理景觀與南方疆域；此節，我將著重在南明所處的「國境之南」，探討南方遺民所經逢的他者之異質空間、異域之人文風土、行在之空間移動、無地之基型與詮釋；最後嘗試從「政權分立」、「地緣政治」、「國境之外」之特點，建構出南明詩學乃一跨越了政權／地域／國境之地理詩學。

一、從江南到南方的異質空間

當南明遺民從熟悉的北方故土（特別是從江南）流徙到陌生的天南之路，從江南到閩南、嶺南、滇南、越南，就中國疆域的方位而言

〔註117〕徐孚遠亦有詩可做參證，〈春懷〉：「不恨今流落，翻愁歸國時。」（頁492）

乃是「國境之南」，異域空間的流離與地理路線的遷徙，使遺民對南
方地域的認知、觀察、體會近似於米歇爾‧傅柯所提出的「異質空
間」。藉由此概念，此處將「南方」（閩南、嶺南、滇南、越南）視爲
中國疆域的內部延展與邊緣位置，且是一處相對於北方（江南）的他
者空間，南明遺民流寓國境邊徼的地理版圖，站在邊緣的異質空
間，直接進入了南方視域之中，透過南方所代表的「鏡象」，映照出
自己與他者之間的相互觀看與對照，在陌生、等差、疏離、異化的同
時，也由此建構了「自我」形象與主體性。亦即，「可以說主體通過
對此一『異質空間』的刻意建構與釋義，得以建構與鞏固自我的界限
與自我的性質。」〔註118〕

　　循此，瞿式耜〈昭州郡守梁君襄明邀余大士庵看竹，庵故詮部唐
公別業，涼風習習，竟忘身之在炎方也。即席賦贈二首，以紀其遊〉，
標題所云「忘身之在炎方也」，因竹風吹拂，竟能忘記身體的炎熱感
受，也消除了南／北的地理界域，是以此詩之第二首的尾聯即云：「忽
憶江南風景似，啣杯清淚不勝彈。」（頁 207）由「炎方」吹來的消
暑涼風，這種身心引發的舒適之感，令詩人瞬時之間回想起往昔曾在
江南的記憶，重點是在「江南風景似」，此處之「炎方」（粵西）僅是
用來聯想北方（江南）的媒介，「炎方」顯然是一他者空間用以對照
自我主體的位置。再如〈丙戌夏六月，余以得代請告，候朝命梧
江。念丁光三、鄭大野，相別數月，爰以扁舟過端州訪之，二公喜出
意表，布席閱江樓。次日，攜尊訂遊七星巖，適曹石帆憲副亦至，同
遊攬勝，得未曾有。歸舟口占數律以紀其事。閱江樓則別有述也〉其
二，頸聯：「風物江南憐劇似，心情旅客輒頻移。」（其二，頁 207）
亦以端州（粵東）的風物，興起了此處「江南憐劇似」的感懷；可以
說，粵西與粵東，對瞿式耜而言均是中國疆界內部的異質空間。一方

〔註118〕此乃曹淑娟解釋傅柯「異質空間」之說，參其〈江南境物與壺中天
　　　　地──白居易履道園的收藏美學〉，《臺大中文學報》第 35 期（2011
　　　　年 12 月），頁 116。

面，這裡相較江南是邊緣、邊陲，一方面，又可以透過此「異質空間」來確立自己歸屬於江南的身分標誌。

　　與此相同者，再以徐孚遠爲例。茲援引詩作如下。

> 如何閩海上，嚴冷似江南。村僻難過市，朋疏欲罷談。嶺雲常漠漠，鳥羽更氄氄。客裡裘仍敝，羈愁未可堪。（〈冬寒〉，頁447）

> 泛舟黃石聚，山水兩相涵。近無煩槳溪，不用帆垂髯。榕樹老接腳，板橋巉景物。景物江南似，春風試小杉。（〈黃石泛舟〉，頁471）

第一首以閩海冬天之寒冷聯想起「似江南」之物候；第二首則從泛舟所經逢的山水景物引發出「似江南」的感嘆；兩者同樣以「似江南」來迴照自身現下所處的異域空間，由此映照出自我主體乃邊境之「客」；再如〈久寓歌〉則藉由「族裔」的區分，進一步顯露出「南方」與我之對立：

> 久寓波宮何日了，進退無期心似擣。依棲難免失精神，造次焉能施鱗爪。有翼不展籠中鳥，空思高舉青雲表。風物已非吳下儂，形容幾作南方獠。假令古賢游其間，惟取安身以爲寶。余獨何以全餘生，智不出人才幸少。[註119] 華辨無識將待老。（頁442）

詩中以流寓海島的身世經歷談起，比喻自己爲籠中鳥雖有羽翼卻未能展翅飛翔，並自謙才智疏淺故能安然地客居他鄉，保全餘生；其中值得注意的是：「風物已非吳下儂，形容幾作南方獠。」「吳下儂」當指江南，意即徐孚遠的故鄉，此句謂波宮（海島）的風土物候之民情實與江南迥異，久居異鄉的我，濡染了西南之夷的習性，以致身形、面貌幾乎要與「獠裔」相同了。此中描述南來的自我主體因久居寓留南方，受到環境的薰染與影響，逐漸同化爲南方邊境之「他者」，以致兩者之界線逐漸模糊，背後的意旨明顯強調「我」與「南方獠」在先天本質上的不同，正如〈詠南土〉所述：

〔註119〕按照韻腳判斷，此句前有脫漏。

　　　有客南中到，爲言南土收。黔陽新闢地，洱海更通流。荷

　　載來千種，開方大九州。皇威眞過化，冠蓋盡遐陬。（頁475）

黔陽、洱海分指貴州與雲南，此「南土」必指永曆政權所在無疑，「皇
威」、「冠蓋」的禮儀教化可以窮盡西南邊陬的化外之地，此處以「過
化」指稱南方，隱約呈顯出一觀照的主體——不同於南方的「他者」
——也就是「我」。即使閑居南方已久，卻也仍舊帶著「獵奇」的眼
光，如〈村居雜詠〉之一：

　　　繭足無投處，村居已歷時。山樵不給爨，鄰婦乞殘麋。漸

　　喜隨人賽，何妨笑我癡。所看風物異，著處欲題詩。（頁469）

村居生活歷時已久，但徐孚遠觸目所及的異質空間卻是「風物異」；
此亦如錢澄之所明確表示的：「久留南土兮，抑又何依？天地浩蕩
兮，莫知所之！」以「南土」爲「吾不可以久羈」之地，提出「安能
終老於他方」〔註120〕的質詰；正因此，我是相對於「南方獠」此一
他者，「南土」也僅是「大九州」的「他方」之邊陲，在空間（北／
南）、地域（九州／遐陬）、位置（中心／邊緣）、族裔（漢／獠）、身
分（主／客）之參差對照下，均指向北來詩人把南方當作「異質空
間」，進入「他者」的視域之中，通過彼此之對照與等差之別，重新
確認並穩固了自我之主體性。

二、南方風土草木狀

　　接下來我們需要討論的是，如果南方是一作爲他者而存在的
「異質空間」，那麼南來遺民詩中如何呈現這種差異？意即這「異質
空間」存在著哪些與北方（特別是江南）迥異的層面，茲從「物種」、
「語言」分別進行討論〔註121〕。

　　以物種來說，南方氣候溼熱潮濕，適合熱帶植物生長，屈大均寫
〈椰漿〉充滿熱帶島嶼的風情，云：

───────────────

〔註120〕〈將歸操〉，《藏山閣集》，頁326。

〔註121〕至於南方「物候」的特殊性及與北方差異性，可參第二章第二節中
　　　　「南方的異國情調」。

黃椰漿濁白椰清，味似漂醪飲亦醒。解渴炎天惟此物，殷
勤勸客玉杯傾。（頁 748）

此首詩寫於 1663 年（康熙二年）游瓊州作〔註 122〕。此詩以海南島上
的椰漿爲吟詠對象，椰漿可分成質濁的黃椰與質清的白椰，飲啜的口
感如伴有漂浮的雜滓，雖非醇酒卻同樣能酩酊大醉，在「炎天」酷熱
之物候，南荒境內只有椰漿此物能夠消暑解渴。另有描寫南方果實，
特別是「橘」，如：

橘柚炎天物，霜時熟更紅。騷人曾頌汝，香在九章中。（屈
大均〈橘柚〉，頁 1165）

今夕秋歸夕，相看百感生。論交儕輩盡，旅食歲華更。頌
橘騷人筆，烹魚異代情。涼風吹客坐，星漢倍分明。（徐孚
遠〈秋盡夕與客同賦〉，頁 478）

念子登車去，悠悠雲水閒。冷風吹短日，黃土伴清顏。暫
與車螯別，攜將橘柚還。此游何所負，且喜近三山。（徐孚
遠〈復仲別後有懷〉，頁 478）

屈大均以橘柚乃南國炎天物，並聯繫到屈騷〈橘頌〉所稱述的忠貞
節義；徐孚遠則以「橘頌」作爲比興寄託的感懷，言其客寓之思與
離別之感。從椰漿到橘柚之南方境域的物產，呈現出南國特有的風土
景物。

　　再次則爲「語言」。錢澄之流離南方，曾述：「鄉思何處訴？人語
聽全非。」〔註 123〕徐孚遠則長期客居南方海島一帶（廈門），聽聞南
方語言所產生的疏離與陌生，亦見於詩中，如：

不見嶺南桂，空看島上煙。物情雖可歡，風俗已相延。稚
子能蠻語，蒼頭解刺船。他時攜室去，還復憶閩天。（〈不見〉，
頁 463）

首句「嶺桂」除實寫粵地外，或代指桂王永曆；徐孚遠來到南方，與

〔註 122〕雖不符本論文的南明起迄時間，但用來說明南方物種，亦無不可。
　　　　《屈大均詩詞編年箋校》，頁 748。
〔註 123〕《清詩紀事》，頁 383。

故鄉的隔絕與疏離使詩人心中有可歡落寞的鄉愁，惟已久居此地，漸漸習慣並延續了當地的風俗民情；因此，雖然「南海方言難盡狀」〔註124〕，南徼方言的使用多元複雜，但稚子也學會了南土之蠻語，帶著蒼綠青巾的僕役亦已懂得「南舟」撐船之技；詩人設想日後離開了南土必然會回憶起這段閩地的生活。再如〈一自〉：

> 一自炎州住，幾忘歲月徂。味辛思枸醬，物異攬蝦鬚。作狀
> 風華別，微音喉舌殊。暫游良亦苦，十載託微軀。（頁501）

「十載」，乃為1654年自信州奔赴唐王行在，到1654年居金、廈〔註125〕。首句言久居南荒炎州幾乎忘了歲月的流逝往徂，雖安慰自己乃「暫游」當有歸返家鄉之日；頷聯則以南方「味辛」之飲食想到北方稍辣的佐料「枸醬」，南方物種如蝦鬚，亦與北方有殊異之處；接著連形神狀貌也與北方風華截然不同，高而悲壯的「徵音」，其喉舌之發音部位與語調，亦與北方（江南）吳儂之音，迥然有別。

三、移動的行在

南明政權星散各地，文武諸將、在野諸侯各擁其主，其中永曆帝歷時最長，其次為魯王監國。前者流離西南邊境，後者往返閩浙沿海；南明君主之流遷，如《小腆紀傳》所說：「從古乘輿奔播，未有若此之艱難者。」徐孚遠亦稱：「無乃成謀仍契闊，龍鑾流播不勝愁。」〔註126〕乘龍御鳳輦的帝王應備受尊寵卻狼狽竄逃，徒使臣子掛憂積愁無能為力，僅能「相傳行躑動，南國望迴鑾。」〔註127〕隨著聖駕的遷移，行在的變動，庇佑聖主能夠駕車回鑾，這當中的「帝子流離不可望」〔註128〕，無法掌握其確切行蹤，已清楚透露出「移

〔註124〕〈讀張玄箸新詩聊紀其盛兼題緩之〉，《釣璜堂存稿》，頁529。
〔註125〕《徐闇公先生年譜》，頁25-41。
〔註126〕〈駕駐閩久，楊桐若師進言宜達虔以濟師，即擢御史按楚，既奉命道虔圖上形勢，詔曰，首發出虔之議者楊御史也，命擇日行幸，卒以牽制，羈留竟失，事會追感先識良用慨然〉之二，《釣璜堂存稿》，頁510。
〔註127〕〈贈劉司馬佑汝〉，《釣璜堂存稿》，頁475。
〔註128〕徐孚遠〈晨起〉：「幾處爭權真鼠穴，誰家握節號龍驤。最憐南國風

動的行在」之流動特質。在南明諸政權之中，尤以永曆帝的逃竄流亡、輾轉所到之地最爲複雜曲折與艱辛苦難，如瞿式耜勾勒永曆帝於西南邊境諸省的播遷，其〈三救五臣疏〉、〈戊子九月書寄〉：當丙戌十二月，亦曾以虜逼羊城，從肇慶移蹕梧州矣。丁亥二月，亦曾以虜逼昭潭，從桂林移蹕全陽（廣西）矣。八月亦曾以虜突武攸，從奉天移蹕龍城矣。戊子二月，亦曾以虜逼嚴關，郝逆劫駕，從桂林移蹕南寧矣。（《瞿式耜集》，頁 148）

> 初在肇慶，繼移桂林，由桂而全，而武岡；武岡之變，又移柳州，復自柳而還桂，不兩月又移南寧，南寧移潯州，從潯復至肇。兩年中播遷之苦從古未有，不知何年得重謁孝陵，成中興之事業也？（《瞿式耜集》，頁 263）

以上可推知永曆帝在 1646 年（順治三年）到 1648 年（順治五年）短短兩年之內，所奔赴的南方之地即有，肇慶、桂林、全州、武岡、柳州、南寧、潯州。隨著君帝的逃亡、流離或播遷，臣屬亦會隨伺在側，如錢澄之於 1650 年（永曆四年，順治七年）往梧州一地覲見永曆帝，〈到梧州界聞亂道梗〉：「扈從紛相失，乘輿何處求。」〔註129〕即寫扈從朝臣與離散王室的坎坷際遇；君主本身即象徵著政權，乃漢鼎之所繫，南明君臣在南方疆域的行跡與移動，使得政權之所在地也不斷變遷，君主的龍車鳳輦之臨幸，移駕南方，可說是一種「移動的行在」，聖蹕南巡的地理跨界遂成了南明遺民詩中的重要命題。先說隆武帝，再以永曆帝之「移動的行在」爲主，談此中的地理詩學。

隆武帝國祚（1645-1646）不長，從臣之中當以顧炎武最爲知名；顧氏曾有〈延平使至〉：

> 春風一夕動三山，使者持旌出漢關。萬里干戈傳御札，十行書字識天顏。身留絕塞援桴伍，夢在行朝執戟班。一聽綸言同感激，收京遙待翠華還。（頁 64）

塵滿，帝子流離不可望。」（《釣璜堂存稿》，頁 516-517）
〔註129〕　《藏山閣集》，頁 310。

此詩原鈔本題作〈李定自延平歸賷至御札〉寫於順治三年，隆武二年
二月以後，李定或以爲先生所遣家人。延平即今福建南平。御札，天
子手札〔註130〕。首聯「三山」乃指福州（地有三山，與金陵三山不
同），從對句的「出漢關」來看，代表使者從閩北福州（隆武之行在
地）出發，越過閩浙交界處仙霞關，故「三山動」指閩地而非金陵於
語義脈絡上較適合〔註131〕；頷聯寫顧炎武所在的蘇、浙距離閩北的
萬里之遙，「傳御札」指使者帶來隆武帝傳授先生兵部職方司主事之
札〔註132〕，天子手書歷歷在目；頸聯的「絕塞」即邊陲，暗喻現實
處境乃「先生所居蘇浙淪陷區，謂與行朝懸隔也」〔註133〕，但自己
的心魂與意識卻是在南方的福州（延平），夢中可與隆武朝共進退，
對唐王恪盡臣責；尾聯以 1645 年（隆武元年，順治二年）十一月天
子的詔書〈親征詔〉激勵自己，同時並期望能夠收復北方失土，等待
隆武帝定鼎歸來。福州乃隆武帝行都，隆武由於滅亡過早，因此「行
在」遷徙的現象並不明顯，顧炎武詩的「使者持旌出漢關」、「夢在行
朝執戟班」，指的是使者出／返的移動經驗。

　　若就帝王自身之「移動的行在」來觀察，永曆帝的流亡敘事則更
爲曲折蹇滯，其行蹤可圖示如下＊：

〔註130〕《顧亭林詩箋釋》，頁64。

〔註131〕王文進先生認爲詩中的「閩北三山」若與「金陵三山」可以相互參
　　　　照，「出漢關」表示正朔在閩北，相較於顧炎武所在之蘇、浙，是
　　　　居於南方；且「身留絕塞」、「夢在行朝」可以看出詩人的時空想像
　　　　與空間錯置。茲附記於此，留待日後追索。

〔註132〕《顧亭林詩箋釋》，頁65。

〔註133〕《顧亭林詩箋釋》，頁65。

＊ 永曆帝行蹤（1647-1648 年），永曆帝行蹤（1651-1659 年），二圖引自司
　徒琳（Lynn Struve）：《1644-1662：南明史》，圖 9、14。

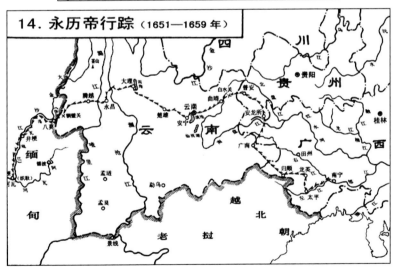

　　如瞿式耜之〈北信杳然，中夜不寐，口號六絕〉之一、二、四
〔註134〕：

<hr />

〔註134〕《瞿式耜集》，頁215。

自問寸腔猶有血，那堪三月竟無君？孤臣悉守西陲土。隨
鑾護蹕幾人會。廿載沉淪刀俎餘，新皇特簡致身初。乘輿
東幸今何指？一旅猶堪扈屬車。一年七日好金陵，蟒玉驕
呵滿路矜。聽得一聲胡騎到，隨鑾護蹕幾人曾？

永曆帝即位肇慶乃 1646 年（順治三年，丙戌）十一月。故其一「那
堪三月竟無君」，指該年九月到十一月，粵東呈現無主之狀態，瞿式
耜孤守粵西（西陲土），後到肇慶（粵東）支持桂王即位。是以設想
永曆回鑾登基後，可以安撫人心軍情，作為臣子自當捧讀詔書，戮力
以赴；也因此，其二所述的「東幸」之地確指肇慶無疑，而帝王南
巡，身旁自然伴隨著「扈屬車」的朝班與護駕「聖蹕」的軍旅，但當
胡騎來襲時，有幾人能夠真正地挺身而出？到了隔年（1647 年，丁
亥），瞿式耜〈丁亥正月初九扈駕西行，夜泊昭平擒校灘，風雨迷離，
扁舟獨宿，竟夕不成寐，枕上口占二律，以志愁懷〉之二：

寄命風濤險，非關利與名。君臣千古重，生死一身輕。鼎
奠何方穩？鑾移到處京。天心終毀禍，翹首泰階平。（頁 215）

永曆帝去年底本即位於肇慶，後旋至桂林，又至武岡，瞿式耜一路扈
駕西行，有感於漂泊的身世與家國的離散，不免歎普天之大，何處
可以穩固地置放漢鼎，鑾駕的不斷飄蕩，處處為行都、京城，卻處處
都是無根之所在，行朝之流離與遷徙，可見一斑，再如〈全陽道中，
古松綿連數百里，余神往多年，末由一經其地。戊子季夏，全陽大捷，
余扶病勞師，途中因得縱觀焉。先作長歌以紀之，已復成近體四首，
俚淺不堪，聊以引同人之珠玉云爾〉之四：

翠華昔日此經過，輦路風光竟若何。一自胡兒嘶鐵騎，幾
令漢殿歎銅駝。氛塵迅掃開青甸，喬木依然帶綠蘿。應是
皇靈沾被遠，還憑大樹廓清多。（頁 217）

以「翠華」指永曆帝（顧炎武亦曾用此語，是指隆武帝）曾經過湘
南，聖駕輦路的盛大氣勢與往昔風光，期間遭逢胡馬鐵騎的欺凌與踐
踏，變成黍離銅駝的滄桑之景，所幸皇靈的護祐與古松大樹的庇蔭，
不但順利迅掃胡塵，攻克湖南失地，使青甸、喬木、綠蘿再次展現昂

然生機。詩中的「經過」、「輦路」正展示了當時曲折的路途與行朝之移動。

接著可以再看張煌言贈送使節赴往行在之詩，如：

> 聞君攬轡向蒼梧，三月椰花媚客途。星漢初迴英蕩節，風流未減繡螢弧。嶺梅見使歡相接，岸柳懷人強自扶。莫怨胡塵連瘴雨，王師傳說下荊湖。(〈送萬靜齋復行在〉(壬辰)，順治九年，頁87)

> 頻年北極未迴鑾，萬里朝宗行路難。孝直終當扶蜀鼎，太眞時亦奉劉丸。垂風共聽尚書履，近日應隨御史冠。此去君家銅柱在，長纓好請繫樓蘭。(〈贈馬爾毓職方奉表行在，後不果行〉(壬辰)頁88)

> 中華正朔古相傳，永曆於今十四年。玉几南荒新日月（聞乘輿播遷緬甸），金戈北道舊山川。春來水逐桃花長，老去人憎柏葉先。猶幸此身仍健在，擬隨斗柄獨回天。(〈庚子元旦駐師林門〉，頁150)

> 誰登仙嶠問皇輿，十載驚傳典象胥。英蕩難歸萬里節，軺軒徒積百蠻書。越人翡翠應無恙，漢使葡萄總不如！惆悵五雲橫樊到，看君卻上指南車。(〈送黎大行南訪行在〉(辛丑，順治十八年)，頁159)

> 哀勞原有國，聞自夜郎移。輦路應千折，旌臺亦九疑。駿歸何日事，翟捧幾人知？君去排閶闔，將毋恨執羈。(〈送吳佩遠職方南訪行在，兼會師郿陽〉之二，頁159)

第一首寫於1652年（永曆六年）。第一首首聯出句「向蒼梧」，指張煌言送萬靜齋奔赴之行在，乃在廣西蒼梧〔註135〕。此年，孫可望迎接永曆帝至貴州安隆，李定國率師收復湖南武岡、靖州、寶慶等地，故末句：「王師傳說下荊湖」指稱此事。

〔註135〕1651年（永曆五年；順治八年），永曆帝逃至廣西極邊瀨湍，但順治九年，永曆帝已到了貴州。或由於地遠消息難通，張煌言寫此詩時仍以爲桂王在蒼梧。

　　第二首同寫於 1652 年，時張煌言入閩，與永曆所在相距萬里，路途迢隔，故云「萬里朝宗行路難」〔註136〕，而永曆久未「回鑾」，臣屬能做且應該履行的是隨扈在側的責任，因此對於未能親赴行在的張煌言來說，致贈馬爾毓（職方，改署幕府騎兵參軍）奉表行在，同時也在抒發自己的心意與馬爾毓同在的感受，是以「垂風共聽尚書履，近日應隨御史冠」，想像隨侍在旁，共赴行朝的除了參軍（指馬爾毓）之外，便有尚書、御史；尾聯設想馬爾毓到了西南，此處以「樓蘭」〔註137〕代稱，意指行經在邊陲疆域的通道要塞上，掛上了「長纓」，不但見證了使者之往來行止，更經由其會見天子、拜謁行朝的行動，確定了南方疆域的國土邊界與「漢家銅柱之封，永綏南服」〔註138〕的王者之道。

　　第三首寫於 1660 年（永曆十四年），首聯以永曆國祚延續了十四年之久，雖為流亡政權卻是相承中華正朔之母體，頷聯寫「聞乘輿播遷緬甸」，相較於之前流徙境內的粵、桂、黔、滇諸省，這次已奔逃到了國境之外更遠的南方異世界「緬甸」，而「金戈北道舊山川」，昔日兵戎倥傯的北道故里，在南明勢力節節敗退後亦已成為故明河山，此際已有了新主；尾聯以此身健在，用以寬慰自許，並借取「斗柄」之星〔註139〕，象徵西南勢力雖如星光微弱，但仍有輝映迴

〔註136〕徐孚遠〈張宣威自安龍回〉：「趨朝艱似上天行，誰捧文符到玉京。」（頁 541-542）亦以奔赴永曆之途難於上青天，並以「玉京」指涉行朝，與顧炎武的「收京」、瞿式耜的「到處京」，可以相互參照。

〔註137〕漢時爲通往西域的要衝，至昭帝時改名爲「鄯善」。《漢書・卷九十六・西域傳上・鄯善國傳》：「鄯善國，本名樓蘭。（台北：中華書局，1970 年），頁 3。

〔註138〕《徐闇公先生年譜》，頁 34。

〔註139〕星名。北斗七星中，第五至七顆星，排列成弧狀，形如酒斗之柄，故稱爲「斗柄」。常年運轉，古人即根據斗柄指向，來定時間和季節。宋・陸田解・鶡冠子・環流：「斗柄東指，天下皆春；斗柄南指，天下皆夏；斗柄西指，天下皆秋；斗柄北指，天下皆冬。」亦作「斗杓」。

照之日。

　　第四首、第五首同寫於 1661 年（永曆十五年），時永曆帝流亡雲南、緬甸邊境，按照詩中「百蠻」、「越人」，乃遺民詩中通稱「南方」之詞，又「典象胥」指滇南盛產長鼻之象，故對張煌言來說，此時「行在」於滇中（雲南）。第五首寫滇中盡喪所有之地，「公與海上諸臣謀結鄖東郝、李之兵，一道出蜀、一道出黔，以牽其勢，使無急進；乃推吳職方鉏南行，然滇中已不可守矣。」〔註140〕「鄖陽」即今之湖北，張煌言薦吳佩遠南訪「輦路應千折」之行在，除了同理對方路途之艱辛顛躓外，重點更在於會師鄖陽，由此則可推知「南訪行在」除了會見流離失所的天子、溝通遠在異地的行朝外，更多了政治、軍事等多重意義。

　　也正因此，隨著移動的行在之轉徙，在會見天子之後，更進一步地藉由使者之往來互通，傳遞指令與訊息，如徐孚遠〈送人北歸〉：「何時重見周王會，卻得還乘使者車。」（頁 534）；〈和欽之送使還闕〉：

> 遙遙征蓋拂南雲，巴舞渝歌次第聞。帆挂清風宵正永，嶺
> 開黛色日方昕。持旄遍歷蠻蜑俗，曳履重歸鷀鵁羣。冠蓋
> 滿朝誰不羨，好將奇策奏明君。（頁 560）

本文寫作年代，尚待考證。而此詩致贈對象之「還闕」，從「巴舞渝歌」、「南雲」來看，應是西南之永曆帝之行在。蜑，中國南方少數民族之一。居住於廣東、福建延海一帶。終年舟居，以捕魚或行船為業。因此，使者應是奉命於西南永曆之令，從西南訪閩南之鄭成功勢力，溝通兩地（西南／東南）之軍事情報，事成完畢後，將回到「鷀鳳」〔註141〕聚集之南方，故有徐孚遠之贈詩。尾聯讚譽使者護持漢旄，周遊南蠻之域，並以冠蓋雲集指稱永曆朝廷，冀望使者能匯整攻防戰略、奇策奏疏，上達天聽，回傳聖蹕。徐孚遠又有〈黃

〔註140〕《張蒼水詩文集》，頁 249。
〔註141〕鷀，「鷀鳳之屬」。莊子・秋水：「南方有鳥，其名為鷀鵁。」郭慶藩輯：《莊子集釋》（台北：華正書局，1991 年），頁 605。

臣以、張衡宇爲土司陷五羊獄，黃先有絕命詩寄余〉〔註142〕，徐孚
遠詩未編年，惟此首詩後五首爲〈己亥誕日自題〉（頁 569），其前四
首爲〈秋盡〉（頁 568），考己亥爲 1659 年（永曆十三年，順治十六
年），孚遠誕辰爲十一月二十五日，推測此詩寫作年代爲 1659 年秋
盡冬初（時徐孚遠已從安南回到廈門），此時永曆朝之信使，如劉中
貴、周漳平等，則將返回滇南（永曆帝後入緬甸），徐孚遠有詩贈，
如〈送劉中貴使畢回朝〉（頁 569）、〈送周漳平使畢回朝兼抒鄙懷〉
（頁 569）、〈人日壽漳平〉（頁 569）。可得知當時使者往來梯山棧
谷，涉風災鬼難之域，跨越疆界，爲達使命往返兩地之過程中，備嘗
艱險與危難。

四、地理的基型與詮釋

李惠儀教授（Wai-yee Li）認爲，爭奪或分配伴隨著歷史的停泊
導致了一種新的空間詩學，並提出此時期在書寫上開始了「無地」
說，其以陳子龍（1608-1647）使用「無地」一詞，來哀悼抗清起義
失敗之形象〔註143〕。筆者發揮此說，檢視南明遺民詩中有關「無地」
等相關詞彙的運用，例如「尺地」、「片地」、「閒地」、「縮地」、「偏
地」、「乾淨地」、「無地」、「何地」均具有更爲多元且複雜的意蘊，因
此這種新的空間詩學除了有「普天已非乾淨土」的哀悼之情外，也有
隨著時空情境、運用策略、書寫意識上而產生複雜的情緒樣貌，值得
分析。底下我們將針對這八種類型的地理觀念進行詮釋，分析其中的
象徵與意涵，並與李惠儀教授所提出的「空間詩學」進行對話。

〔註142〕《釣璜堂存稿》，頁 569。
〔註143〕 Wai-yee Li, "Introduction" In *Trauma and Transcendence in Early Qing
Literatur*. Ed. Wilt L. Idema, Wai-yee Li, and Ellen Widmer. Cambridge,
Mass.: Harvard University Asia Center, 2006, p44。李教授所舉的例子
是陳子龍的〈秋日雜感〉詩中「不信有天長似醉，最憐無地可埋
憂。」另有顧夢游「何意有家還卒歲，久知無地可垂竿。」許令瑜
「一寸有天懸日月，九州無地哭山河。」屈大均：「天下正無山水
地，仙人應念帝王州。」陳恭尹：「海水有門分上下，江山無地限
華夷。」錢謙益：「有地只因聞浪吼，無天那得見霜飛。」（頁 44-46）

（一）尺　地

首先以「尺地」作爲國土疆域，認爲國家的所拓展的版圖乃是人民、戰事之鮮血所換來的，如陳恭尹〈感懷〉其八：

> 海濱何遙遙，遙遙三千里。一里一千家，家家生荊棘。空房乳狐兔，荒沼游蛇虺。居人去何之，散作他鄉鬼。新鬼無人葬，舊鬼無人祀。相逢盡一哭，萬事今如此。國家啓封疆，尺地千弧矢。人民古所貴，棄之若泥滓。大風斷松根，小風落松子。松根尚不惜，松子亦何有。（《續修四庫全書》第 1413 冊，頁 24）

沿海之濱計有三千里之廣，每一里有一千人家，卻因兵馬倥傯的戰爭全都犧牲戰亡變成了新舊之鬼；詩人感嘆邊防的開疆闢土是用武力兵戈換來，然人民爲國家之根柢，若不愛惜「松根」，又遑論其他？徐孚遠〈粵吟〉則以西南邊境淪陷，無法提供周室（南明）一「尺土」的復興之地，云：

> 共傳嶺表樹靈鼉，重繭朝天想佩珂。尺土不供周玉帛，諸侯空誓漢山河。緣知龍戰歸金版，無奈蛄聲乏斧柯。寂寂回車幽谷裏，相從野老一悲歌。（頁 527）

粵地雖有永曆君主即位，但「尺土不供周玉帛」，地處西南的偏遠環境、狹仄的地理版圖與缺乏共主的謀略，造成「諸侯空誓漢山河」，此處的「尺土」指的是西南邊境；另徐孚遠〈島志〉進一步地將「尺地」的「海島」視爲存續日月正統之地，云：

> 宣尼有遺訓，不居亂與危。處世量乃入，賢者鏡先機。此邦應褰裳，何事久於茲。九旬風塵滿，天傾焉可支。投足無尺地，古聖所未知。區區島嶼間，猶可存鬚眉。頒朔□秦號，戴冠仍漢儀。故乃偷日月，棲棲不自疑。且屈凌霄鶴，聊爲曳尾龜。西方有美人，山川仍閒之。亦嘗戒行車，迷道復言歸。寧不慕明哲，勢異難相追。述此難苦詞，畢志不敢移。倘隔朝天路，顛沛以爲期。（頁 394-395）

神州陸沉，九旬風塵，普天之下已無投足之「尺地」可以安身立命，

海外的孤島遂成了存鬚眉、留正朔、仍漢儀的文化空間。

（二）片 地

第二種類型爲「片地」，強調遺民可以生存的空間之小，如瞿式耜：〈己丑夏六月，吾孫昌文航海而來，抵桂林時，夫人已辭世二十日矣。昌文以哭祖母，抱病月餘，病小愈，因作粵行小紀一篇，余見之爲作長歌以志喜，又以志悲也〉：「西郵片土偶然畱，縈念中原徒感傷。」以「片土」對照「中原」，偶然留守對比漂泊已久的感傷；又徐孚遠：〈聞沈崑銅變感賦〉：

> 太白何時能入月，江南義士年年沒。黨籍株連可奈何，竟無片地安薇蕨。沈子意氣素蚖生，好奇藏俠有英名。臘丸數達宸輿側，結伴期扶天座傾。惜哉計畫未能就，事洩瘐死天無情。前年遺我書一緘，墮水不戒馮夷驚。正聞齊晉有同盟，相期握手石頭城。豈意今來得此訊，海水盡作悲涼聲。生既無聊死亦輕，不如連袂上玉清。（頁438）

此處以殷商遺民伯夷、叔齊，不食周粟，采薇而食，餓死首陽山之典，寫出「竟無片地安薇蕨」，意指本應作爲遺民生存的江南之地，於茲可以安身隱遁，持守志節，然義士卻年年戰歿，加上黨籍株連的嚴厲慘酷，此地竟連「首陽山」都弗如，途窮之悲與生死度外，可以想見其哀痛。

（三）閒 地

第三種類型是「閒地」，瞿式耜〈感懷二首，疊元日韻〉：

> 已拚身置一丘間，白石青松盡入班。簡點劫餘笥裏畫，依稀醒後夢中山。雲橫春浦扶筇立，月落寒江載酒還。閒地儘堪隨便隱，休教塵事更相關。（頁220）

此詩寫於1649年（永曆三年，順治六年），對於永曆帝不斷奔逃，卻始終孤守桂林的瞿式耜而言，此時置身南方荒丘，江山劫餘之後，真實世界中的河山已不復存在，只能相會於夢中，詩人於是放懷寂寥的身世，在春天雲深的江浦邊域扶筇佇立，月落料峭的春寒季節

中載酒而歸，桂林已是最後一塊淨土，故云「休教塵事更相關」，指其遠離世俗戰亂與紛擾塵囂，於茲「閒地」可以與世隔絕，頤養身心，超脫塵世，但這顯然僅是言語的表象，事實上，瞿式耜是無法離棄家國，忘懷聖主的，瞿式耜曾云：「以天下之大，止存一隅，退寸失尺，今乃朝聞警而夕登舟，將退至何地耶！」﹝註144﹞因為無路可退，「何地」二字凸顯出無奈、惆悵與絕望，於是此詩中的「閒地」搭配瞿式耜相關的意象之討論，便有了看似閒隱實則故作瀟灑的複雜心態。

（四）縮　地

目睹江山廣袤無垠，家鄉橫隔萬里，詩人屢常將「空間壓縮」，使實際的遙遠距離可以藉由文學虛擬的改造，拉近了自己與家鄉、故土的空間距離，從而變成「縮地」的特殊語詞，如瞿式耜〈懷家山二首即用前韻〉之二：

> 從遭烽火想遺經，吉耗遙傳可遽聽？嶺表綸傳三進歷，衡陽信斷一周星。霜摧楓樹酣吾谷，月落滄波漾小亭。目極鄉園難縮地，浮家聊當蟻浮萍。（頁213）

此詩寫於1646年，「家山」指常熟虞山，故鄉慘遭烽火之荼，捷報或噩耗等消息，因為空間距離的遙遠，焉可馬上得知？嶺表、衡陽分指粵地、湖南，「綸傳」指永曆詔書，「信斷」指粵地與湘南兩地音訊之隔；這種種因空間阻礙所引起的愁苦，以致窮盡眼目之所及，仍是邊陬荒州，北方鄉園無法「縮地」逼現，只好「浮家」遷徙，浮萍遊蹤，居無定所。同樣以「縮地」壓縮南／北空間者，如徐孚遠〈思吳〉：

> 年華冉冉向西崐，避地南游計亦迂。霸業漸乖空寄越，交情盡冷更思吳。沈郎頻奏通天表，費掾難施縮地符。何日鍾陵王氣起，扁舟湖畔種彫胡。（頁548）

﹝註144﹞《南明史略》，頁161。

遠離北方吳地，避地南移，「費掾」〔註145〕出自《後漢書》，以跳入壺中之別有天地來形容「縮地」，冀能將「千里」化約為「尺幅」，可惜即使連費掾亦無法施展「縮地」之術，只能期待著金陵王氣再起，待功業完畢後，可以如范蠡自放扁舟，相望於江湖。

（五）遍地

第五種類型則是以「遍地」來描述神州九甸之全境，如瞿式耜：〈己丑夏六月，吾孫昌文航海而來，抵桂林時，夫人已辭世二十日矣。昌文以哭祖母，抱病月餘，病小愈，因作粵行小紀一篇，余見之為作長歌以志喜，又以志悲也〉：

> 胡塵澒洞天荒荒，中華遍地無冠裳。（《瞿式耜集》，頁226）

以「胡塵」指清軍陵夷中土，造成中華境內的「遍地」已衣冠淪喪，道統殞落。此處之「遍地」非單指特定區域〔註146〕，乃指整個中華。

（六）乾淨地

黃宗羲：〈甑山高士，雲門梵林述其事，繫之以詩，並來索和，為作《甑山士》一首。曾云：

> 普天絕無乾淨地，甑山猶存土一簣。

徐孚遠亦道：

> 吾居島十四年，只為大明一片乾淨土耳。〔註147〕

〔註145〕（費長房）曾為長掾，市中有一老翁賣藥，懸一壺于肆頭，及市罷，輒跳入壺中。市人莫之見，唯長房于樓上睹之，異焉。因往再拜奉酒脯。翁知長房之意其神也，謂之曰：「子明日可更來。」長房旦日復詣翁，翁乃與俱入壺中，唯見玉堂嚴麗，旨酒甘肴盈衍其中。《後漢書》（臺北：鼎文書局，1981年）〈方術傳〉，卷82下，頁2743。

〔註146〕〈全陽道中，古松綿連數百里，余神往多年，末由一經其地。戊子季夏，全陽大捷，余扶病勞師，途中因得縱觀焉。先作長歌以紀之，已復成近體四首，俚淺不堪，聊以引同人之珠玉云爾〉之二亭亭千尺鬱千章，夾路清風沁骨涼。何異山陰疲應接，恍遊秦嶺悠徜徉。彌空竽籟鈞天奏，徧地芝苓大國香。天護靈根原不偶，幾回兵火自風霜。（《瞿式耜集》，頁217）此處之「徧地」即特指全陽一地。

〔註147〕《徐闇公先生年譜》，頁62。

此正與上述的「遍地」呼應，以清人統治中國，國亡、天下亡，普天之下再絕無「乾淨地」。

（七）無　地

此類型除了上述李惠儀教授所舉之例外，尚有屈大均〈謁文丞相祠〉：

> 蕭條柴市口，就義憶先賢。碧血歸無地，丹心痛入天。武侯師未捷，箕子道空傳。終古宗臣淚，斜陽麥秀邊。（頁63）

〔箋〕順治十五年春作，將出關訪函可，道經北京。文丞相祠，《清一統志》卷九《順天府》四：「文丞相府，在府學西。」祠祀文天祥〔註148〕。此首詩最精采之處乃在於頷聯：「碧血歸無地，丹心痛入天。」孤臣孽子的赤忱熱血，義不仕清，卻無地可以容身、埋葬〔註149〕，秉持著忠義之心，悲愴之感，痛徹天地；此即如張煌言所說：

> 遵養時晦尚無其地，是臣所爲日夕旁皇者也。臣垂翅之餘，百事艱難；芹曝之獻，容俟後期。〔註150〕

日夕晨昏之生也徬徨，死也悔愧羞慚，「只憐漢臘無多地」〔註151〕，無所依歸的沉痛與文化價值的失落，正是「無地」所反映的精神創傷。

（八）何　地

從無地的創傷，到何地的沉痛，如張煌言：〈送黃金吾、馮伺御乞師日本〉：

> 中原何地足依牆，惆悵徵師日出方。龍節臥持豸斧客，魚書泣捧豹衣郎。黃河北去浮青雀，滄海東回獻白狼。佇聽

〔註148〕《屈大均詩詞編年箋校》，頁63。
〔註149〕明遺民連死後的葬所都要審慎考量，如姜埰明時謫戍宣城（今安徽）。即使入清所居之處－吳門－也不葬於此。《清詩記事》，頁230。
〔註150〕《張蒼水詩文集》，頁285。
〔註151〕〈島上祭竈〉，《張蒼水詩文集》，頁156。

　　無衣萬里客，繡弧應復挂扶桑。（頁69）

徐孚遠〈山行〉：

　　于役來城市，居然欣戚并。平岡隨海闊，疊嶂與雲橫。人
　　語低村樹，驢行度野營。茲丘亦擁甲，何地可埋名。（頁463）

〈有感〉：

　　奔走今頭白，艱難愧此身。號天悲故主，何地置逋臣。黃
　　髮歸朝杳，蒼波投骨真。洪圖無久曆，千古獨酸辛。（頁502）

張煌言悲慟的表述「中原何地」可堪棲息？故選擇遠蹈海外萬里之扶
桑；徐孚遠則無奈的感發「何地可埋名」，不知何處可以安頓亡臣。

　　總上所述，這些「地理」相關詞彙，除了感嘆神州陸沉，還有寄
望海島。且使用這些詞彙的遺民之身分，以曾到過南方政權的遺民
為多數，看著原本半壁江山，從尺地、片地、閒地、縮地、遍地、乾
淨地、無地，再到「何地」之沉痛質問，這些曾經實際存在過的空
間，行腳走過的地理版圖，此刻已變成一種記憶中的故土；對他們來
說，南方的「無地」不僅是一種國土疆域的被佔領或消失，而是唯一
的復興之根基亦蕩然無存，將僅存的希望毀滅，剝奪了他們努力的機
會，令遺民面對真實殘酷卻又無力回天的處境，這才是真正令遺民挫
敗、結鬱、絕望之結穴。

五、跨越政權／地域／國境的論述

　　最後，我們將闡釋南明遺民詩中之「政權分立」、「地緣政治」、
「國境之外」之特點，藉以呈現出跨越政權／地域／國境的地理詩
學。

（一）政權分立

　　南明政權從清軍南下後，先有江南南京的弘光政權，後陸續有閩
北福州的隆武政權、浙江沿海的魯王監國、廣東廣州的紹武政權、廣
東肇慶的永曆政權；嗣後，魯王監國援兵求助、乞師日本，往返閩、
浙一帶，對東亞世界的網絡秩序有一定影響；永曆帝乘輿播遷，流亡

西南邊徼，天南盡頭，竄逃國境之外，直到緬甸。可以說，南明遺民詩反映了當時「政權分立」，徐孚遠的〈臘盡〉：「天涯何處拜三朝」（頁 520），即指魯王、唐王、桂王之三強鼎立；政權疆界的劃分，瞿式耜〈病中感懷〉有清楚表述：

> 國破山河在？干戈載路橫。中華同異域，絕徼念周京。漢祚須終復，真人不偶生。南陽恢舊物，靈武奮親征。得道應多助，中興展大成。人心疑似渙，物力苦難贏。百越勤征繕，全閩竭釜鐺。天兵稽迅掃，藩將擁虛名。西楚餘氛熾，東吳正朔爭。入關徒想望，闢國竟何曾。陵寢衣冠淚，勳封帶礪盟。崇階盈仕版，傖夫盡簪纓。詔令頻頻改，皇華絡繹迎。規模空粉飾，皮骨曷支撐？吏雜生民擾，權分主爵輕。焦勞憐黼宸，嘯諾任公卿。……（頁 205）

此詩寫於 1645 年，當時弘光政權已傾覆，山河改易，兵戎干戈，烽火連天，華夏中土已成了他族入侵之「異域」；瞿式耜以「南陽舊物」、「靈武親征」之玄宗入蜀，太子李亨北上靈武（今寧夏靈武），依朔方節度使郭子儀，不久即位。是為肅宗。從平定安史之亂的史實，來期許自己；其中更表達了當時政權分治的現象，「西楚餘氛熾，東吳正朔爭。」西楚指張獻忠、李自成等流竄到西南方的起義軍，正朔指的是閩北福州的隆武唐王與浙江沿海的魯王監國，當時的政局不但有叛軍的內憂，異族的外患，更有政權相互傾軋的現象，唐王與魯王素不合，《小腆紀傳》記載楊文驄力主浙、閩必須同心，勸諫浙江魯王監國以福建隆武政權為尊，云：

> 浙、閩宜合不宜分，即使主上屈節於天興，將來無損於配天之樂。〔註152〕

後張煌言（1620-1664）力排之，文驄遂入閩。隆武帝召對，又力言：

> 當聯絡閩、浙以為同讎，不當啟爭端。〔註153〕

此乃隆武與魯監國之不和，再如金聲（？-1645）在隆武帝時授右都

〔註152〕《小腆紀傳》卷47，頁 514。
〔註153〕《小腆紀傳》卷47，頁 514。

－257－

御史，兵部右侍郎，總都南直軍務，聲刊布詔書，曰：「使南中知閩地之有主也。」〔註154〕「南中」在今四川、雲南、貴州一帶，當指永曆政權。此乃隆武與永曆對立，亦可由此推見「政權分立」之現象。

（二）地緣政治

南方疆域大致涵蓋江南、閩南、嶺南、滇南，其地理景觀與空間疆域之特色，已在「行腳者的南方地理景觀」一節中深入分析。此處則著重在南方疆域與「地緣政治」之間的關係。此處茲以永曆帝的「地緣」環境，觀察其政治動態。

永曆帝在 1646 年（順治三年）到 1648 年（順治五年）短短兩年之內，所奔赴的南方之地即有，肇慶、桂林、全州、武岡、柳州、南寧、潯州；到了 1652 年，孫可望迎至貴州安隆；1659 年流亡緬甸，1661 年爲吳三桂俘虜，1662 年殉難於昆明。由此可見永曆帝的生命歷程與西南地緣之間實存有密切聯繫。以粵東／西來看，瞿式耜有詩與大量奏疏論及，已見前論；以貴州（黔）、雲南（滇）來看，徐孚遠分別有二詩對應：

> 鑾輿南幸春復春，百傳未見消息眞。今年一艘高涼發，載得天邊傳詔人。相逢款語天上事，吁嗟歷歷多靈異。躍馬檀溪何足言，翳身眢井不須記。憶昔虜騎過蒼梧，公候倒載野中趨。翠華迢遞青雀舫，上灘百丈挽者痛。追兵在後多星奔，咫尺相看及至尊。忽然龍躍天津起，雲行霧擁若飛翻。舟楫安然方汜濟，班荊乃定巡行計。謀夫相顧尚踟蹰，揚鞭獨決有神契。一十七騎行如電，紫氣燭天關吏眩。蠻夷長老掃境迎，翦除榛茀起行殿。殿中稷益賡歌開，閫外韓彭仗鉞來。常侍不聞傳密詔，逸才時得上金臺。自古殷憂多啓哲，況乃胡運當速滅。聞君抵掌稱聖明，使我南望眼流血。自傷捷步無由驟，豈有高情慕箕潁。黃鵠飛飛不可攀，安得憑之帝關。（《安龍歌》，頁 414）

〔註154〕《小腆紀傳》（台北：明文，1985 年）卷 46，頁 497。

徐孚遠接到永曆帝使詔，作〈安龍歌〉，此詩雖未編年，但根據永曆
到貴州安隆（龍）為 1652 年事，姑可繫於此年。徐孚遠地處閩南對
於西南邊境之消息，接收較慢，聽聞南幸黔地卻未知真假，詩中重點
當然在於南望帝君，冀能隨伺在側，卻因空間阻絕遙隔未能盡忠之
憾；不過，整首詩所提到的蒼梧、南蠻、安龍，不但勾勒出了桂王所
途經之「地緣」，更是在南荒邊徼建立了臨時朝廷，「翦除榛莽起行
殿」，讓群臣有歸依之「朝政」。

　　再如〈西望遣興〉則寫到雲南：

　　　　一望天南王氣濃，萬方於此仰朝宗。古時滇國名乘象，今
　　　　日昆池乃御龍。符合神靈緣主聖，星占太乙係臣恭。餘年
　　　　舟舟能遭值，試問千秋豈易逢？（頁 563）

此詩地點則改至「滇國」（雲南），此處原盛產乘象，今日卻有「御
龍」遨遊其中，從象到龍的地位之轉換與提升，地方上的神靈與尊
貴的天子彼此相應，「地緣」之尊貴即在於有了「聖主」（永曆）之
臨幸。

（三）國境之外

　　南明遺民除了在江南、閩南、嶺南、滇南的境內移動，同時也透
過使者往來、渡海乞師、邊境逃竄而跨越了國境疆界，進行一種世界
秩序的重整與翻轉〔註155〕，茲從日本、越南、緬甸進行分述。

　　以日本來說，在「東亞結構的世界秩序」之中，我們考察了顧炎
武、張煌言等人詩中有關乞師日本的記載；此處可再以徐孚遠與日本
乞師的相關作品，進行探討，如〈送隱元禪師赴日本〉：

　　　　聞道浮杯過海東，欲將法施振空濛。風輕似引三山近，龍
　　　　臥依然一缽中。梵笈開時香雨落，紫衣披處國恩隆。明年
　　　　擬取黃圖復，金葉飛來玉節通。（頁 538）

此詩寫於 1654 年（永曆八年，順治十一年），隱元禪師從廈門啟航到

_____

〔註155〕瞿式耜〈戊子九月書寄〉：「然吾發願，若世界不翻轉，吾勢不還
　　　　鄉。」頁 265。

日本長崎，時值徐孚遠於閩南。首聯乘浮槎，過海之東到了扶桑國，並點出此行弘法之願；頷聯言接近「三山」（日本），隱元仍氣定沉穩於舟船之中；頸聯寫梵音誦讀、佛笈展讀，散落天花，帶祥瑞之氣遠渡東洋的隆琦，其弘法之行即象徵著國恩之浩蕩；尾聯「黃圖」指地理書籍，或指徐孚遠暗許隱元禪師能帶回航海東亞的地理資訊以及日本國境的輿圖疆界，兩國朝聖之使者能相互「通玉節」。南明與日本朝政之間，因航海、宗教而進行的國境交流，可見一斑。

　　再如安南。梁佩蘭：「日南本是南交地，況復盡王識姓名。」（〈送人入安南〉，頁 212）「安南」本臣屬中國，惟安南境內有帝稱王〔註156〕，中國、越南兩者仍進行互動，1658 年（永曆十二年，順治十五年）徐孚遠曾取道安南，雖未能成功覲見永曆，但徐孚遠：「自來名賢假道，而成境外之交，爲千秋之美談者」〔註157〕，永曆桂王之使節，安南即稱爲「天朝使」〔註158〕，均可見出南明與安南之間的互動。

　　南明遺民詩中亦記載了永曆帝之流亡緬甸，如屈大均〈候潮門眺望〉：

　　　　海門東倚浙江開，千里寒潮天上來。春樹遙連嚴子瀨，白雲長在越王臺。翠華南幸扶桑遠，羌笛橫吹折柳哀。何處青山堪托迹，欲隨徐市入蓬萊。（《屈大均詩詞編年箋校》，頁140）

此詩乃 1661 年作於杭州，時永曆帝於緬甸。桂王之南幸緬甸，自己則在「後潮門」望海，迷霧蒼茫，以海上扶桑稱其東北之位，帝南臣北，空間遙隔；張煌言亦有詩句：「玉几南荒新日月（聞乘輿播遷緬甸）」〔註159〕，明確記載桂王乘輿播遷之流離際遇。

〔註156〕安南與朝鮮、琉球向爲中國冊封各邦中同文之國。朝鮮、琉球皆在其國，皆僅稱王；安南則除職貢稱臣外，獨自帝其國中，蓋又沿老夫佗竊號自娛之遺習。《徐闇公先生年譜》，頁 34。
〔註157〕《徐闇公先生年譜》，頁 61。
〔註158〕《徐闇公先生年譜》，頁 34。
〔註159〕〈庚子元旦駐師林門〉，《張蒼水詩文集》，頁 150。

　　總上所述，南明遺民所跨越的地理版圖不是一個固定不移的空間概念，詩中所記載的更是跨越了國境之外的日本、越南、緬甸。

　　南明的「政權分立」並與從屬之地域，相互聯繫在一起進而形成了「地緣政治」；從南方出發，移動到「國境之外」，漸漸覆滅的南明政權藉著國境越界、邊境移動與跨海交流，找尋自己的舞台與定位；此已然跨越了政權／地域／國境，若再加上前述之「異質空間」、「南方風土草木狀」、「移動的行在」、「地理的基型」，國境之南的地理詩學，遂能於焉成立。

小　結

　　南明政權流離南方，兵燹烽煙，戰亂遷徙，在這不斷移動的變化空間中，從江南到閩南、嶺南、滇南乃至國境之外的安南、日本，行旅者南／北的空間位移、離散經驗與跨國交流，其所觀看之南方視域與描述之南方風土，形成了極為豐富璀璨的多元視界。基此，本章集中探討南明遺民詩中的「疆域概念」與「地理詩學」兩大概念。

　　以「疆域觀念」來說，北方故土當時已淪為清軍統轄之地，神州淪陷的「無地」與「無天」，讓南明遺民航向「海之東」的海洋，同時也往「地之南」，呈現不斷往南移動的南方疆域；「海之東，地之南」遂成了界定南明遺民的地理疆界。偏安南方的南明，由於政權分治、地緣政治，致使政權分散與各擁其主，諸政權所跨越之轄境，至少涵蓋了江南水域、東南沿海、嶺南山系、西南荒江、海上孤島等「南方疆域」，充分地體現了南明遺民實際行腳的南方體驗與地理觀念。接著，以張煌言、瞿式耜兩位南明遺民為考察個案，觀察南明遺民對南方疆域的取捨辯證與認同模式，張煌言對南方的認同展現出「處處無家處處家」的空間感知與「無路可退的認同」；瞿式耜則是「在地願景與中原故土的矛盾拉扯」與「身心輾轉的認同」，其中的身心情境之複雜、矛盾、游移、徘徊，在在顯示出南明遺民對「南方認同」之

離合辯證。

　　以「地理詩學」來說，明清易鼎，天崩地坼，南明遺民從江南山水、東南沿海、嶺南山系、西南荒江到海上孤島，開啓了人／地之遇合與體驗，遺民詩中的自然／人文地理與遺民情感之相互對話與詮釋，跨越南徼荒疆與地理向度，如徐孚遠：「求故主於顛沛流離之中，出萬死一生而不計。……公當國破，自吳而閩，又自閩而浙，自浙而閩，至赴交州，間關水道，僅而獲免，死生存亡，直以度外置之矣。」〔註160〕世變轉折，文物凋謝，羇孤海上，自江南吳中到閩陬南荒，再北還浙江又撤退至八閩，甚至南航更南方的交州，連絡抗清義軍，並擔負永曆朝與鄭成功兩者之間的往還互通，對當時的東亞海域、輿地跨界有深遠影響，以此爲例，我們試圖論證南明遺民詩所映現出異質空間、風土草木、龍御鳳輦、地理基型等輿圖知識，從而形構出一套跨越政權／地域／國境之詩學光譜，實乃一國境之南的地理詩學。

〔註160〕　林霪：〈華亭徐闇公先生詩文集序〉，《釣璜堂存稿二十卷交行摘稿一卷徐闇公先生遺文一卷》，《清代詩文集彙編》第 14 冊（上海：上海古籍出版，2010 年），頁 294。

第五章　南明遺民詩中的南國想像與家／國論述

　　南明，在歷史上與清朝抗衡了近二十年（1644-1662），偏安南方的南明，由於政權分治、地緣政治，致使政權分散與各擁其主之現象，從支持某個政權與君帝，恢復文武百官、六官制度等相關行政設施，儼然在南方形成了一個與北方相對立的「國」，南明遺民詩中即大量出現了「南國」辭彙；大體說來，此處的「南國」有多重指涉，或特指江南、閩南、兩粵（領土）；或表述行朝所在（政權）；或復興圖謀之根基（象徵）；或存留漢家衣冠之地（文化）；不但可實指其空間方位與地理位置，亦可用來表示抽象的民族情感與精神空間。

　　其中最值得注意的是「南國」所承具的正統命脈之文化意義，根據班納迪克・安德森（Benedict Anderson）所著的《想像的共同體》概念，南方建立之「南國」毋寧是一種藉由「民族」（中華民族）所形塑出來的家國版圖，凝聚了江南（福王）、浙東（魯王）、閩北（唐王）、兩粵（桂王）之不同地域所在的政權，「南國」之「想像的共同體」，此一概念如何成立、建構，其意蘊又為何，值得深思。

　　因此，本章第一節將先考述「南國」於歷史語境的展開與多重涵義。分析其中上溯《詩經》、《楚辭》的「南國」論述與轉化；接著，

歸納出南明遺民詩中的「南國」辭彙之多重意涵；並藉由班納迪克‧安德森（Benedict Anderson）所著的《想像的共同體》概念，將本論文中的「南國」作一理論性的基礎介紹，並把這個概念引渡到詮釋之中，嘗試釐清「南國想像」的建構方式。

　　第二節承續上面的理路，由於「南國」是一「想像共同體」，其建構南國之方式有二：平行的想像、垂直的想像。以前者來說，南明遺民以「清軍入侵的外患」、「流民起事的內憂」、「華／夷之辨的激化」等內憂外患，並藉由「民族」血緣立場，意圖將南方勢力凝結在一起，指向共同的敵人，這個跨越地域與政權的「想像共同體」可以說是南明遺民在 1644-1662 抗清中興的象徵，此為「平行的想像」。惟「南國」之建構不僅考慮到當下的內憂外患之現實處境，亦須從歷史文化上的正統來尋求支援，「垂直的想像」便由此而發生，進一步檢視與「南國」有關之上下文脈絡，可以發覺，「南國」與歷史上的「東晉／南朝」、「唐代」、「南宋」三個朝代常相提並論，在詩句的綿密織綜中造成時空維度的交錯會合與歷史情境的相互對話，時空藝術的經營與美感，在句、聯、章中，漸次煥發；本文認為永嘉之難的東晉／南朝、安史之亂的唐代、靖康之亂的南宋〔註1〕，均有外族入侵致使中土淪陷，王室流離，正朔南移的共同際遇，南明與此正具有相似的歷史情境；因此，以「東晉／南朝」、「唐代」、「南宋」為中介，想像出了「南國」，藉由這三個歷史鏡像，迴映出當下自身之處境，一方面強調南明為文化正統之承續，一方面凸顯了建構「南國」的可能徑路。綜合上述兩節，我們可以論證，「南國」作為一想像的共同

〔註 1〕南明遺民詩中「漢朝」的使用也是值得注意的現象。惟就筆者初步研究，詩中的「漢代」與「南國」的並置聯繫，則較少見；這應是兩漢首都均在北方（長安、洛陽），就實際地理位置來說，與南明政權行在之金陵、福州、廣州、肇慶、桂林、安龍、昆明與遺民所在之江南、閩南、兩粵、滇南等地，實有南北地域之差異，故遺民詩中少有「兩漢」與「南國」並稱，此中的「漢」毋寧強調的是一種文化正統與血緣傳承。

體，其建構方式有二：南明遺民透過「民族」凝聚內部的分散政權與整合南方的資源，此乃「平行的想像」；藉由「歷史」尋求血緣族裔的支持與正統文化的根源，此乃「垂直的想像」；透過這兩種「想像」的方式，時空交錯，經緯交織，「南國想像」的系譜學，遂於焉彰顯。

　　第四節以錢澄之爲中心，討論「國族的南方帝國」此一議題。以南明永曆帝與大西南的邊境互動爲觀察線索，提出「南越王」與永曆朝的關連；永曆廷的吳、楚黨爭所引發出激烈的黨／國之權力競奪；乃至永曆帝以帝制邏輯對待邊境民族所呈顯出「帝國／邊境」之迹痕；再到孫可望自立爲王，危疆封爵等有關「帝國」的一連串思考。

　　第五節以瞿式耜爲個案，討論「民族的南方願景」此一論點。如果說上述南明帝／國的國族觀念與權臣割據，乃「以國爲家」，瞿式耜則不以國族爲優越的思考，而是以民族爲平等同理的立場，屬於「以家爲國」的民族願景，將南方塑造成一具有情感聯繫並與土地之間產生深刻互動的「地方感」，從其奏疏、書牘、詩歌中，留下大量有關南方、土地、地方、此地、片土的文字敘述，體現了他與桂林所映現之「人與地」的情感、互動、建設、聯繫，並嘗試積極努力開展南方的建設與願景，瞿式耜以西南地緣爲「地方」之思考，誠可用來對照上述錢澄之的「國族的南方帝國」。

第一節　「南國」的歷史語境與多重涵義

一、「南國」於歷史語境的展開

　　「南國」一詞在文學典籍中，可從《詩經》、《楚辭》做根源性的探索。以《詩經》來說，西周時，南方封地即有「周南」、「召南」兩地的國風民情之差異，朱熹《詩經集傳》分述其定義：

　　　　周、國名。南、南方諸侯之國也。周國、本在禹貢雍州境
　　　　內、岐山之陽。后稷十三世孫、古公亶父、始居其地、傳

子王季歷、至孫文王昌、辟國寖廣。於是徙都于豐、而分
岐周故地、以爲周公旦‧召公奭之采邑。且使周公爲政於
國中、而召公宣布於諸侯、於是德化大成於內。而南方諸
侯之國、江沱汝漢之閒、莫不從化。蓋三分天下、而有其
二焉。至子武王發、又遷于鎬。遂克商而有天下。武王崩、
子成王誦立。周公相之、制作禮樂、乃采文王之世風化所
及民族之詩、被之筦弦、以爲房中之樂、而又推之以及於
鄉黨邦國。所以著明先王風俗之盛、而使天下後世之脩
身、齊家、治國、平天下者、皆得以取法焉。蓋其得之國
中者、雜以**南國**之詩、而謂之**周南**。言自天子之國、而被
於諸侯、不但國中而已也。其得之**南國**者、則直謂之**召南**。
言自方伯之國、被於南方、而不敢以繫于天子也。岐周、
在今鳳翔府岐山縣。豐、在今京兆府鄠縣終南山北。**南方
之國**、即今興元府京西湖北等路諸州。鎬、在豐東二十五
里。小序曰、關雎麟趾之化、王者之風。故繫之周公。南、
言化自北而南也。鵲巢‧騶虞之德、諸侯之風也。先王之
所以教、故繫之召公。斯言得之矣。〔註2〕

周南、召南爲南方諸侯國，稱之爲「**南方之國**」，空間範圍即今興元
府京西湖北等路諸州；再如《國風‧周南‧漢廣》：

南有喬木，不可休息。漢有遊女，不可求思。漢之廣矣，
不可泳思。江之永矣，不可方思。翹翹錯薪，言刈其楚。
之子於歸，言秣其馬。漢之廣矣，不可泳思。江之永矣，
不可方思。翹翹錯薪，言刈其蔞。之子於歸，言秣其駒。
漢之廣矣，不可泳思。江之永矣，不可方思。〔註3〕

《毛詩序》云：「德廣所及也。文王之道被於南國，美化行乎江漢之
域，無思犯禮，求而不可得也。」〔註4〕此處指涉「南國」的地理範
圍爲「江漢」一帶，與前述的周南、召南之「南國」，均相對於北方

〔註2〕 朱熹：《詩經集傳》（台北：學海出版社，1992年），頁1。
〔註3〕 朱熹：《詩經集傳》（台北：學海出版社，1992年），頁6。
〔註4〕 〔清〕王先謙撰，吳格點校：《詩三家義集疏》（台北：明文書局，
　　　　 1988年），頁51。

的黃河流域；值此，《詩經》中的「南國」指向南方（特指江漢）的諸侯國，南明遺民詩中即以《詩經》中的「南國」來象徵南方軍隊的復興之業，如錢謙益《後秋興八首》之四：

> 乍聞南國車攻日，正是西窗對局時。（頁 518）

「南國」沿用了《詩經》中的「南方之國」，指向明遺民所在的「南明」軍武〔註 5〕，「車攻」亦出自《詩經・小雅・車攻》：

> 我車既攻，我馬既同。四牡龐龐，駕言徂東。田車既好，
> 四牡孔阜。東有甫草，駕言行狩。之子于苗，選徒囂囂。
> 建旐設旄，搏獸于敖。駕彼四牡，四牡奕奕。赤芾金舄，
> 會同有繹。決拾既佽，弓矢既調。射夫既同，助我舉柴。
> 四黃既駕，兩驂不猗。不失其馳，舍矢如破。蕭蕭馬鳴，
> 悠悠旆旌。徒御不驚，大庖不盈。之子于征，有聞無聲。
> 允矣君子，展也大成。〔註 6〕

朱熹《詩經集傳》釋此章，云：

> 周公相成王，營洛邑，爲東都以朝諸侯。周室既衰，久廢
> 其禮。至於宣王，內脩政事，外攘夷狄，復文武之竟土。
> 脩車馬，備器械，復會諸侯於東都，因田獵而選車徒焉。
> 故詩人作此以美之。〔註 7〕

南明遺民詩中遂常使用《詩經》中的「車攻」一詞，來形容南國（南明）軍戎車隊備戰，中興攘夷〔註 8〕；可以說，《詩經》中之「南國」辭彙，有國境（諸侯之國）與地域（周南、召南）之意義，南明遺民詩中承襲此脈絡，復開展出「外攘夷狄」之中興象徵。

〔註 5〕嚴志雄分析此詩，認爲此處的「南國」特指鄭成功而言，詳參 Lawrence C. H. Yim, *The Poet-historian Qian Qianyi* (London and New York: Routledge, 2009), p.130-131。

〔註 6〕朱熹：《詩經傳》（台北：學海出版社，1992 年），頁 117-118。

〔註 7〕朱熹：《詩經傳》（台北：學海出版社，1992 年），頁 117。

〔註 8〕另如瞿式耜亦有相關詩作，可參其〈丁亥正月初九扈駕西行，夜泊昭平檢校灘，風雨迷離，扁舟獨宿，竟夕不成寐，枕上口占二律，以志愁懷〉：「孤舟風雨夜，檢校不分明。聒耳灘聲沸，傷心燭淚傾。筒空飢鼠嚙，篷掩亂猿鳴。臥誦車攻什，江神聽或平。」（《瞿式耜集》，頁 215）

以楚辭來說，《楚辭‧九章‧橘頌》：「受命不遷，生南國兮。」王逸注：「南國，謂江南也。」亦強調「南國」乃一地理空間，指江南之地；此外，《楚辭》中常以美人的見讒遭妒，放逐南方，表述坎懍隱微之心曲，從而形塑出南方／美人／放逐之地域／性別／身世的多元圖像〔註9〕；如毛先舒〈贈王彩生‧自序〉即言：

南方故多佳人，而西陵洵稱良會者也。〔註10〕

王彩生，乃松江妓〔註11〕，毛氏並有〈贈王彩生〉之一：「昨日非今日，新年是舊年。迷人春半草，相望隔江煙。」陳寅恪認爲〈贈王彩生〉四首之一乃倣劉採春所唱七首之五，原詞題作：「昨日勝今日，今年老去年。黃河清有日，白髮黑無緣。」而劉採春之名實乃指王彩生，毛氏用「採」代「彩」〔註12〕；詩中以南方佳人的迷離淒悅，已然遠逝的昨日，無法成爲延續之今日，暗指清人定鼎、明朝傾覆，前塵往事均化爲記憶中的榮景與美好，南方佳人曾相會於西湖之良辰美景，此際的身世之感與家國之思，蘊藏毛氏「新年是舊年」的追憶前朝與生命斷裂。

再如屈大均〈大都宮詞六首〉之四，則進一步將南方／南國／佳麗結合在一起，提出思考與批判：

佳麗徵南國，中官錦字宣。紫宮雙鳳入，秘殿百花然。卓
女方新寡，馮妃是小憐。更聞喬補闕，愁斷綠珠篇。（頁64）

此詩寫於1658年春，將出關訪函可，道經北京。大都，指北京。詩寫宮幃之事〔註13〕。「清世祖徵歌選色，搜取江南名姝，以供其耳木之娛」〔註14〕，此處指涉清世祖無疑〔註15〕。詩以新婚不久守寡的卓

〔註9〕 有關古典詩中的南方與放逐，及其與詩人理想情志的投射與人格境界，廖美玉師有細緻的討論，詳參〈中國古典詩歌中的自我放逐意識──由幾首「佳人」詩談起〉，《成大中文學報》第1期（1992年11月），頁211-232。

〔註10〕《清詩紀事》，頁664。

〔註11〕《柳如是別傳》，頁1135、1143-1148。

〔註12〕《清詩紀事》，頁666；《柳如是別傳》，頁1163。

〔註13〕《屈大均詩詞編年箋校》，頁64。

〔註14〕《柳如是別傳》，頁1146。

文君，惋惜深宮禁殿中的閨閣女子，其青春美貌與風華之姿盡皆託於
君王，綻放美麗卻無人聞問；以及沈佺期〈古意呈喬補闕知之〉：「九
月寒砧催木葉，十年征戍憶遼陽。」寫閨中少婦懷念征戍不歸的丈
夫；「綠珠」乃西晉石崇愛妃，因石崇獲罪，墜樓殉情，存貞守節。
「南國佳麗地」，明崇禎年間外戚侯家在江左訪取佳麗，使女子成為
龔鼎孳詩中「雕籠翡翠可憐身」、錢謙益詩中「傳語雕籠好鸚鵡」，
憑藉豪奢強勢之權力，在粉飾雕砌的玉籠中禁錮著無自主權的南方麗
人〔註16〕。

　　由毛先舒的「南方故多佳人」、屈大均的「佳麗徵南國」，可見
「南國」的歷史語境之中，與佳人、佳麗、美人有密切之緊契，甚至
可以將兩者等同於：「美人生南國」〔註17〕；毛、屈二人以《楚辭》
中的「聞佳人兮召予」、「好姱佳麗兮，牉獨處此異域。」（《抽思》）、
「惟佳人之永都兮」、「惟佳人之獨懷兮」（《悲回風》），以「南方美
人」之象徵，來感懷身世、寄寓心志，同時也映顯出明清之際江南女
伎的離亂經驗，此則特屬於明遺民的集體記憶。

　　以上分析了南明遺民詩對《詩經》、《楚辭》中的「南國」論述之
承傳與開展。就《詩經》而言，南明遺民詩繼承其南方諸侯王國的象
徵，又開展出如「車攻」的中興意義；就《楚辭》而言，繼承其南方
佳人／美人的追慕求索，暗示對明朝的懷念與傷悼，同時也顯現出
「佳麗徵南國」之歷史動盪與時代滄桑。

二、「南國」辭彙的多重涵義

　　「國家」這個辭彙據霍布斯邦（Eric Hobsbawm）在 Nations and
NationalismSince 1780: Programme, Myth, Reality 一書所述，應該是

〔註15〕錢仲聯分析此詩與順治有關，並推測末二句為「豈指豫王福晉劉三
　　　秀乎？」《夢苕盦詩話》（濟南：齊魯書社出版，1986 年），頁41。
〔註16〕此段有關明末王侯訪取江南佳麗事，詳參《柳如是別傳》，頁787。
〔註17〕鍾山張紫淀作〈悼小宛〉詩，中一首云：「美人生南國，余見兩雙
　　　成。春與年同艷，花推白主盟。娥眉無後輦，蝶夢是前生。寂寂皆
　　　黃土，香風付管城。」《板橋雜記》，頁47。

相當晚近的觀念，約莫在1780年代才被發明。1882年法國的東方研究者赫南（Ernest Renan），同時也主張，族群、固定的疆界、儀式和宗教信仰、國歌和語言等文化形式都只是充分條件，不必然就可以構成國家的誕產。國家的建立依然必須透過歷史與文化的建構，來分享共同的經驗並形成「生命共同體」，才算是一個正式的「民族國家」。

依照此定義來看，南明遺民詩中的「南國」，基於各諸王尊奉華夷對立的民族旗幟，且掌控有南方的疆界領土，並使用相同的語言，已然具備若干條件；惟對南明遺民來說，「南疆」是建構出「國」的充要條件之一，論述「南國」不能沒有「南疆」，更重要的是：透過民族的想像與聚合，其最終目的乃在於恢復中原，重現中國的天朝秩序觀，故此，「南國」的意義毋寧更側重於儒家所謂的「齊家、治國、平天下」的「國」〔註18〕。陳恭尹即談到「丈夫無國更何家」〔註19〕，對他來說，身為明遺民的責任乃在於堅守中國傳統士大夫之職志，孟子所稱道的「大丈夫」之義行，為其典範，國滅何能有「家」之存在？此中反映出的家／國政治逐形複雜與豐富，而無論是「以國為家」的帝國觀念，或者是「以家為國」的地方認同，連帶著南明遺民詩中的「南國」便有多重指涉〔註20〕，或特指江南、閩南、西南（領土）；或表述行朝所在（政權）；或中興圖謀之根基（象徵）；或存留漢家衣冠之地（文化）。

（一）領　土
南明遺民詩中的「南國」之涵義，首先為領土。在各政權所君臨

〔註18〕 這個觀念參考自王泰升：〈臺灣人民的「國籍」與認同──究竟我是哪一國人或哪裡的人？〉，《東亞視域中國籍、移民與認同》，頁50。

〔註19〕 《獨漉堂詩集》卷六，《續修四庫全書》第1413冊，頁88。

〔註20〕 嚴志雄已注意到遺民詩中的「南國」，他以錢謙益為例，認為錢氏的「南國」有兩種指涉。一為特指鄭成功軍隊；一為喚起流亡的明政權以及南方眾多的忠誠義軍，具有合法的統治權。詳參 Lawrence C. H. Yim, *The Poet-historian Qian Qianyi*（London and New York: Routledge, 2009），p.130-131、p.191 註31。

統轄之地，尤以江南等同南國者最常見。蓋清軍南下，明社既屋，率先在江南建立的弘光政權，乃當時人心所繫望，加上明清江南人文薈萃，明成祖時又建置南京為陪都，弘光定鼎金陵，可說是擁有半壁江山，大有中興之望；是以，「江南」即被稱作「南國」。

此外，則有涉及閩地（東南）與兩粵（西南）者，徐孚遠詩中有大量的「南國」辭彙，如〈登山〉：「只愁南國伊人杳，蘭莒飄零不可招。」（頁512）〈野望有懷〉：「南國鶯花那可攜」（頁527）〈鷗望〉：「南國雲臺知幾重」（頁528）〈贈魏方〉：「論交南國感芳蘭」（頁538）〈寄懷劉客生〉：「南國相逢意氣傾」（頁545）；大抵而言，此處之「南國」泛指南方，指向詩人之所在地，是無可疑義的，然須特別辨析始能更清楚的推敲詩中「南國」之意涵，依照徐孚遠之生平與經歷，「南國」可稱閩南或西南，前者（閩南）如〈春懷〉：

> 比來無客過，把卷走玄幃。薯麥充腸慣，桃梅入眼希。海人聊暇豫，南國盛芳菲。何日雙鳧動，江閒候紫薇。（頁492）

久寓南方已從過客成為主人，身分之轉換致使徐孚遠期待著遠方客之到來，卻終無來客過訪；僻處東南慣常食用的是薯麥野荄，爛漫的春桃寒梅在南更是鮮見；「海人」指其所居金、廈一帶沿海，並以「南國」稱之；尾聯用「雙鳧」〔註21〕表述詩人有朝一日北返之離情，北方友人會在河濱江畔，結綵紫薇等候歸返之徐孚遠。後者（西南）如〈南愁〉：

> 淒涼南國路，惝恍逋臣心。山阻黔陽杳，雲迷洱海深。相傳應化蜀，不復問依斟。近報通和信，臨流獨拊襟。（頁501）

頷聯中的黔陽、洱海俱為西南之地，再從頸聯「相傳應化蜀」推測，此詩應寫於永曆帝1662年被吳三桂絞於雲南。通報消息傳到閩南之境，徐孚遠臨流自傷追悼，惝恍哀淒的罪臣心境憑弔西南邊徼的桂王，並以「南國」稱永曆帝之朝。此詩後並緊接著有〈短吟〉：

〔註21〕蘇武出使匈奴被羈，歸國時留別李陵之詩，云：「雙鳧俱北飛，一雁獨南翔」

> 幾年山海上，狼狽主恩深。自顧顏何靦，相看淚不禁。拜
> 稽通北國，職貢效南金。誰念龍鍾者，空懷捧日心。（頁 501）

梯山橫海的歷險之迹，憔悴狼狽的身影，為得就是不負深情似海的君
主蒙恩；惟聖主罹難，臣子扈駕無功，相顧靦顏徒能自憐哀嘆；又有
誰能同理老態龍鍾的佝僂之身，在國破君崩之際仍奉持著赤忱之心
呢？就如〈隨舟〉所說的：「丹心空避地，白首歎無君。」（頁 502）
龍鍾白首，君主卻已遇害。總上所述，徐孚遠詩中的「南國」實指涉
南明領土，若依照上下脈絡與詩意推測，可指自身所在地之閩南或永
曆朝廷之西南。

（二）行在

　　「行在」指天子所移蹕之地，會見天子與移動行朝乃南明遺民詩
中的地理詩學，此論可見上章所述；此外，「行在」的地理空間還蘊
含著南國的政治意涵，茲舉張煌言為例，其〈聞行在所遣使至營宣
慰，有感二首〉（戊戌）之一：

> 傳聞使節下牂牁，天語銜來識聖波。南國衣冠猶似昔，北
> 門鎖鑰竟何如？時危還說依銅馬，道阻徒勞想玉珂。料得
> 楓宸能燭遠，黃麻紫綍不須多。（頁 126）

此詩寫於 1658 年（永曆十二年），永曆為清軍所迫，由昆明退至永
昌，又退至騰越，遂入緬甸；首聯聽聞永曆朝之使節從滇黔出發，
行經牂牁（貴州），帶來天子詔告文書，慰勞軍旅；頷聯中的「南國」
指南明領土之總稱，亦即閩南、嶺南、與西南，此可從同題之二的
首聯所述：「頻年東國賦無衣，百粵猶然狩六飛。」（頁 126）得到證
明，蓋「東國」為東南沿海時值鄭氏水師預備進攻長江，「百粵」泛
指兩粵，再加上「牂牁」所指之西南，大抵可以涵蓋南明之領土，
此聯謂「南國」仍存留漢家衣冠，維繫正朔，而掌握著關鍵鎖鑰的
北方，現今之情形是如何呢？頸聯扣題，天庭御史至營，西南永曆
帝所遣使者，有振奮軍心之效，作為朝臣的張煌言希冀能「依銅馬」，
惟因時機艱難，路途險阻，蹇躓難行，致使親赴西南行在，困難重

重；尾聯便勉勵永曆朝（楓宸）雖屏弱如燭火，但還是能夠留存實力，遙播到邊境遐方，對於回到北方故土的希望仍保持樂觀，中興熱忱之志不止歇，是以無需黃麻、紫綍等墓穴殉葬之物。

（三）中興基地

將「南國」當做圖謀復興基地者，先以徐孚遠〈得維揚李大先生書遙寄〉為例：

> 十載音書定有無，朝來一葉落江湖。雖然身結支公社，猶擬天還劉氏符。八月濤聲頻入夢，三吳劍客尚堪呼。莫言捲土真難事，南國于今起霸圖。（頁 540）

首聯點出徐孚遠與友人李大先生之書信往返，長達十年；頷聯以東晉支道林擬喻自己流寓閩南的身世際遇，雖然在此可以結社歡談，卻仍希冀有朝一日能夠定鼎中土，將政權歸還南朝的「劉宋政權」；頸聯寫發信之地乃在三吳（江南），而詩人收到此書信的季節則在夏季八月；尾聯則寬慰友人勿垂頭喪氣，切莫放棄捲土中原的雄心壯志，立基「南國」（閩南），中興之日則指日可待。

錢謙益詩中的「南國」，亦見中興象徵，如〈次韻答雲間張洮侯投贈之作〉：

> 自從兵塵暗四國，盡裂書囊裁矢服。文昌東壁橫旄弧，織女漸臺荒杼軸。近來南國興文章，雲間筆鎮尤堂堂。何人吐鳳非書府，是處栖鸎盡女牀。新詩雄風發胸臆，令我殘軀生八翼。歌罷蒼茫看牛斗，劍鍔芙蓉湛如拭。始信出門交有功，橫眉豎目皆駿雄。卻憐雲頂逃禪客，折腳鐺邊未有窮。（頁 322）

此詩寫於 1656 年，為錢謙益與雲間社群文人當時之互動，此詩後輯錄於《高會堂集》[註22]，當時南明政權僅剩西南永曆，按理來說錢

〔註22〕陳寅恪則根據〈徐武靜生日置酒高會堂副贈八百字〉（原詩可參《錢牧齋全集》第四冊，頁 333-335），推論此書之主旨乃「謂此時預會諸人，雖潦倒不得志，但明室漸有中興之望，聊可自慰。」（《柳如是別傳》，頁 1128、1158）

－273－

謙益所指的江南雲間早已爲清人統治範圍，不可能爲獨立之「南國」；因此，「近來南國興文章」，把江南的「雲間」地區當作「南國」，點出了雲間的地域特色同時也把江南仍舊視爲大有可爲的「南國」地理；換言之，此詩雖以文學酬贈唱和爲旨，然若置諸《高會堂集》的解讀脈絡之中，或有接濟鄭氏水師，鼓舞人心，即將收復「南國」之義，遂在次韻的過程中，再現了記憶中的「南國」。

再如錢謙益〈後秋興之三〉八月初十日小舟夜渡惜別作疊中，第四首：

> 閨閣心縣海宇棋，每於方罫繫懽悲。乍聞南國車攻日，正
> 是南窗對局時。漏點傳稀更鼓急，燈花駁落子聲遲。還期
> 一著神頭譜，姑婦何人慰我思？〔註23〕（頁 518）

此疊八首「殆因此時延平之舟師雖敗於金陵，然白茆港尚有鄭氏將領所率之船舶，牧齋欲附之隨行，後因鄭氏白茆港之舟師，亦爲清兵所擊毀，故牧齋隨行之志終不能遂，唯留此八首於通行本有學集中，以見其微旨，但以避忌諱，字句經改易甚多，殊不足爲據。」〔註24〕又：「八月初十日小舟夜渡，惜別而作，乃專爲河東君而作。」〔註25〕循此解釋，首聯以擬代柳如是的立場發聲，以女流之輩本應安居閨閣，卻心縣海宇境內的軍國佈局，戰局如棋的推演與決策，柳如是總是心繫悲歡愁樂；頷聯以《詩經‧小雅‧車攻》寫鄭氏水師的起義乃是一場「外攘夷狄」之舉，據毛詩序：「《車攻》，宣王復古也。宣王能內脩政事，外攘夷狄，復文武之境土，脩車馬，備器械，復會諸侯於東都，因田獵而選車徒焉。」鄭成功進軍長江沿岸之際，同時也正是臨靠西窗棋局對峙之時；頸聯以更漏計時、鼓聲急促、燭火燈光、半律古樂營造出在閨閣之中運籌帷幄，關注軍事動態，形成一種既急促又和緩的氛圍；尾聯則寫此役雖然戰敗但只要沉穩冷靜觀察局

〔註23〕《投筆集》尾聯與此有異，作「還期共覆金仙譜，桴鼓親提慰我思。」

〔註24〕《柳如是別傳》，頁 1192-1193。

〔註25〕《柳如是別傳》，頁 1197。

勢變化，掌握棋高一著之關鍵，仍有勝算，最後並將視角轉回到詩人身上，寫姑婦（柳如是）可堪慰藉錢公之想念〔註26〕。總上所述，「南國車攻日」表述了鄭氏水師於長江起義的史事，以及柳如是參與軍國大事之俠客豪情，此處的「南國」語彙毋寧是一處抗清的中興象徵。

（四）漢家衣冠

「南國」的第四種涵義，則是賡續文化正統、保存漢家衣冠。如徐孚遠〈傳楚師南下消息〉：

> 聞道收京在此時，天涯羈客倍愁思。月氏自報匈奴怨，士行全移荊楚師。鍾阜園陵新氣象，石頭士女望旌旗。遙知春草迎龍馭，南國衣冠取次隨。（頁511）

1648年，荊襄十三家軍連破全州、衡州，直抵漢水，進攻長沙，收復去年失地。接著郝搖旗、劉體純等屯兵荊襄，發展而爲夔東十三家軍隊。首聯寫楚師南下收復失地之事，並期望收復南京，聽聞此事讓浪跡天涯的羈客倍感愁思；頷聯「月氏」乃古代游牧民族，時常被匈奴攻擊，此處以「月氏」代流民起義軍，「匈奴」指外來清兵，此句謂荊楚等起義軍爲報復曾被清人圍剿進攻之仇，故團結起來，在荊楚整合兵力；頸聯以石頭城的婦女引頸期待中興軍隊的來臨；尾聯承接上聯光復的喜悅，以江南春草準備迎接著黃帝駕車之臨幸，「南國衣冠」的典章制度也可以配合著君王之到來，按次恢復與施行。再如〈閒遊遣意〉：

> 晨興扶杖露猶濃，面面浮雲擁碧峰。此日不堪行似鱉，他年終愧號爲龍。規時難擬杜元凱，老去須存顧彥容。南國衣冠零落盡，扁舟湖裏復誰從。（頁525）

頸聯中的杜元凱即杜預，乃西晉大將軍，功績爲滅東吳統一中國；如

〔註26〕嚴志雄分析此詩，認爲柳如是在此，被激賞爲兼具英雄氣概的女子及她給予錢的安慰與支持。詳參 Lawrence C. H. Yim, *The Poet-historian Qian Qianyi*（London and New York: Routledge, 2009), p.131。

果相較上述「南國衣冠取次隨」的樂觀與期待，這首詩中的「南國衣冠零落盡」顯然是有較多的落寞與悲嘆；徐孚遠認爲壯年逝去，往昔的雄心宏志與龍騰之勢，恰對比現下的蹩行與不堪，「南國衣冠」也就在復明無望的頹喪之中，漸漸凋零。

三、一個想像的共同體

以上我們對於南明遺民詩中的「南國」詞彙，進行多面向的考察，發現其有領土轄境、天子行在、中興基地、漢家衣冠等跨越政治、地理、文化之多重涵義；值得注意的是，由於南方建立之「南國」，凝聚了江南（福王）、浙東（魯王）、閩北（唐王）、兩粵（桂王）之不同地域所在的政權，共同面對的是北方入侵的「清虜」，這種華／夷之辨與區分我族／他者的「民族主義」之思考，可說是促使「南國」的建立與團結之動因，形成了班納迪克・安德森（Benedict Anderson）在《想像的共同體》中所提出的「想像社群」這個觀念。

根據班納迪克・安德森（Benedict Anderson）「想像社群」這個觀念，用以說明民族國家如何透過印刷資本主義（print capitalism）、小說、記憶、官方語言、人口普查、博物館等象徵資本（symbolic capital），和國旗、國歌、國家型的紀念儀式，以及種種音樂和節慶活動，以班雅明（Walter Benjamin）所說的水平式的空洞時間（empty time），讓所有在國土疆界之內的國民，都在閱讀、想像、記憶的同時性與即時性過程中，設定大家同屬一個社群，透過想像與形構共同的生活和行爲規範，形成國家與公民的觀念，並因而產生強烈的歸屬感與同胞愛，以達成鞏固民族國家既有體制的目的〔註27〕。

〔註27〕 參考廖炳惠編：《關鍵詞》imaged community 條，頁140。對於「想像的共同體」更深入的完整介紹與闡釋，可直接參閱班納迪克・安德森（Benedict Anderson）著，吳叡人譯：《想像的共同體：民族起義的起源與散佈》（台北：時報文化，1999年）。

　　循此，我們檢證南明遺民詩中的「南國」，可以發現這正是一種「想像的共同體」；首先，「南國」的象徵資本，包含著領土轄境、天子行在、中興基地、漢家衣冠等跨越政治、地理、文化之多重涵義，使用「南國」也同時宣示著南方主權的存在；再次，水平式的空洞時間（empty time），是一種「世俗的，水平的，橫斷時間的」共同體，由此，我們若觀測南明遺民在抗清的這段整體時間（從1644-1662），是什麼動因讓內部勢力有機會可以整合在一起？（雖然不一定成功）再其次，「民族」這個「想像的共同體」最初而且最主要是透過文字（閱讀）來想像的〔註28〕，那麼南明遺民詩中如何透過文字與閱讀來想像出這個共同體？最後，南國若作爲一「想像的共同體」，其國族／民族、國／家的辨證思考與時代意義，又須如何審視與評估？

　　故此，本文將「南國」作爲一想像的共同體，其建構方式有二：一爲「平行的想像」；一爲「垂直的想像」。以「平行的想像」來說，乃是在南明抗清時間（1644-1662），藉由「民族」血緣立場，批判「外患的清軍入侵」、指責「內憂的流民起事」、強化「華／夷之辨」之命題，意圖將南方反清勢力凝結在一起，指向共同的敵人，從而凝塑出「南國」的團結與共同目標——反清——也由此而想像出「南國」。以「垂直的想像」來說，南明的正統地位是成立「南國」的必要條件，因此追溯歷史情境中曾爲正統且與南明歷史際遇相近的朝代，用來表述自己的合法宗權地位，遂透過「永嘉之亂的東晉／南朝」、「安史之亂的唐代」、「靖康之亂的南宋」三個朝代，從相似的歷史情境中尋求正統的支持，強調「南國」實維繫漢鼎一絲之地，此則爲「垂直的想像」；時空交錯，經緯交織，藉由平行／垂直的想像，「南國想像」的系譜學，遂於焉建構與成立。

〔註28〕班納迪克・安德森（Benedict Anderson）著，吳叡人譯：《想像的共同體：民族起義的起源與散佈》（台北：時報文化，1999年），頁xi-xii。

第二節　平行的想像：南國想像的建構方式之一

一、清軍入侵的外患

　　南明政權星散，黨派色彩極重，各擁其主之況尤為顯著，黃道周：「我明與周室同屬，非唐季所望，衰軼而後，猶為戰國。」〔註29〕點出南明政權與戰國七雄割據，自立為「國」的情況頗為類似，若再加上抗清前期不與南明軍隊合作，流竄到西南的起事軍，如何整合內部勢力（南明軍隊與流民起事）首先就必須先指出共同的敵人，因此，以「民族」為感召逐步整合張獻忠、李自成等流民，凝聚內部勢力之團結，將矛頭指向致使神州陸沉的清軍為敵人，遂成了「南國」建立的首要策略。

　　如錢謙益〈觀閩中林初文孝廉畫像讀徐興公傳書斷句詩二首示其子遺民古度〉之二：

　　　　文甫為人陳亮是，興公作傳水心同。永康不死臨安在，千
　　　　古江潮恨朔風。（《有學集》，頁35）

此首詩乃錢謙益觀閩中林初文孝廉畫像〔註30〕，並讀徐興公所做林氏傳記〔註31〕，以摘取斷句之方式，創作兩首詩，贈與林初文之子，亦即遺民林古度。首句陳亮乃南宋志士〔註32〕，「文甫」按照詩意推測應指林初文，指林初文抗疏陳冊與陳亮奏論議請，可以相提並論；第二句以「水心」先生即南宋葉適，來代稱作傳記的徐興公；第三句中的永康指陳亮，以其不死，南宋得以偏安臨安，擁有半壁江山；末句語調則與前三句陳述心得之平緩從容有別，此「朔」當指北方清軍，以「朔風」打亂原本河清海晏的江潮，「恨」之力道寫出對

〔註29〕趙園：《明清之際士大夫研究》（北京：北京大學出版社，1999年，頁315。
〔註30〕林章，字初文，福清人。《錢謙益全集》，頁35。
〔註31〕徐興公名　　，閩縣人。《錢謙益全集》，頁35。
〔註32〕《宋史・陳亮傳》：「亮，字同父，永康人。嘗考古人用兵成敗之跡，著《酌古論》。隆興初，與金人約和，獨亮持不可，上《中興五論》，奏入不報。」《錢謙益全集》，頁35。

清人的仇視，藉以激發遺民之同仇敵愾與同情共感，並將自己歸入遺
民社群。

錢澄之〈南京六君詠〉亦針對清軍入侵，提出觀察：

> 不走黃端伯，居然揖左賢。虜至，公自署其門曰：不走不降黃端
> 伯。見大酋，長揖而已。忘生緣學佛，罵敵反稱顛。豈有頭皮
> 硬，還期心血濺刃其頸，不殊。公曰：非頸硬，乃心硬也。刺心
> 而死。悵前新辮髮，可悔罪通天。黃儀部端伯。回首鍾山樹，
> 傷心計部書。公有書，請立王以祀陵寢。寢園聞漸廢，宮殿早
> 為墟。即擬收京捷，還憐死國疎。忠襄墓前柏，公縊死柏
> 下。榮悴定何如？吳計部嘉胤。頗聞張吏部，不減鄧攸貧。
> 海內存清節，朝端累黨人。死生翻易決，同異底難泯。雪
> 涕廓城令，千言狀正新。張太宰席，字赤涵。○公弟金，令將樂，
> 以行狀示余。錚錚楊御史，閹黨共推君。要典三朝據，同流
> 一死分。漫嗟遮錦被，轉恨雜雞羣。可信聘司馬，投降最
> 早聞。楊副憲維垣。聞北有阮大鋮投降獨早之旨。傳道城南乞，
> 蓬頭髮正多。羞他中國變，屢被市人呵。入夜語還泣，沿
> 街罵且歌。溝渠絕粒死，此志是如何？淳化關丐者。按丐者〈臨
> 死吟〉一詩云：「三百年來養士朝，而今文武盡皆逃。綱常留在皋由
> 院，乞丐羞存命一條。」痛哭橋邊卒，鄰河羨獨清。世徽明主
> 餼，肯荷敵人兵。中國誰稱帝，元勳竟獻城。卒問其同伍
> 曰：是誰主中國，一城都降耶？昕城伯且降，又何有爾卒？
> 卒曰：昕城服，我不服。赴河而死。可知徐久爵，盡室向
> 燕行。中河卒。自序：「南京陷，死者寥寥，得丐與卒而六
> 焉。悲夫！然其死不愧四君，四君又豈不屑六也？姑並存
> 之。」(《藏山閣集》，頁169-170)

詩前有序，云：「南京陷，死者寥寥，得乞與卒而六焉，悲夫！然其
死不愧四君，四君又豈不屑六也，故並君之。」可知前四首乃權臣，
後兩首為丐卒，身份雖有極大差異卻以其同為城殉節受到錢澄之的
合詠；第一首傳主為黃端伯，寫其面對清虜的威脅仍面不改色，左
揖而讓，直斥滅城的清軍乃是非顛倒，此等置之生死而度外的胸襟

乃緣於學佛，並直言：「非頸硬，乃心硬也。」藉由刺心的行動來表現忠肝義膽之志，諷刺那些營帳軍伍前降清剃髮之明臣，應該悔愧其罪滔天。第二首傳主為吳嘉胤，寫其曾上書於南京（鍾山）立王以祀陵寢，惟此地經清軍蹂躪，陵谷變遷，寢園漸荒蕪，宮殿淪為廢墟，方才擬定光復收京之捷，卻遭逢巨變，上奏捐軀死國之疏，以自縊柏樹的方式結束生命，個人榮辱雖超越了生死，換得忠臣之名，卻淪得如此不堪之終局，徒增遺憾。第三首傳主為張席，寫其安貧樂道，不減東晉永嘉之亂時，棄子護姪的鄧攸，故以清節耿介稱之，而死生之間乃一體兩面，雖極易驟下決定，殉死全節或獨生苦窮，兩者的異同取捨之抉擇，實難化約而論，結尾寫張席之弟，張金，從北方酇城（將樂縣令）來到南京，以行狀示錢澄之。第四首傳主為楊維垣，鐵錚堅毅的性格，連閹黨也敬畏推崇，高據朝廷要典，掌握有實權與之同流者不乏其人，惟楊氏獨能一死區分彼此不同，故有鶴雜雞群之憾恨，詩末並以「阮大鋮投降獨早」指阮氏為閹黨、雞群，凸顯楊副憲為忠臣、潔鶴〔註33〕。第五首傳主乃城內乞丐，寫其蓬頭髮多，此顯然是對照於已髠髮叛明的降清貳臣，並以沿路上恥笑不合時宜的乞丐之耳語，指其未認清「中國變」的事實，徒能入夜泣訴己身遭遇，沿街狂歌怒罵，終以絕食而死於溝渠。第六首傳主為城卒，寫其心羨河清海宴的昇平之日，世代皆受明室餼廩而活，怎肯荷敵人兵甲，背棄前朝？並以中國為清軍佔據，江山易主，諷刺徐久爵身兼元勳重任，卻降城入燕北，任高官，與「赴流而死」之卒，判若霄壤。

〔註33〕方其義的〈黨禍〉可做為理解弘光政權時黨同伐異對國體的戕害與加速滅亡，詩云：「北都既陷賊，南都新立帝。宵人忽柄用，朝野皆短氣。魑魅登廟廷，欲盡殺善類。忤者立虀粉，媚者動高位。麒麟逢組商，豺虎遂得勢。手翻欽定案，半壁肆羅織。蕭遘反被誣，趙鼎亦受罣。直以門戶故，忠邪竟倒置。可憐士君子，狼狽竄無地。我家為世讎，甘心何足異？冤死不必悲，所悲在國事。先帝兒難保，我革合當斃。仰首視白日，吞聲一灑淚。」（《清詩記事》，頁1091-1092）

　　總上所述，從錢謙益的「千古江潮恨朔風」來看，用「恨」字表達出國土的被踐凌，外患清軍之入侵中土，造成中國之滅的沉痛；錢澄之的〈南京六君詠〉以南京城陷，刻劃出殉城的名士、忠臣、丐卒之節烈忠義，對比出賣國求榮、貪生怕死之前朝重臣，詩中「罵敵反稱顛」直斥清虜的暴行，「羞他中國變」、「中國誰稱帝」，則寫「中國」已遭逢遽變，罪魁禍首便是入關中原，侵占中華的清虜。

　　錢曾〈哭留守相公詩一百韻〉以光怪陸離的、奇險詭譎的詩風，對異族入侵所造成之戕害，有強烈的控訴與怨恨：

> 天跳乾連播，地踔坤維軋。狂飆恣碢礐，劫焰肆燔爇。海沸波洶洶，山搖峯碑砎。醉帝意疲罷，凶部勢块圠。駭鳥郁縮潛，神光倏閃絕。逆浪湧罔象，怪嚴走猓狫。昏霧匆匆聯，陰霾迤颺噎。毒族互蔼淰，幽妖爭出沒。生獰多闒闒，施蠱成癥突。國步正艱寒，民瘴饒冤䰠。腥風布地來，殰氣隨塵括。雉堞燆燐焚，封提跛軷滅。奔投聲轟豗，刃交鋒缺齧。浪戰猛虎虓，渴鬪生猱猾。大野積裂膚，長河漂敗血。骸骨相撐拄，頭臂交突兀。殘民痛瘡痍，傷兵悲瘢疿。八表漸簸蕩，九州俱嶙峋。陸渾新火熾，昆明舊灰熱。憒憒笑撑犁，荒荒變區脫。隍陴屯蛇豕，川原亂饕餮。鑊居疲氓苦，席捲堅城拔。風毛繞大斾，雨血浸頑鐵。蹢野馬蹄翻，填道駝鳴圖。塞雲靉靆布，隴水澶洄咽。壞垣羅妖獸，頹臺看回鶻。侮食性侏　，左言矜鞈鞻。胡裝袖窄隘，辮髮頭髡䯏。饞扠探火薰，惡嚼鉤肥割。怒觸如羊狠，健趨如兔黠。鼛鼓聚雷喧，盧帳團雲設。秦娥攣脰行，吳娃械手列。荒墉囚瘦鬼，大屋潛驚狨。疊瓦鶚為巢，交疏蓋作穴。傾欹樓櫓危，砑拗城牆凸。空潮打地肺，衰草粘天闑。元臣泉足拜，上將低眉活。仰視眞夢夢，俯憂空恓恓。兵劫幾時消？國讎何處雪？嗚呼留守公，慷慨獨秉節。嶺北展經綸，交南擁旄鉞。悲叱志激揚，愴怳魂飛越。赤手捧日軍，隻身撐地轄。伏奇石礧峗，守險山皽谼。約軍先執殳，敬蛙獨憑軾。矢意救瞀孽，盟心擒猲猲。犛婦欽風稜，

巷童贊勳劫。鬼物應搗訶，風雲共沴迭。盛氣擺雷硍，壯
懷吐滂渤。結束小乾坤，安排新日月。桓桓罷虎師，嘽嘽獷
兕卒。黃儂外隊置，黑齒前驅別。潍灜旗翻火，觫攫鎗呈鱥。
勁羽插忘歸，連鉤佩剺剮。戰盾欲攪挈，貝冑若騰摰。烏
號藏虎韔，鶴膝排犀札。犛鬞斬馬祭，羽檄連禽發。張陣
識鯨鯤，聯兵比鷓蟹。廟算精六韜，軍門嚴五伐。嗟哉國
斯頻，已矣天方蹶。整頓未二三，潰敗又七八。胡塵暗荒
嶺，妖氛度深櫨。官衛走張皇，行官去倉猝。四郊斷援兵，
孤城繞凶羯。倉空掘禮鼠，民疲擬跛鼈。飢戍猶嘈嗷，怒
夫仍瓟舐。老淚渫渫墮，強晴睒睒眵。垤臂留赤膽，矯首
吹白髮。矢國寸心堅，挽天綿力竭。桍奉任囚拘，鋃鐺笑
拖挈。拳肩傴僂行，肝腎輪困結。蛟鼉陷陰窑，虬龍縮盂垤。
鼯鼬紛跳梁，烏兔競噬嚙。鈴柝數聲低，波吒兩耳聒。日
寒頑頊贔，風饕狂慘切。沉吟聊自嘆，牽攣終難奪。怒鬚
尚奮張，忠腸自鬱怫。落落情悲壯，揚揚神曠達。穿拳握
顏爪，嚼齒吞張舌。淒涼故國情，憑仗老臣骨。天地爲掀
簸，山河盡摹脆。陰焰助光怪，頹陽照恍惚。風氣寒兢兢，
靈威愁欻欻。霞車紅靭牽，雲旗白旄子。魄去何冥茫，神
留暗超忽。萬嘯寒林，猩猩泣危嶭。灘水徒忄炭漫，桂嶺空
屹峷。招魂停欅柩，爲位陳巾帙。稌麥味多方，傳芭歌不
歇。思之意瞀亂，念此情忉怛。閃眹滋耿耿，咋舌常呫呫。
孤芳垂後世，騰譽輝前閥。血花帶碧生，汗竹和青殺。芒
端幹元造，義憤摧勃碣。悲公遭厄運，悼予逢劫末。垂頭
羞困頓，泥骭事耕堡。囟涌五濁坑，灌注三災罰。鼀腹怒膨
脖，蚓竅嘆窒窾。迴曜魯陽死，奔日夸父渴。古恨與今愁，
嗟嗟不可說〔註34〕。

遵王詩在明末清初的虞山詩壇可謂得錢謙益眞傳，但未受到充分重
視，此可能與錢遵王與其族曾祖錢謙益之關係密切，且詩集中詆詈

〔註34〕謝正光箋校、嚴志雄編訂：《錢遵王詩集箋校增訂版》（台北：中央
研究院中國文哲研究所，2007年），頁24-26。

清廷之詞很多有關〔註 35〕，在這首長詩中，遵王展現了詭譎瑰麗、奇險恣縱的怪誕詩風，長詩共兩百句，平仄協韻，音韻錯落，詩風與音韻都形塑出逼仄急促的氛圍，依照詩意可分成三大群組組來解析；首先乃天地崩解、異族入侵，造成桂林城陷，「孤城繞凶羯」的瘡痍滿目之景象；再次，則醜化北方「異族」，這類詞彙計有毒族、幽妖、腥風、羶氣、猛虎、猛獸、妖怪、胡虜、猛虎、猱猲、蛇豸、饕餮、妖獸、回鶻、侏　　、靺鞨、胡裝、辮髮、羊很、兔黠、胡塵、妖氛、凶羯，強調其恐怖驚駭、殘虐無道之形象；再其次，則回到詩中所詠歎的主角瞿式耜，感念其慷慨就義的心志、捐軀報國的丹心，並刻劃出瞿留守保衛西南，魯陽揮戈，浴血奮戰，殉節桂林以之共存亡的忠義之忱。這首詩正如謝正光所說的：「蘊含著明遺民所共有的一股強烈的民族意識，以及絕不妥協的確立不移的政治立場。」〔註 36〕

二、流民起事的內憂

除了將矛頭指向共同的敵人（清軍）之外，凝聚內在的分散勢力，整合境內南明軍隊與流民起義，加強彼此之間的團結與共識，亦為建構「南國想像」之徑路，瞿式耜即說：「楚、粵勳鎮合為一家，彼此同心，無不以恢疆殺虜為事。」〔註 37〕；故此，針對當時張獻忠、李自成及其擁護者所率領的龐大軍隊與割據勢力，亟需避免流民起事軍與南明軍隊鬩牆內訌，重蹈崇禎自縊於煤山之覆轍，而是宣揚「民族」同體的意識，共謀軍事策略，抵禦外侮。否則外虜尚未攻克南土，就因內部的殺戮而加速王朝之滅亡，米壽圖針對此狀況曾上疏言：

〔註35〕謝正光：《錢遵王詩集箋校增訂版・前言》（台北：中央研究院中國文哲研究所，2007 年），頁 12。

〔註36〕謝正光：《錢遵王詩集箋校增訂版・前言》，頁 13。

〔註37〕〈楚南近日情形疏〉，《瞿式耜集》，頁 132。

　　若止言守，寇必我攻，勢且難支。寇在門庭，諸臣不從國
　　家起見，言及殺敵，則咋舌而不敢，止借陞官一事，結黨
　　把持，狂騙誣撓，力逐大臣，替人抱怨。狃至尊下濟之恩，
　　喧譁御前，大褻體統。（《南明史》，頁2962）

此疏點出偏安的弘光政權內部之黨政傾軋，僅知自守而不及流寇之威
脅，遑論殺虜；瞿式耜對此即有感而發，其〈病中感懷〉：

　　國破山河在？干戈載路橫。中華同異域，絕徼念周京。漢
　　祚須終復，真人不偶生。南陽恢舊物，靈武奮親征。得道
　　應多助，中興展大成。人心疑似渙，物力苦難贏。百越勤
　　征繕，全閩竭釜鐺。天兵稽速掃，藩將擁虛名。西楚餘氛
　　熾，東吳正朔爭。入關徒想望，鬥國竟何曾。陵寢衣冠淚，
　　勳封帶礪盟。崇階盈仕版，傖夫盡簪纓。詔令頻煩改，皇
　　華絡繹迎。規模空粉飾，皮骨曷支撐？吏雜生民擾，權分
　　主爵輕。焦勞憐舋辰，嘯諾任公卿。大局紛靡結，前車茶
　　不更。憂傷心似擣，迷瞀病如酲。荒服長鯨剪，孤臣走狗
　　烹。餘生萍蒂逐，故國夢魂縈。鱗雁經年斷，腥羶甚日清？
　　從龍慳厚福，招鶴有深情。載種東臯菊，還聽北垞鶯。圖
　　書消永晝，晴雨愜躬耕。勝日尋山屐，良朋話舊舫。杳然
　　成隔世，聊復漫經營。（頁205）

此詩被編排於〈積雨不止，水勢滔滔，扁舟溯流，川陸莫辨，即用前
韻書懷。時五月望後一日〉、〈丙戌清和，遊昭州珍珠巖，追紀二十
六韻〉之間；因此，推測應為1645年（順治二年）五月到1646年
（順治三年）春天，尚無法確定，俟考。惟所在之地必為粵西而無疑
[註38]。詩中有六個重點。首先，言「家國傾覆」「國破」非僅指北
方故國的破滅同時也指弘光政權的傾覆，干戈乾坤，天地崩塌，在清
軍外患的猛烈攻擊下，「中華」成了相率而亡天下的異域，詩人欲收
復周京、存繫漢祚。再次，「強調正朔」，跟隨明神宗之後嗣，「心屬

〔註38〕按瞿式耜〈丙戌九月二十日書寄〉：「吾自弘光元年四月初一出門，
　　　閏六月初四日梧州上任。……吾自十一月十三日上桂林省城復任。」
　　　（《瞿式耜集》，頁251）

桂王，蓋以名正言順，可以服天下之心耳。」（《瞿式耜集》，頁259）
「南陽」指代西南永曆帝，「靈武」乃唐肅宗，於安史之亂奮戰親
征，大振士氣，瞿式耜期許桂王能恢復舊京風物，親上陣線，始能成
就中興之局；再其次，「政權分立」，詩中「百越」，原可泛指浙、閩、
粵，此處與對句中的「全閩」相對，應指魯王監國。閩、浙兩方人馬
素不合，因此言「東吳正朔爭」。第四，言「官職氾濫」，「崇階盈仕
版，儓夫盡簪纓」，寫南明朝廷官闕封賞之氾濫，連儓夫俗子都能身
膺重任，天子詔令猶如兒戲，朝令夕改，官爵名祿徒具粉飾的空殼，
空有皮骨表相，沒有真材實料〔註39〕；第五，「流民賊寇」，以其擾民
誤國，故有「西楚餘氛熾」，以西南方仍有張獻忠、李自成等流賊之
餘孽盤據，自立為王，氣焰高漲；第六，「躬耕田畝」，寫瞿式耜冀望
「腥羶甚日清」，清虜終被擊退，河清海晏的盛世太平，可以共偕友
朋，閒隱山林。從以上的分析可知，瞿式耜對於家國之感懷，除了抗
清殺虜之外，還有流寇之「內憂」，如果正值外患侵襲，內部尚不能
整合又遭受「西楚餘氛熾」之干擾，南方政權勢必兵敗如山倒，如〈戊
子又三月廿九日書〉云：

> 寇賊之淫擄殺戮，烏能禁之？以天子之尊而不敢一觸其兇
> 威，脅之東則東，脅之西則西。彼時時以甲申燕京之事橫
> 在胸中，目中且無共主，又何有大僚？今年二月廿二之奇
> 劫、奇慘，真古來史書中所不經見者，吾重在社稷、在封
> 疆，心憤舉朝共棄會城，偏欲以一人守之。（頁263）

寇賊，當指張獻忠、李自成之流，戊子乃順治五年，此年二月郝永忠
與焦璉爭鬥，郝劫略桂林，挾持永曆帝往柳州，朝臣棄置會城，任由
流賊殺戮屠城，生靈塗炭，為奇劫、奇慘之案，流民寇賊目中無人，
甚至脅迫天子之行蹤，目無法紀與綱政，加上與南明軍官勢如水火，
黨派攻訐，但為了顧全大局，不能僅以軍閥利益為考量，故直斥「惡
賊永忠，心不在殺虜而只在劫遷，……劫殺之慘，不肖一人獨酷。」

―――――――――――――――――
〔註39〕《瞿式耜集》，頁261。

〔註40〕在緊要關頭，南方荊楚、湖襄，控扼兩廣、浙閩之鎖鑰，郝永忠不分敵我，圖謀私利，戕害我族，而忘記了共同的敵人（清虜）。由此可知，瞿式耜對寇賊聲勢之壯大所產生的隱憂，以及深感內部團結的重要，在他死守桂林省城，致遺書焦璉，言及：「虜兵弱，城空虛，公可提兵來，此中興大計，毋以我爲念。」〔註41〕肉身殉節，仍以家國爲重〔註42〕。

三、華／夷之辨的激化

　　對於清虜侵犯造成陵谷變遷，山河變色，南明遺民藉由「清軍入侵的外患」來強調共同的敵人，又從「流民起事的內憂」喚起同爲漢民族彼此之間的凝聚與共識，捨棄軍閥之黨國利益與個人之權位，最後一項則是以「華／夷之辨」來加強「民族」的團結，不斷塑造出侵犯領土的清虜，爲他者，爲異族。藉由「華夷之辨」，從而更穩固地以南方爲唯一復興之地，由此而建構了「南國想像」。南明遺民對華／夷的區分與辨別，可謂反覆致意、不斷言說，將兩者之界線劃分得涇渭分明，如張同敞與瞿式耜執見孔有德臨行賦詩，舉酒屬式耜曰：

> 先生且強飲。座中王三元、彭耀、魏元翼、馬蛟麟皆我中國文武之衣冠吏士，特一念之差，遂成異類。（《南明史》，頁2806）

從原本的中國文武衣冠，一念之差遂成了他者「異類」，儼然成了兩種不同世界的族裔；這種觀念，屢見諸遺民詩中，如歸莊〈大學士臨桂伯瞿公之殉難也，柞明既作長律三十韻弔之。已而得公與張別山司馬臨難唱和之作八首，復次韻如其章數，亦不盡同前詩之旨，或不嫌

〔註40〕〈與顧玉書手札四封〉，《瞿式耜集》，頁 276。
〔註41〕錢海岳：《南明史》，《南明史》，頁 3111。
〔註42〕類似的觀點亦見諸南明志士，如鳴豐曾對劉承胤曰：「強虜外侵，公又內惑，太祖有靈，天下人將謂公何？同心戮力，未始非建功立業之秋也。」（錢海岳：《南明史》，頁 2961）

言之重辭之複也〉之七：

> 杖策從戎亦有心，可憐異域久浮沉。事關夷夏悲歌發，說
> 到君臣感激深。相國忠魂夢裏識，侍郎英氣句中尋。懸知
> 他日瞻遺像，雙烈祠前萬樹森。（《清詩紀事》，頁483）

歸莊在瞿式耜、張同敞殉難之際已寫有長詩弔謁之。後不久得二人唱和之作，遂有感而發再續寫此詩，乃次韻瞿式耜之〈浩氣吟〉原詩之七〔註43〕。首聯寫瞿、張二人投筆從戎之志節與保衛家國之忠貞，從家鄉江南到異域兩粵，漂浮萍蹤，居無定所，這流離際遇即起因於「坐看神州已陸沉」，流落南方；頷聯認為夷/夏變態實為緊要之事，存亡關頭，民族延續面臨重大考驗，發乎為詩之吟詠，悲涼悲痛，瞿、張二人面對清虜之逼迫，忠義熱忱面不改色，恪守君臣之義，令同為故國遺民者激昂感動；頸聯中的相國忠臣為瞿式耜，兵部侍郎為張同敞，在夢中尋識前者之身影，在吟詠唱和之詩句中，揣摩後者之勃發英氣；尾聯表彰瞿、張忠烈的志節，後世瞻仰其遺像與宗祠，將會有森然羅列的萬樹綠蔭，流芳萬世，為人景仰。

瞿式耜的〈再疊前韻感事〉，云：

> 匡王亦擬賦同裳，且向山靈獻一觴。欲展迂籌前又卻，未
> 消熱血吐還藏。祈年願降蘇民雨，禮佛先添壽國香。但得
> 清夷還大地，桑麻暇日倍舒長。（頁209）

此詩寫於1646年，首聯用《秦風‧無衣》之典，期望永曆帝能與臣子同袍、同澤、同裳，抵達前線共同作戰；頷聯擬獻對策，施展籌略，卻又迂迴不前，醞釀著滿腔的熱血，吞吐藏放，未能止歇；頸聯祈求天降甘霖，在禮讚佛陀也不忘先祝禱國家能中興；尾聯「清夷」則再度將敵人指向北方之「夷」，滅虜清夷，不讓「中土腥氛染帶衰」〔註44〕，始終為瞿式耜不渝之志。

又瞿式耜〈閏十一月初一〔三〕夜放言〉：

〔註43〕《瞿式耜集》，頁234。
〔註44〕〈曹石帆同遊七星巖，次日以詩見投，依韻和之〉，《瞿式耜集》，頁208。

> 周德雖衰命豈移？天南胡〔宛〕馬竟長嘶。縱云將相無周、
> 召，寧遽乾坤倒夏、夷。舉世滔滔狂不醒，孤臣矯矯行偏
> 危。無逃大義昭千古，敢望文山節並垂。（頁241）

首聯強調周室爲天命正統，雖有春秋諸侯並立、戰國之分裂割據，但
仍爲「德」之所在，天命豈容隨便轉移？頷聯云，此時的南方爲正朔
之繫，竟出現北方胡馬之長嘶、咆哮；頸聯言永曆一朝有將士、相國
之文武官吏，卻無周、召二人之輔政〔註45〕，縱使備嘗艱辛，卻不容
乾坤挪移，天地置換，使南方蠻夷顛倒過來，反倒成了駕馭北方華夏
的謬誤；頸聯言舉世皆濁唯我以狂妄之姿，不顧安危，踽踽獨行；尾
聯慨然赴死，堅定不迎降，凜然大義昭烈千古，志節雖云不敢比肩文
山（天祥），實已並垂於後世〔註46〕。陳子龍〈恭謁孝陵〉：

> 淮右眞人起，江東大業成。羣雄歸掃蕩，諸夏見澄清。鳳
> 羽宸游晚，龍髯帝使迎。海沈金雁冷，壞兆玉龜貞。松檟
> 周廬靜，熊羆禁籞行。三妃虞后寢，四姓漢家塋。弓劍秋
> 霜切，衣冠夜月明。典章垂奕葉，器物象平生。瑞雪深瑤
> 殿，卿雲覆寶城。上公升鼎重，中使拂床輕。虔禮朝原廟，
> 神謨仰鎬京。百靈長自拱，萬禩奏昇平。（頁554）

陳子龍於1644年六月望後入都，朝見之後具陳三疏〔註47〕，並於此
時拜謁諸陵〔註48〕，故此詩可繫年於此。「孝陵」，根據《江寧府

〔註45〕 公旦與召公奭，周成王時共同輔政的周公旦和召公奭的並稱。兩人
分陝而治，皆有美政。

〔註46〕 〈閏十一月初一〔三〕夜放言〉其二可與此詩並觀，同樣敘述清虜
入侵，華夏文明遭受戕害，云：「辮髮胡〔新〕裝日夜攢，殘〔殊〕
形見慣也相安。苦爭乾淨荒邊土，盡改中華文物觀。日月晦蒙天不
霽，河山破碎地偏寒。俘囚血熱嘗〔常〕在，炯炯雙眸死後看。」
（頁241）家國破碎，亡天下之悲悽，價值系統的崩毀，在死後仍有
堅貞熱血之魂，不屈降辱志。

〔註47〕 順治元年六月陳子龍入朝後，即具三疏：一勸主上勤學定志，以利
中興之基。一上經略荊襄布置兩淮之策，以爲奠安南服之本。一歷
陳先朝致亂之由，在於上下相猜，朋黨互角，以爲鑒誡。俱蒙溫旨。
詳參《陳子龍詩集・陳子龍年譜（附錄二）》，頁694。

〔註48〕 《明末忠烈紀實陳子龍傳》：「臣瞻拜諸陵，依依北望，不知十二陵

志》，為「明太祖孝陵，在鍾山之陽，與馬皇后合葬，懿文太子祔葬于左。」〔註49〕以明太祖朱元璋起兵江南，後滅韃靼，恢復漢家衣冠，掃蕩羣雄結束軍閥紛爭，「諸夏」遂能日漸澄清，復興中華，詩人身為明代忠義之後，拜謁孝陵，墓穴合葬者乃具有后妃之懿德的馬皇后，以舜帝的后妃即湘君、湘夫人稱之，左邊則有懿文太子祔葬，孝陵可謂「漢家壟」，保存漢家衣冠之處，故此，遙想明室實乃具有典章器物之宗法國家，此時雖暫偏安江南，但弘光若能「神謨仰鎬京」、「詰盤周誥封京觀」〔註50〕，期許自己乃周室宗廟之承嗣，為法統血緣之正朔，則興復鎬京（周室），定鼎廟謨，萬國朝貢作揖，祭祀宗祖，奏告昇平之日，自可指待。陳子龍此詩顯然是以明太祖之陵寢，作為偏安江南的歷史借鏡，以朱元璋在此驅逐異族，恢復漢家衣冠，建立明朝的過往榮光，鼓勵福京政權，不宜懈怠，誠如其自言：

> 自古中興之主，如少康、周宣，皆躬親武事，以克仇邦。三代以後，漢之光武、唐之肅宗，莫不身先士卒，戎車數駕，故能光復舊物。未有深居法宮之中，優游處順，而可以戡定禍亂者也。今者，人情泄沓，不異升平，從無有哭神州之陸沈，念中原之榛莽者。〔註51〕

於是，嵌入了諸夏／虞帝／漢家／典章／器物／鼎重／禮儀／宗廟／神謨／鎬京的組構並置，這一連串代表中華文物的符碼，正清楚的說明南方之「南國」，為壁壘分明的華／夷之分界。

而用「南國」來論述「華／夷之辨」者，以錢謙益最具代表，其〈閩中徐存永陳開仲亂後過訪，各有詩見贈，次韻奉答四首〉之一：

> 拂水分攜手共招，依然陳迹已前朝。空傳父老摩銅狄，無

尚能無恙否？而先帝先后之梓官何在？」詳參《陳子龍詩集‧陳子龍年譜（附錄二）》，頁694。
〔註49〕《陳子龍詩集》，頁554。
〔註50〕〈後秋興之十二〉疊中，第五首，頁67。
〔註51〕詳參《陳子龍詩集‧陳子龍年譜（附錄二）》，頁694。

> 復宮人記洞簫。攬鏡頭憎三寸幘，看花眼詫一重綃。憑君
> 話我餘生在，萬事叢殘爲領腰。（頁77）

此詩寫於 1650 年，首聯感嘆河山依然，景物依舊，前朝卻已成爲遺跡；頷聯以東漢薊子訓摩挲銅人，心繫前朝念念不忘，西漢王褒所作之〈洞簫頌〉傳頌宮廷，物事已非人去樓空；頸聯攬鏡自照卻發現自己因無髮「頭禿」而施巾〔註52〕，此形貌之變說明了時局的變遷與身世的境遇，對照自己仍掛懷著前朝之心，已不合時宜；尾聯指藉由徐存永、陳開仲之過訪與酬贈，詩人尙可辨識「我」之存在與價值，剩下的餘生將「全要領以從先大夫於九京也」。詩人憎恨髡髮留辮，衣領左衽的胡服裝扮，站在華／夷之辨的立場來發言，至爲明顯。再如同題之三：

> 交白鬚眉學刺船，漁灣蒙密舊山川。櫻桃寢薦無消息，楊
> 柳車攻有注箋。南國歌闌皆下泣，山陽詩讔倩誰傳？繕君
> 家集眞三歎，遺策猶存表餌篇。（頁78）

首聯點出牧齋形容憔悴，「鬚眉交白，被髮揄袂」〔註53〕，使用漁父之典與漁灣，或指在漁灣有所密謀，至於具體情事，俟考；頷聯中出句的櫻桃，乃出自杜少陵〈收京〉：「歸及薦櫻桃」，以安史之亂後的肅宗借兵回紇，此處或代指海外復明勢力之支援，仍無消息，膡有南方車攻、兵馬充足，維繫「攘夷」之職責；故頸聯馬上延續此南方復國意象，言「南國」，並以李龜年所唱之歌曲，使得「歌闌皆下泣」〔註54〕，暗指唐玄宗淪落西南，與此時流離於天南邊徼的永曆帝，境遇相同；尾聯總結上述「南國」車攻北伐的中興意象，「表餌篇」〔註55〕爲漢代對付外患匈奴之策略，再次確認了敵人的方位，即是居北的清虜。

〔註52〕《錢牧齋全集》，頁 77。
〔註53〕《錢牧齋全集》，頁 79。
〔註54〕《雲溪友議》：「李龜年曾于湘中採訪使筵上唱：『紅豆生南國，秋來發幾枝？願君多採擷，此物最相思』。歌闌，合坐莫不望行幸而慘然。」
〔註55〕《漢書‧賈誼傳贊》：「施三表五餌以係單于。」

錢謙益〈後秋興之二〉疊八月初二日聞警而作，第六首：

吳儂看鏡約梳頭，野老壺漿潔早秋。小隊誰教投刃去？胡
兵翻爲倒戈愁。自注：「營卒從諸首長，皆袖網巾氈帽，未及倒戈
而還。首長一作□者，網巾氈帽一作□□□口。」爭言殘羯同江鼠自
注：「萬曆末年，有北鼠渡江之異，近皆啣尾而北。」忍見遺黎逐
海鷗。京口偏師初破竹，盪船木梯下蘇州。（頁7）

錢氏復明運動的行跡與故實，陳寅恪有專書考證；此詩寫於 1659 年
（永曆十三年）鄭成功水師於江寧之敗，牧齋此詩對當時情勢仍抱
有風發之意氣，首聯言江南民眾期待王師到來，相約梳髮不再屈服
於剃髮之威迫〔註 56〕；頷聯以反正的明將領，穿著「網巾氈帽」的
明朝衣冠，本欲陣前倒戈，殺敵滅虜，卻未及如願遂志；頸聯以異
族「羯」將抱頭鼠竄渡江狼狽北返〔註 57〕，對鄭氏水師仍抱有期望，
因此希冀明遺能暫時隱忍波浪上下奔逐、海鷗去來無居之離散情
境；尾聯則提出在鎮江、京口一帶勢如破竹之後，亦應直下蘇州，
部署此地，穩固江南勢力。詩中胡兵、殘羯、江鼠，對照著網巾氈
帽的明制象徵〔註 58〕，毋寧是一種華/夷的思考模式。

錢謙益〈後秋興之二〉疊中八月初二日聞警而作，第三首：

〔註 56〕嚴志雄分析此詩，認爲滿州人命令中國男子在髮飾上與滿州人同，
以此作爲對清政權忠貞的象徵。「梳」，準確地說，具有重返明朝的
習俗之象徵。詳參 Lawrence C. H. Yim, *The Poet-historian Qian Qianyi*
(London and New York: Routledge, 2009), p.113。

〔註 57〕第十疊中第六首頸聯出句：「銜尾北來眞似鼠」，可與此相呼應，《投
筆集》，頁 57。李欣錫則認爲有「北鼠渡江」、「銜尾而北」之不同，
前者喻金之頻年扣關，「銜尾而北」則謂明師入江而逐其北。（《錢謙
益明亡以後詩歌研究》，頁 299）

〔註 58〕《小腆紀傳》伍貳〈畫網巾先生傳〉云：「畫網巾先生者，不知何許
人。……服明衣冠，從二僕，匿迹光澤山寺中。守將吳鎮掩捕之，
送邵武，鎮將池鳳鳴訊之，不答。鳳偉其貌，爲去其網巾，戒軍
中謹事之。先生既失網巾，盥櫛畢謂二僕曰，衣冠歷代舊制，網巾
則我太祖高皇帝創爲之，即死，可忘明制乎？取筆墨來，爲我畫網
巾額上。畫已，乃加冠。二僕亦交相畫也。每晨起以爲常。軍中謹
之，呼曰畫網巾云。〔王之綱斬之，〕挺然受刃於泰寧之杉津。泰人
聚觀之，所畫網巾，猶斑斑在額上也。」《柳如是別傳》，頁 1171。

> 龍河漢幟散沈暉，萬歲樓邊候火微。卷地樓船橫海去，射
> 天鳴鏑夾江飛。揮戈不分旄頭在，返斾其如馬首違。嚙指
> 奔逃看靺鞨，重收魂魄飽甘肥。（頁5）

首聯稱漢家旗幟散落長江餘暉，指鄭氏水師兵敗撤退，不如預期，牧齋仍在京口之萬歲樓等候烽火傳檄，準備再戰；頷聯描述當時鄭氏水師退守長江，橫海揚帆離去，漫天鳴鏑震徹雲霄，鐃箭如雨下；頸聯中的詩人認為南明軍隊應魯陽揮戈，奮戰不懈，朝向「旄頭」〔註59〕，亦即胡人之所在，殺敵進攻，勇往直前，孰料肩負復明的漢家旗斾，此時卻違逆了前瞻之馬首，功敗垂成；到了尾聯，老人浴血滅虜之心志仍未止歇，雖嚙指濺血，奔逃流竄，但若再重來一次江海之役，勢必要向「靺鞨」〔註60〕異族，攝魂收魄〔註61〕。最後，再以〈後秋興之十三〉疊中，第二首為例說明：

> 海角崖山一線斜，從今也不屬中華。更無魚腹捐軀地，況
> 有龍涎泛海槎。望斷關河非漢幟，吹殘日月是胡笳。嫦娥
> 老大無歸處，獨倚銀輪哭桂花。（頁73）

此詩寫於1661年，時永曆帝於緬甸為吳三桂所擒獲，詩當詠此事。首聯寫南宋末年張世杰奉帝趙昺退守於廣東崖山，後為元兵追擊，陸秀夫負帝昺沉於海，南宋亡。此處言中國地宇之廣大，但已撤退到天涯海角連最後僅存的一絲斜地也盡傾沒，永曆被俘生死未卜，復明志業告終，就算想要效法屈原投江縱身於漁腹之中，中國卻再也沒有一處「乾淨地」，可以委身，望斷秋水故園，已不再有漢家旗幟，只賸有北方胡笳吹響，痛徹心扉絕望至極的牧齋，就如嫦娥深居月宮，碧海青天夜夜心，獨倚月華，痛哭桂花之凋零，桂王之厄運。

〔註59〕《史記‧天官書》：「昴曰旄頭，胡星也。」
〔註60〕洪适《松漠紀聞》：「女真即古肅慎國也。東漢謂之挹婁，元魏謂之勿吉，隋唐謂之靺鞨。」
〔註61〕嚴志雄分析此詩，認為這首詩的結束，預示了這章的下三首詩，詩人之主聲調從警示變成鼓舞。詳參 Lawrence C. H. Yim, *The Poet-historian Qian Qianyi* (London and New York: Routledge, 2009), p.111。

　　錢謙益對華／夷之辨可謂反復再三致意，《投筆集》中大量譴責
入關的清虜，並稱之為「胡」﹝註62﹞、「虜」﹝註63﹞、「奴」﹝註64﹞、
「羯」﹝註65﹞，並不斷強化漢家衣冠與民族意識，如：

> 長白一山仍漢塞，卅年松漠怨秋磝。（〈後秋興之十〉疊辛丑二
> 月初四日，夜宴述古堂，酒罷而作，第一首，頁53）

> 掃蕩沈灰元夕火，吹殘朔氣早春風。（〈後秋興之十〉疊辛丑二
> 月初四日，夜宴述古堂，酒罷而作，第七首，頁57）

> 分野條分界畫斜，數行朱墨攬中華。（〈後秋興之十一〉疊辛丑
> 歲逼除作。時自紅豆江村徙居半野堂絳雲餘燼處，第二首，頁59）

辛丑年為1661年，如上所述，永曆帝已為吳三桂擒獲於緬甸，明年
押送雲南準備處決；此年牧齋仍對復興之志無法忘懷，從年初言東北
松漠，清人發跡之地長白山「仍漢塞」，清虜終有一日會「銜尾而
北」；並以掃蕩餘灰，重振元氣，鼓舞南方火德，北方朔氣終衰弱屢
敗，迎接而來的則是溫煦春風；到了此年歲末，八十歲之老翁，其心
所縈懷繫念者，仍是「攬中華」之心願﹝註66﹞。

　　以上我們論述作為一「想像的共同體」之「南國」，其如何經由

﹝註62﹞　〈金陵秋興八首次草堂韻〉其一：「掃穴金陵還地肺，埋胡紫塞慰天
　　　　心。」（頁1）〈金陵秋興八首次草堂韻〉其二：「黑水游魂啼草地，
　　　　白山戰鬼哭胡笳。」（頁2）〈金陵秋興八首次草堂韻〉其三：「溝填
　　　　羯肉那堪臠，竿掛胡頭豈解飛。」（頁3）

﹝註63﹞　〈金陵秋興八首次草堂韻〉其五：「生奴八部憂縣首，死虜千秋悔入
　　　　關。」（頁3）

﹝註64﹞　〈後秋興之十二〉疊中，第六首：「奴醜時來皆市虎，英雄運去總沙
　　　　鷗。」（頁68）

﹝註65﹞　〈後秋興八首之二〉疊中第三首：「嚙指奔逃看靺鞨，重收魂魄飽甘
　　　　肥。」（頁5）

﹝註66﹞　隔年康熙元年（壬寅），牧齋自知「大臨無時，啜泣而作」，續作〈後
　　　　秋興之十二〉疊，第一首云：「滂沱老淚灑空林，誰和滄浪訴鬱森？
　　　　總向沉灰論早晚，空於墨穴算晴陰。皇天那有重開眼，上帝初無悔
　　　　亂心。何限朔南新舊鬼，九疑山下哭霜磝。」（頁64）北方先殉難與
　　　　後來南方抗清致死者，均難脫一死，僅有遲速之異，牧齋或有以此
　　　　強調入清之後接通復明運動之士，至死方休的心志。

「平行的想像」（清軍入侵的外患、流民起事的內憂、華夷之辨的激化）製造出共同的敵人來凝聚內部勢力，從而建構出「南國」；接著，我將進一步分析南明遺民詩尚透過「垂直的想像」來完成「南國」，此處「垂直的想像」乃是指南明往上溯源歷史中偏安南方或流離到南方的王朝——「東晉」、「南朝」、「唐代」、「南宋」——以永嘉之難的東晉／南朝、安史之亂的唐代、靖康之亂的南宋〔註67〕，均有外族入侵致使中土淪陷，王室流離，正朔南移，彼此之間具有相似的歷史情境；因此，以立國過百年的「東晉」來勉勵南明的團結、「南朝」的陳後主來擬況南明的弘光帝；以「唐代」的安史之亂來比喻南明的光復中興；以「南宋」來闡釋南明的正統譜系；而無論是東晉／南朝、唐代或南宋，皆曾於「南方」立國或光復中興，南明以此三者為中介，迴映出當下彼此對照之歷史情境，再藉由這三個實存於歷史上的王朝，從而更加穩固地確定了自己定鼎於「南國」之正統地位，此即以「垂直的想像」來建構南國。

第三節 垂直的想像：南國想像的建構方式之二

一、永嘉之亂的東晉／南朝

晉懷帝年號永嘉（307-313），在其統治期間，因胡族變亂，終致司馬氏皇朝的傾覆，永嘉五年（311）匈奴族所建之「漢」國兵陷洛陽、擄懷帝北歸的變亂，它決定了西晉覆亡之命運，史稱永嘉之亂。東晉流寓南方，偏安江南，後劉裕篡晉改宋，南朝（420-589）偏安百餘年，東晉、南朝與南明（弘光政權）均曾立都金陵，清軍南下與

〔註67〕南明遺民詩中「漢朝」的使用也是值得注意的現象。惟就筆者初步研究，詩中的「漢代」與「南國」的並置聯繫，則較少見；這應是兩漢首都均在北方（長安、洛陽），就實際地理位置來說，與南明政權行在之金陵、福州、廣州、肇慶、桂林、安龍、昆明與遺民所在之江南、閩南、兩粵、滇南等地，實有南北地域之差異，故遺民詩中少有「兩漢」與「南國」並稱，此中的「漢」毋寧強調的是一種文化正統與血緣傳承。

五胡亂華所造成中土淪喪，神州陸沉之際遇，若合符節。錢澄之〈詠史〉即以江左的「東晉／南朝」為其認同對象：

> 晉室昔南渡，立國過百年。其臣非不庸，其主皆至屠。豈有復仇志，惟圖旦夕安。所重亦門第，所尚仍虛玄。中朝覆亡轍，到今迴不悛。中原有戰爭，此地幸以全。獨令王與謝，後世稱其賢。〔註68〕

此詩對東晉（316-420）君主、門第觀念、玄虛清談有深微諷刺之意，但也正面肯定了其「立國過百年」的基業以及倖免於北方烽火，能保全江南的功勞，錢澄之以詠史抒懷，藉由偏安的「東晉／南朝」來對比已近傾覆的南明政權〔註69〕，前者雖「惟圖旦夕安」並無積極進取之志，但至少還能立國過百年，南明「且夕安」的時局，復明之日恐將渺茫無期。故此，南明遺民之所以認同「東晉／南朝」，就在於，朝向「立國過百年」的目標，此中的「立國」表示「東晉」，南明以其為認同對象，自然也就確認了自己的「南國」地位。

　　除了將南明與東晉並論外，南明遺民詩中，屈大均就以南朝與南明進行連結，如：

> 玉樹新歌唱未終，石頭城外戰雲紅。君王失國風流甚，笑抱名妃入井中。（〈陳宮辭〉三首之一，頁114）

《南史・陳本紀》記載陳叔寶乃「奏伎縱酒，作詩不輟」的君王，後因寵愛張貴妃（名麗華）使得賄賂公行，賞罰無常，綱紀督亂，及隋軍剋臺城，貴妃與後主俱入井〔註70〕。此詩儼然是以南朝歷史為基調，然值得注意的是「君王失國」句，固然是清楚指涉陳叔寶，亦隱微地點出弘光「失南國」之緣由乃在於「風流甚」〔註71〕。與此詩同

〔註68〕《續修四庫全書・田間詩集・江上集》，第1401冊，頁377。

〔註69〕此詩編入《田間詩集・江上集》（庚子），庚子年為永曆十四年、順治十七年，時鄭成功長江起義失利，擬退守台灣，永曆帝亦奔竄滇緬交境，南明已近傾覆。

〔註70〕詳參唐・姚思廉：《陳書》（台北：新文豐，1975年），頁58-59。

〔註71〕計六奇：《明季南略》（北京：中華書局，1984年），卷二〈詔選淑女〉，記載弘光帝登位不久，即派遣宦官四出遴選淑女，市景騷然。

作於順治十六年春，屈大均客於金陵，有〈秣陵春望有作〉十六首，組詩中第二、第三、四、五、十、十一、十三，遂將南國（失國）／江南（秦淮）／南朝（六代）同時並置嵌入：

> 江南無路草萋萋，欲送王孫烟雨迷。幾度蘭舟行不得，鷓鴣偏向夕陽啼。（其二）

> 草長陳宮日已非，春魂化燕欲何歸。分明記得秦淮上，一路梅花照翠微。（其三）

> 松竹陰寒欲雨天，南朝古寺暮鐘連。山僧不記誰家臘，依舊樓臺甲子年。（其四）

> 歌舞銷沉一夜風，繁華自古送英雄。可憐七曲江南弄，都入胡笳慘淡中。（其五）

> 留得江山一片秋，可憐失國盡風流。淒涼更有金川事，烟草兼含六代愁。（其十）

> 日落中原虎豹驕，乾坤無力捍南朝。誰教一代衣冠盡，白骨青苔鎖寂寥。（其十一）

> 烟雨春光澹欲無，年年愁滿莫愁湖。清明莫向江南過，芳草萋萋是故都。（其十三）

秦淮河畔的旖旎繁華之情景，「分明記得秦淮上」，昔日往事歷歷在目，戈甲兵燹、戰亂入侵，「中原虎豹」逼犯，江南秦淮成了人去樓空的蕭瑟場景，繁華興滅，故都亦已淹沒在荒煙漫草之中，徒剩「南朝古寺暮鐘連」，照見了詩人當下的落寞心緒。屈大均此詩以江南繁華佳麗地變成寂寥的萋萋芳草，寫出時空變遷與人事滄桑，借由「南朝」的感懷，特別是對陳後主的風流誤國進行反思，毋寧是傾向於批判曾立都金陵的弘光政權，耽溺酒色，權臣誤國，以致江南之「南國」淪喪為「故都」、「失國」，此處即透過「南朝」（陳朝）聯想到了弘光建立之「南國」。再如同年所作之〈覆舟山下作〉仍舊重申

此論點：

> 千年龍虎國，悵望一平蕪。六代頻興廢，中華更有無。大
> 江流王氣，遺殿怨栖鳥。玉樹歌良苦，英雄莫據吳。(頁117)

首聯以金陵龍蟠虎踞之地勢，來指稱曾立都於此的「龍虎國」，也就
是頷聯中的六朝（東吳、東晉、宋、齊、梁、陳），遠望平蕪，江南
煙雨，悵然若失，歷史的興廢盛衰，見證了曾偏安，定鼎於此的「中
華」，隨著長江的滾滾流逝，代表著王氣的金陵勝地，只剩下荒煙漫
草中的廢墟與遺址，陳叔寶的曲辭〈玉樹後庭花〉，哀感頑艷，苦悲
辛酸，末句則以「英雄莫據吳」，或暗指弘光不宜偏安江南，錯失良
機，警惕英雄不應以寓居一方為幸。屈大均以「南朝」的陳後主來擬
況南明的弘光帝，藉由南朝與金陵的相關事典，反思了南明初期的弘
光政權，創作諸詩之時空背景為 1659 年客寓金陵，當時正逢鄭成功
水師待發之際，透過對「南朝」的批判與檢討，有鑑往知來，借鏡歷
史之苦心孤詣。而南明選擇了東晉作為立國百年的對象，又以南朝為
自我殷鑑，以曾定鼎江南的東晉／南朝之王朝，替自己發聲與代言，
在詠史感懷中證釋了南明實乃正統之「南國」。

二、安史之亂的唐朝

在「垂直的想像」中，南明則溯源至「安史之亂的唐朝」，南明
將領凌駉與清軍多鐸交涉，曾云：

> 貴國（按：指清朝）受大明累朝恩賜，滅闖誠哉高誼，必如
> 唐回紇以兩京歸唐，此全美也。〔註72〕

清朝未入關前頗受明朝禮遇，然清軍入關之後美其名為幫助明朝解決
內亂的流民起義，實則不斷進逼侵略中土，凌駉認為若能像幫助唐代
平定安史之亂的回紇，在收復兩京之後隨即歸奉政權於唐朝，方為美
事。南明君王流離四處，其中永曆帝歷難西南邊境，與安史之亂淪落
到四川的唐玄宗，際遇相似，後安史之亂平定，唐朝中興，朝政由肅

〔註72〕錢海岳：《南明史》，頁 1690。

宗接掌，唐朝再復國祚。明朝與唐朝同爲萬國盛世〔註73〕，都遭逢外族入侵，南明永曆帝與唐代安史之亂中的兩位君王──玄宗、肅宗──又有相似際遇；安史之亂後的唐朝可以重振聲威，南明遺民遂也希望能如唐代般再綻光華，因此以「安史之亂的唐代」作爲現下的表徵，期勉內部政權必須團結，先穩固南方家╱國勢力，自當能在「南國」的地理疆域上，光復中興。錢謙益詩中即屢透過唐代史事（古典）來暗指南明朝政（今典），陳寅恪曾云：

> 細繹牧齋所作之長箋，皆借李唐時事，以暗指明代時事，
> 並極其用心抒寫己身在明末政治蛻變中所處之環境。實爲
> 古典今典同用之妙文。〔註74〕

陳先生所指乃錢注杜詩中的箋釋，然牧齋律詩確也反映出此現象。詩中並有意聯繫唐、明二朝〔註75〕，如：

> 要勒浯溪須老手，腰間硯削爲君垂。（〈後秋興之六〉疊，第八首）

> 即看靈武收京早，轉恨親賢授鉞違。（〈後秋興之七〉疊，第三首）

> 薄海兒童知李令，肯教唐史獨昭垂。（〈後秋興之七〉疊，第八首）

> 雲臺高築點蒼山，異姓勳名李郭間。（〈後秋興之十〉疊，第五首）

「要勒浯溪須老手」句，指的是浯溪上的「大唐中興頌」碑，乃元結撰、顏魯公書，內容言「安祿山亂肅宗復兩京事」；「即看靈武收京

〔註73〕錢謙益〈甲午春日觀吳園次懷人詩卷愴然有感次韻二首〉之二，曾云：「銅人流淚自何年？歷歷開元在眼前。海上浪傳千歲樂，民間猶使五銖錢。繰絲有繭春蠶老，曲樹無條尺蠖憐。脈望只應乾死盡，莫將食字學神仙。」（《錢牧齋全集》第四冊，頁186）「五銖錢」乃初鑄於漢武帝，開元（玄宗）亦屬盛世，雖成往事卻仍歷歷在目，以此自傷曾經繁盛的明朝。

〔註74〕《柳如是別傳》，頁1021。

〔註75〕李欣錫對《投筆集》中的漢、唐、明之連繫，統稱之「徵於前代之史」，認爲錢謙益藉由塑造一歷史感的氛圍，造成一種歷史性的敘述、描寫，企圖使讀者認爲：漢、唐史事皆如此，則明之復興亦必將如此。當其呈現一種歷史描述的同時，也同時展現著作者徵於前代之史的用心。詳參《錢謙益明亡以後詩歌研究》，頁321。

早」句，指肅宗興復；「薄海兒童知李令」句，李令乃永曆名將李定國，以其功炳勳績，足堪與平定安史之亂，名列唐史之中的名將郭子儀、李光弼，功垂萬世；「雲臺高築點蒼山」句，乃指1661年永曆帝時逃遁雲南緬甸邊境，詩人仍想望著在雲南點蒼山高築南宮雲臺〔註76〕，等待著「異姓諸侯」如鄭成功等，可以告捷獻奏。

　　再如錢謙益〈閩中徐存永陳開仲亂後過訪，各有詩見贈，次韻奉答四首〉之三：

> 交白鬚眉學刺船，漁灣蒙密舊山川。櫻桃寢薦無消息，楊柳車攻有注箋。南國歌闌皆下泣，山陽詩讖倩誰傳？繙君家集真三歎，遺策猶存表餌篇。（頁78）

前已述及，此詩頷聯中出句的櫻桃，乃出自杜少陵〈收京〉：「歸及薦櫻桃」，以安史之亂的肅宗借兵回紇，此處或代指海外復明勢力之支援，仍無消息，臏有南方車攻、充足兵馬；頸聯延續南方復國意象，言「南國」，並以李龜年所唱之歌曲，使得「歌闌皆下泣」〔註77〕，暗指此時流離於天南邊徼的永曆帝，正與唐玄宗淪落西南之際遇相同。此詩稱南明政權為「南國」，並藉由安史之亂的唐代比附聯繫，期許南國情勢雖動盪流離如安史之亂，但只要能計策籌邊，對付外夷的策略（表餌篇），就仍有中興之日。

　　而〈夏日讌新樂小侯於燕譽堂，林若撫、徐存永、陳開仲諸同人並集二首〉之一，亦巧妙地融合唐代／南明兩個朝代：

> 寶玦相逢溝水頭，長衢交語路悠悠。西京甲觀論新樂，南

〔註76〕「點蒼」，指永曆帝死雲南事。王夫之〈聞極丸翁凶問，不禁狂哭。痛定，輒吟二章〉之一：「長夜悠悠二十年，流螢死焰燭高天。春浮夢裏迷歸鶴，敗葉雲中哭杜鵑。一線不留夕照影，孤虹應繞點蒼烟。何人抱器歸張楚，餘有南華內七篇。」余英時認為「點蒼」指永曆死雲南事，詳參《方以智晚節考》（台北：允晨文化，1986年），頁2。此可與牧齋詩「雲臺高築點蒼山」並比參看。

〔註77〕《雲溪友議》：「李龜年曾于湘中採訪使筵上唱：『紅豆生南國，秋來發幾枝？願君多採擷，此物最相思』。歌闌，合坐莫不望行幸而慘然。」

國丁年說故侯。春燕歸來非大廈，夜烏啼處似延秋。曾聞
天樂梨園裏，忍聽吳歈不淚流。（頁80-81）

若以「古典」之運用，此詩的時空場景設定為安史之亂的唐代，詩中
有西京、延秋、梨園等唐玄宗時事，並交雜了杜甫〈哀王孫〉中的語
句，如寶玦、長衢交語、延秋；首聯以沒落的王公貴族相逢於溝水
頭，衢道路途之中交相論談，泣訴路隅〔註78〕，無勝哀愁；頷聯長安
太子宮殿中曾流傳的新樂，傳頌一時，如今淪落到南國的王侯公
卿，談論著舊時青壯之年的盛況榮景，不勝噓唏；頸聯言來到南方的
王孫心繫北方故土，以春燕南歸棲息卻非往昔之大廈，聽到了夜烏啼
叫，霎時之間錯認為身處北方長安城的延秋門〔註79〕；尾聯則站在王
侯貴族的角度，寫其曾經歷過唐代盛世，在唐玄宗所設置之梨園
中，聽聞那「此曲只應天上有」的動人樂章，今昔對照之下，在異域
聽到了南方吳地的歌歈唱辭，「如華清宮女說開元、天寶遺事也。」
〔註80〕追憶往事，隱忍淚水。錢牧齋由安史之亂之古典，來說解南明
此時（1650年，永曆四年），永曆帝竄逃西南正與玄宗奔蜀之際遇相
似，詩人追憶北方失落的故國，用李唐來釋朱明，雖暫時流寓「南
國」，但若能向中興之唐朝看齊，「南國」亦能有重振聲威之日，巧
妙地將唐代／南明，接樺鑲嵌在一起，同時也強化了「南國」的認同
意識。

最後，可再以錢澄之〈望長沙〉閩人妄傳定興兵至。定興舊駐長沙，
為作〈望長沙〉。為例，來闡釋南明／唐代並置而論的意義：

漢唐中興誇將業，司徒仿佛尚父同。我朝諸將何寂寞，海
內獨數長沙公。長沙僻處湖南郡，能修甲兵控江東。此公
忠勇不世出，謀略似有鬼神通。武昌跋扈劫不得，倒流七

〔註78〕杜甫〈哀王孫〉：「腰下寶玦青珊瑚，可憐王孫泣路隅。」《杜詩詳
註》，頁311。
〔註79〕杜甫〈哀王孫〉：「長安城頭頭白鳥，夜飛延秋門上呼。」《杜詩詳
註》，頁310。
〔註80〕《板橋雜記》，頁28。

日浮波中。扶持陰蒙上帝力，應知炎祚非遽終。綠林青犢
勢洶洶，旌旗十萬渡江紅。單騎馳壁捫其背，叩頭請死願
輸忠。荊樊銅馬百餘萬，聞聲納款來趨風。連城帶甲跨江
漢，胡兒不敢南灣弓。貂蟬鐵券靈武錫，屢請天仗臨元戎。
遲迴竟使至尊誤，乘輿莫返咸陽宮。支臂再扶漢社稷，整
頓湖湘馭羣雄。野人　傳焉足信，捷書狃至耳欲聾。或言
樓船下章貢，潯陽千里盡朦朧。又言杉關傳檄上遊地，鐵
騎莽莽八閩空。我聞豫章諸將久思漢，昔在門下受恩隆。
蠟書陰結理宜有，江右郡縣豈待攻。古來童謠有天意，望
公早出成大功！（頁173-174）

何騰蛟，定興侯，為南明駐守兩湖之將領。詩中先以漢唐中興盛世
再起，亦即光武滅王莽，光復漢鼎，肅宗平安史之亂，大唐中興，「司
徒」為管理土地、人民之官職，「尚父」是可尊敬的父輩，前二句言
漢唐之所以能夠中興，將領實居功厥偉，其功業之崇高隆重可與司
徒、尚父比肩；在南明諸將領中，何騰蛟可謂海內不世出的軍事將
領，在僻處湖南荊湘之地仍能掌控軍權控制江東，運籌謀略之奇準
似有鬼神交通、陰助。在功克不下的武昌，何騰蛟沉浮於晦暗迷濛
的江流七日，為達君帝之使命，死而後已，可知上蒼不使「炎祚」
遽終，而有何騰蛟等忠義熱忱之愛國心志者；接著敘述何騰蛟收服
「綠林」軍（流民）加強了南明抗清勢力，荊樊地區有了百餘萬的
大軍，近鄰軍伍聞此盛況亦皆納款臣服，越城收甲，江漢一帶盡為
版圖，北方胡虜不敢進攻，整頓漢家社稷，駕馭群雄，此處即以「貂
蟬鐵券靈武錫」，以肅宗即位於靈武比喻永曆加錫於粵西，何騰蛟就
如安史之亂中的郭子儀、李光弼收復兩京，幫助永曆帝固守荊湘，
伺機北伐，重興社稷；詩末遂針對閩人妄傳李騰蛟兵敗撤退至閩地
的訛聞，疏通申解，再以贛西（豫章）諸將思漢已久，與何騰蛟所
在之荊湘，兩地之間有「蠟書」之暗通往來的軍事機密，期望何騰
蛟能穩固荊湘後，整併贛西，「南疆」遂能逐步恢復。由此詩來看，
雖然出現「漢唐」、「漢社稷」、「思漢」之「漢朝」，但僅作為華／夷

對立的民族之象徵，所出現的「靈武錫」之中興，毋寧是更接近於
南明永曆朝的情勢，錢澄之透過「靈武錫」，鼓舞何騰蛟在南國（荊
湘、贛西）之地理疆域，承續「炎祚」正統，最終必能如肅宗中興，
定鼎周彝，光復河山，藉由安史之亂後的唐代中興，來比喻南明抗
清處境，從而宣示了「南國」主權的合理性，及其在政權、軍事、
正統、文化之關鍵地位。

　　總上所述，安史之亂中的玄宗流離西蜀、肅宗即位靈武，正與
清軍入侵中土，南明永曆帝奔逃西南的際遇差相彷彿。因此，期待
南明昭宗能如唐代肅宗承續國祚、收復兩京、光復河山，錢謙益、
錢澄之詩中對安史之亂的唐史，再三致意，並將南國（南明）視爲
正統之復興基地，透過了「唐代的安史之亂」必能光復帝國的先
例，深化士人對南方的認同意識，同時也更加穩固了「南國」的政
權地位。

三、靖康之亂的南宋

　　靖康之亂，宋徽宗、欽宗被俘虜至北，宋室南渡，行都建於臨
安，偏安於江南，此正與南明初期（尤其是弘光政權）之半壁江山，
有著大爲相似的歷史情境；南宋後聯蒙古滅金，雖滅金朝卻也爲蒙
古所統一，南宋滅亡，元初之宋遺民，遂成了遺民史上極爲重要的群
體〔註81〕。

　　而此處我們關注的是，南明如何藉由南宋來「想像南國」？靖康
之亂造成宋室南渡，與甲申之變迫使明朝在南方建立新政權的際
遇，是兩者可以相互感通的媒介，祁彪佳曾就南明安宗（福王）登基
事，云：

> 安宗至，羣議援宋高宗故事，立爲兵馬大元帥。彪佳曰：
> 「今與宋不同，宋時徽、欽固在也。今海內無主，盍如景
> 泰稱制，監國議乃定。」（《南明史》，頁1730）

〔註81〕 明清之際以説宋爲自我述説，是宋遺民發現時期，可參趙園：《明清
　　　　之際士大夫研究》，頁231。

此段是說，南明福王將即位於南京，眾人舉議可以如南宋高宗般，擁有半壁江山，並推祁彪佳爲兵馬大元帥；惟祁氏以北宋面臨外患金人，亡國之際，尚有徽宗、欽宗，如今南明海內無適當人選可以推舉爲共主，盍能如明代宗（景泰）稱制，取代英宗之承嗣；祁彪佳的立場自然是傾向魯王監國而不擁戴安宗福王，從這段敘述來看，也從中發現，論述南明政權偏安江南（尤其是弘光）常會與歷史上的南宋作一參照與對話，遺民詩中亦以同樣偏安江南的南明與南宋並置而論，如陳恭尹：「南村晉處士，汐社宋遺民。」、「大江猶得百年分。」即在感嘆南明遠不如南宋偏安時局之久；此外，劉城以爲中興有望，「臨歿，喉吻間猶呫呫籌畫東晉、南宋事，起抱金陵、臨安圖志，至氣絕不釋手云。」〔註82〕將東晉／南宋及其都城金陵／臨安之輿圖方志反覆摩挲，至死不休的就是復明之望；再如朱耷〈題畫〉：「想見時人解圖畫，一峯還寫宋山河。」借題畫比喻故國之思，畫中少了南宋山河。（《清詩紀事》頁787）以南宋代替南明，可以說是一種「詭稱前代之名爲隱語耳。」〔註83〕

　　底下，將觀察南明遺民詩中南明與南宋並置，如何「想像南國」，其中的意涵又爲何？先讀錢謙益〈西湖雜感二十首〉之十七：

　　珠衣寶髻燕湖濱，翟茀貂蟬一樣新。南國元戎皆使相，上廳行首作夫人。紅燈玉殿催旄節，畫鼓金山壓戰塵。粉黛至今驚毳帳，可知豪傑不謀身。（頁103）

此詩乃錢謙益致贈柳如是，並以梁紅玉比河東君。首聯言明清易鼎，

〔註82〕錢海岳：《南明史》，頁2733。
〔註83〕此爲陳寅恪之說。其以錢謙益〈西湖雜感二十首〉之十六，言：「此首自傷其弘光元年五月迎降清兵之事。夫南宋都臨安，猶可保存半壁江山，豈意明福王竟不能作宋高宗耶？『吳宮晉殿』乃指明南都宮闕而言，不過詭稱前代之名爲隱語耳。」（《柳如是別傳》，頁1046）牧齋原詩爲：「建業餘杭古帝丘，六朝南渡盡風流。白公妓可如安石，蘇小湖應並莫愁。戎馬南來皆故國，江山北望總神州。行都宮闕荒煙裏，禾黍叢殘似石頭。有人問建業云：吳宮晉殿，亦是宋行都矣。感此而賦。」（頁102）

西湖河濱雖已爲清軍佔領，不復舊昔之景，惟柳如是光鮮豔麗，乘坐翟羽，翩然而來，不著歲月痕跡；頷聯「元戎」﹝註84﹞，指大車兵帥。「上廳」乃官妓中班行之首。「行首」或謂軍隊行伍的領隊，或謂領班，亦可指名妓之泛稱，此聯解作南國（南明）之元帥將軍盡爲相國之位階，柳如是則以巾幗不讓鬚眉之姿，傲視群雄；頸聯接續寫柳夫人如宋代抗金名將韓世忠之妾梁紅玉，在金山頂上擂鼓敗退金軍；雖爲女流粉黛，其堅毅颯爽的氣勢卻是連英雄豪傑也無法身謀履及。這首詩之旨要，乃在期望河東君者﹝註85﹞，惟詩中「南國元戎」指向南方政權，又以「畫鼓金山」圖寫南宋情事，明顯將南明／南宋／南國織綜在一起。

又如〈書夏五集後示河東君〉：

> 帽簷攲側漉囊新，乞食吹簫笑此身。南國今年仍甲子，西臺昔日亦庚寅。皐羽西臺慟哭，亦庚寅歲也。聞雞伴侶知誰是？畫虎英雄恐未眞。詩卷叢殘芒角在，綠窗剪燭與君論。（頁111）

陳寅恪以此首詩爲《夏五集》之結論。第貳句寓復明之意﹝註86﹞。筆者認爲此詩關鍵之處乃在頷聯。此聯出句以「甲子」年比喻明清易鼎，牧齋仍心嚮前朝，故書寫年號，如陶淵明般於義熙之前使用「東晉」，劉裕篡晉爲宋後，則稱「甲子」不紀帝王年號；對句以南宋遺民謝翱所作之〈登西臺痛哭記〉，稱寫作此詩的同時（庚寅），也是謝翱悲吟「西臺慟哭」之際，異代之悲，同情共感；牧齋此聯明顯將自己畫屬在明遺民的範疇，且永曆正朔猶存﹝註87﹞；換言之，「南國」（南明永曆）在此聯中，與甲子年所代之「東晉」、「西臺慟哭記」所代之「南宋」，跨越時空，交涉穿插，南明與東晉、南宋並置而論，

﹝註84﹞《詩經・小雅・六月》：「元戎十乘，以先啓行。」朱熹《詩經集註》：「元，大也。戎，戎車也。軍之前鋒也。」（臺北：華正書局，1980年），頁115。

﹝註85﹞《柳如是別傳》，頁1047。

﹝註86﹞《柳如是別傳》，頁1054。

﹝註87﹞《柳如是別傳》，頁1054。

其所表徵之南國乃正朔之延續，道統之依繫，無疑鞏固了「南國」（南明）政權的合法地位。

　　最後，再以陳子龍〈鳳凰山望南宋行宮故址〉來觀察南明／南宋／南國的交錯互涉：

> 永嘉東幸更南遷，疊駕丹梯紫殿連。龍鳳綵舟臨繡嶺，芙蓉高閣望平川。百年王氣歸炎海，兩度金輿慟朝天。獨有斜陽松柏路，子規啼過晚鐘前。（頁 444）

此詩根據年譜所記載，推測寫於 1645 年（順治二年）孟冬的農曆十月，移居武塘時所做〔註 88〕。「鳳凰山」乃南宋行宮之禁苑，位址於今之杭州〔註 89〕。首聯「永嘉東幸更南遷」，言東晉立國立都金陵，後宋室南渡南遷臨安，丹梯疊架通連紫殿；頷聯謂天子龍居，鳳凰山麓；頸聯「百年王氣歸炎海」，此處王氣應可指唐王與魯王，兩者均與南中國海有關，故稱炎海，「兩度金輿慟朝天」，則言歷史上的東晉、南宋，兩度痛失北方江山；尾聯以蜀帝杜宇死後託爲杜鵑夜啼之典，暗指弘光政權覆滅。詩中以永嘉（東晉）、南遷（南宋）來擬況當時南明王氣（南國）之政局，此時乃順治二年，隆武倚立閩北不久，魯王亦稱明年爲監國，詩人寄望閩、浙，以歷史爲殷鑑，切莫使遺民所寄託之殷切期望，又再一次的「兩度金輿慟朝天」，亟待來者之重責大任，昭然至顯。

　　由上所述，南明與南宋藉由靖康之亂縮繫在一起，遺民透過「說宋」，表徵南明乃正朔之延續，甚至以南宋趙昺於崖山之投海滅亡，來比擬復明已然無望的永曆朝廷，金堡〈列朝詩傳序〉：

〔註 88〕此詩前一首爲〈孟東之晦憶去年於張灣從陸入都〉，孟冬爲農曆十月，考順治二年九月，先生移居浙江，寄家於金澤武塘孝廉丁文博，家近西塘，去陶莊數里。參《陳子龍詩集・陳子龍年譜（附錄二）》，頁 710。此詩於杭州臨安所寫，故繫年於順治二年十月之後，較合理。

〔註 89〕【考證】《杭州府志》：「鳳凰山，在仁和縣南十里，自唐以來，州治在山右。宋建行宮，山遂入禁苑。元末張士誠築城，始截山于城外。」（《陳子龍詩集》，頁 443）

> 列朝詩集傳，虞山未竟之書，然而不欲竟。其不欲竟，蓋
> 有所待也。……虞山未忍視一綫滇雲爲崖門殘局，以此書
> 留未竟之案，待諸後起者，其志固足悲也。……於是蕭子
> 孟昉取其傳而舍其詩，……孟昉有儁才，於古今人著述，
> 一覽即識其大義。其力可以爲虞山竟此書，而不爲竟，亦
> 所以存虞山有待之志，俾後起者得而論之。嗚呼！虞山一
> 身之心跡，可以聽諸天下而無言矣。〔註90〕

是以，南宋之南渡偏安、崖門殘局，與南明之流寓南方、一綫滇雲，
正可相互參照，聯想到自身的處境，在歷史記憶之中找尋正統，爲自
己在南方所建立之「南國」找到堅強穩固的背書，說服讀者有不容置
疑的合法性，從而在此時空並置交錯的想像中，建構出「南國」的地
理政治。綜合本小節所述，南明遺民詩中透過東晉／南朝、唐代、南
宋之「正統」〔註91〕，以歷史溯源之「垂直的想像」，來表徵南明之
正統地位〔註92〕；從錢澄之、屈大均、錢謙益、陳子龍之「南國」論
述來看，他們提供了文化道統、歷史記憶與文化內蘊，使得「南國」
之建立有了更爲厚實的建造基礎。

〔註90〕《四庫禁燬書叢刊・集部》第 127 冊，頁 210。
〔註91〕這裡的「正統」，如魏禧所說，可將朝代劃分爲「正統」、「偏統」、「竊
統」三種。所謂「正統」，魏禧指出「以聖人得天下，德不及聖人，
而得之不至於甚不正，功加天下者」，「因其實而歸之以其名者」，即
屬正統。這樣，正統的朝代分別有唐、虞、夏、商、周、西漢、東
漢、蜀漢、東晉、唐、南宋。詳參黃毓棟：〈統而不正——對魏禧〈正
統論〉的一種新詮釋〉，《漢學研究》第 27 卷第 1 期（2009 年 3 月），
頁 240。
〔註92〕以偏安爲正，有同樣爲遺民的錢澄之（1612-1693）和甘京（1623-？）
錢澄之認爲：「天命既去，人心猶存，雖竄伏於偏安一隅，人心隱
隱係焉，即萬世人心隱隱係焉，則統雖至微如線，而未嘗絕也。」
甘京則說：「正統之子孫不能守其天下，偏安於一方以繫正統之脈
者，正統也。」接下又說：「漢高祖復爲正統……明太祖高皇帝復
爲正統。」如此一來，錢、甘二人以偏安的南明爲正統，似乎是
再清楚不過的了。詳參黃毓棟：〈統而不正——對魏禧〈正統論〉
的一種新詮釋〉，《漢學研究》第 27 卷第 1 期（2009 年 3 月），頁
244。

第四節　國族的南方帝國

　　南明在建構了「南國想像」之後，欲使偏安的諸政權王朝可以凝聚分散勢力，上溯歷史中的正統，替自己找到合法地位；不過，自居世界之中的「中國」，傳統以來即有東夷、西戎、南蠻、北狄之邊境界域的區隔，如錢謙益〈丙申閏五月十又四日讀新修滕王閣詩文集重題十絕句〉之二：

　　　　南戎山河列樹眉，雕甍畫戟閃朱旗。鐃歌競奏昇平樂，莫
　　　　紀星移物換時。（頁298）

此詩寫於 1656 年（永曆十年）。首句中的「南戎」爲越門，是用來限蠻夷之界線，與「北戎」之胡門，用來限戎狄也，爲中華民族界定與少數民族（蠻夷戎狄）之界線，同時也是自我與他者之區別。屈大均亦言：「將相幾人留島嶼，君王何日出蠻夷。」寫永曆帝入雲南之事〔註 93〕，中國之外即逕以蠻夷稱之，錢澄之循此，說：「起居未肯隨蠻俗」〔註 94〕，更透過「語言」之迥異來區分彼此，云：「鄉思何處訴？人語聽全非。」〔註 95〕以此思維，挾帶著傳統中國的帝制王權，來到南方（特別是西南一帶），對非漢民族的強烈排他性與異民族之間的互動，無形之中反映出尊卑貴賤的高低之分，甚至留下帝國強壓邊緣之境的殘存迹痕。從上述討論之「南國」脈絡來看，置諸南明政權之中（特別是永曆帝），其帝國思維如何展現中心對邊緣之間的涉入與觀看？此乃本節「國族的南方帝國」所欲思考者。而錢澄之「閩山桂海飽炎霜」的南方經驗，將是我們討論的主軸〔註 96〕。

〔註 93〕〈有所思〉，《屈大均詩詞編年箋校》，頁 24。

〔註 94〕《藏山閣集》，頁 302。

〔註 95〕《藏山閣集》，頁 95。

〔註 96〕引人深省的是，此處的錢澄之能否被張煌言等人所取代？筆者的回應是，觀察南明政權中「南國」的建構，須以歷時最久的永曆朝爲核心，其中錢澄之歷難西南、瞿式耜規劃桂林，兩人正是此中探討「南國」的代表。張煌言屬魯王系統人物，且活動場域乃海上漂流非中原內陸，故其詩中雖有「南國」語彙仔細檢視卻爲「海島立國」的概念，與西南方的錢澄之、瞿式耜之「南國」明顯有別。回到本

一、以錢澄之爲中心的討論

　　錢澄之（1612-1693），字飲光，初名秉鐙，字幼光，晚號田間，又號西頑道人。今石磯鎮人。南明桂王時，擔任翰林院庶吉士。其《藏山閣集》中的《生還集》（卷三到卷九，1644-1648，甲申到戊子，順治元年到順治五年）、《行朝集》（卷十到卷十二，1649-1650，己丑到庚寅，順治六年到順治七年）、《失路吟》（卷十三，1650-1651，庚寅到辛卯，順治七年到順治八年）、〈行腳詩〉（壬辰，1652 年，順治九年）。觀錢澄之流徙播遷的際遇，至少經歷過浙江、仙霞關（浙、贛、閩交接）；1645 年（順治二年）歲末到閩北福州隆武所在；1646年（順治三年）元旦由閩北入贛，十月回閩地；1647 年（順治四年）整年仍游盪於閩地；1648 年（順治五年）元旦、三月仍在福建，間道江西準備前往廣東端州（肇慶）；1649 年（順治六年）己丑，抵達肇慶、後到廣州；1650 年（順治七年），隨永曆帝移蹕梧州；1651年（順治八年）元旦在梧州，到（廣西）蒼梧、潯州，再抵（廣東）肇慶、廣州，行經虔州（江西），後回到安徽。〈行路難〉即記錄 1650年（順治七年）十月在梧州，到 1651 年（順治八年）十二月回安徽事。錢氏與南明政權互動頻繁，來往東南閩浙與西南兩粵，觀見行朝（隆武、永曆），梯山橫海，歷險艱難，地理版圖與行腳空間交織並陳，著有《所知錄》載南明史事甚詳，發乎詩歌，史章卷軸，顯現詩史之特色〔註97〕。

　　錢澄之跨越邊境來到西南，屢以「國體」稱呼南明（永曆）政權，儼然視其爲南方帝國，如：

　　　　朝廷有體寧宜褻，藩鎮何知自使輕。（〈嶺南留後入朝紀事〉，

　　　　文此章的設計乃針對永曆朝的家／國政治而發，故仍以錢澄之、瞿
　　　　式耜爲主，張煌言暫不納入此（西南方永曆朝廷）的討論系統，擬
　　　　另文討論其與東南沿海鄭成功、魯王監國的裙帶關係。
〔註97〕錢謙益以「詩史」稱呼錢澄之，〈金陵雜題絕句二十五首繼乙未春留
　　　　題之作〉之十四，云：「閩山桂海飽炎霜，詩史酸辛錢幼光。束筍一
　　　　編光怪慎，夜來山鬼守芟囊。」（《錢牧齋全集》第四冊，頁 419）

頁 281）

以朝廷自有體制豈可干犯褻瀆，又如：

> 所關傷國體，不爲惜屍軀。（〈聞謗〉，頁 282）

> 山陰眞相國，申救跪沙濱。山陰屢遭諸公指摘，今特爲申
> 救，存國體也。（〈梧州雜詩〉其十，頁 292）

個人遭謗無傷大雅，國體卻不能降格；「山陰相國」指嚴起恒，永曆
朝吳、楚黨爭激烈，嚴起恒屢遭楚黨金堡指摘，卻在金堡被構陷下獄
之際奮力營救，錢澄之稱嚴氏之表現乃「存國體」矣。種種「國體」
稱謂，表述了錢澄之心中的南明永曆朝爲繼承朱明正統的「國體」，
而不斷強調與反覆註解的過程，也顯示南明政權除了具有「政體」之
外，亦有「國體」，告訴讀者需以「國體」來看待南明。

　　因此，其詩歌不但具體紀錄南明史事，仔細檢驗詩句，更大量集
中在對於永曆朝制度、軍閥、藩鎭、黨爭、邊境、國體、南夷、民族
等諸多層面的記載；其中代表著以「中心」觀看「邊境」的視角，頗
值細究。故筆者擬以錢澄之爲個案分析南明以國族的「帝國」之姿態
駕臨南方，永曆帝與邊境民族之間的互動之具體情形爲何？當時西南
方之諸王分治，各擁權制，如孫可望欲於雲南郡縣封爵稱王，造成的
「國中之國」之現象與意義，如何解讀？又映現了怎樣的時代意義？
凡此，均爲此處所欲考察者。

二、永曆帝與西南邊境的互動

　　永曆帝播遷西南，不斷移動的天朝與行在，君臣隨扈、流離遷徙
成了當時特殊的空間景觀；此處將以「永曆帝與西南邊境的互動」分
析永曆帝以桂王昭宗的身分，承繼了南明正朔的合法道統，雖臨邊
徼，但仍以天皇之尊的姿態與西南邊境之民族進行互動。

　　下有三小節。首先，在這尊卑往還的過程中，可以看出南明諸王
儼然以漢代的南越國自居，獨霸南雄，自立爲王。第二，這種「以國
爲家」的政權思維，直接臨駕到南方境域，造成了因爭奪利益而引發
的吳／楚兩派的黨國紛爭。第三，南明政權以「中華民族」爲優越地

位的帝制思考進據南土，其與少數民族的互動與交涉，使得帝國與邊境之間的對話，耐人尋索。

（一）南越王

南明遺民詩中以南越王的意象，強調南明政權之帝／國，一方面以帝王之姿臨駕南方，一方面以南方立國僅能是暫時決策，終須以克復神州爲目標。《史記‧南越列傳》：

> 南越，古方國也，趙氏。秦始皇二十八年，命屠睢、趙佗將兵五十萬越五嶺征百越。屠睢暴，爲土人殺，改以任囂爲將。三十三年，平定嶺南，置南海、桂林、象三郡。以囂爲南海尉，佗爲龍川令。秦二世元年，陳涉起，中原混亂。二年，囂病重，召佗至，陳南海一郡，依山旁水，可以立國。並以佗爲假南海尉。囂辛，佗傳令南嶺諸關嚴守中原，防叛軍侵入。漢四年，佗併桂林、象郡，稱南越武王。後南越王兩度稱帝，辛入爲漢藩，自去帝號。四傳至建德，南越內亂，漢武帝發兵南下，南越亡，嶺南復郡。置南海、蒼梧、鬱林、合浦、交趾、九眞、日南、珠崖、儋耳九郡。

由以上的敘述可知，南越國之稱帝，乃起於任囂指示趙佗「南海一郡，可以立國」；趙佗後自稱「南越武王，兩度稱帝」；不久後則去帝號，成爲漢代藩屬；後漢武帝南伐南越，將其設爲郡縣，轄區有南海、蒼梧、鬱林、合浦、交趾、九眞、日南、珠崖、儋耳九郡〔註98〕。

南越王事，遺民詩中多有記載。屈大均〈趙尉臺下作〉：「趙尉臺前草，空餘狐兔驕。……自憐英霸器，寂寞在東樵。」〔註99〕記西漢南越王趙佗自立爲南越武王事。其〈南越王祠〉：「百粵山川險，中原

〔註98〕南越國的疆域，向東與閩越相接，抵今福建西部的安定、平和、漳浦；向北主要以五嶺爲界，與長沙國相接；向西到達今之廣西百色、德保、巴馬、東蘭、河池、環江一帶，與夜郎、句町等國相毗鄰；其南則抵達越南北部，南瀕南海。詳參《南越國史》，頁86。

〔註99〕《屈大均詩詞編年箋校》，頁26。

鼓角悲。誅秦任豪杰，稱帝在蠻彝。」〔註100〕亦寫南越王事秦漢之
際，中原烽煙四起，兵戎倥傯，趙佗以豪杰之姿稱霸於南方百粵，自
立爲帝；陳恭尹〈感懷〉之九：「番禺古都會，佳哉鬱嵯峨。三江交
洪流，海水揚清波。劉項爭帝業，閉關自秦佗。黃屋與左纛，老夫聊
自娛。山川足霸氣，往往開雄圖。中原鼎沸日，肝腦塗干戈。光岳氣
雖分，生齒存亦多。海國誠富強，金鐵兼鹽醝。百貨走天下，五兵雄
諸華。盛朝爲外府，亂政求金車。使者道相望，下民方薦瘝。北臨漢
臺上，悵望傷如何。」〔註101〕則肯定趙佗自立南越，王霸自居的豐
功偉業。詩中先寫秦末楚漢之爭，僻居南方的趙佗在北方干戈鼎沸之
日，以廣南靠沿海的地緣關係，發展出海國富強的經貿盛況。

　　至於錢澄之則是將南越王事典，與南明當時諸政權結合在一起，
融合了歷史、典故、時事：其〈無題〉，寫於錢氏從贛西回閩北，組
詩涉及了南明主要政權，從唐王、魯王到桂王，詩載：

> 鄞江消息定如何，悵望旌旗灑淚多。野戍啼烏迷漢幟，荒
> 城殘月起夷歌。稽山無計棲勾踐，南粵寧同王尉佗。谷鳥
> 催人頭白盡，聲聲長在向南科。鄞江，福建汀州府城東，即東
> 溪。
>
> 山深輦路費春鋤，江處遙遙望屬軍。豈有千官懷去就，翻
> 勞萬乘久躊躇。朱提喜賜儒生對，黃帕傳看邊吏書。廷議
> 半年長不決，澶淵親詔已全虛。
>
> 去日追班入紫宸，花間鸂鷘片時親。綸扉白髮南陽舊，侯
> 印黃金恩澤新。羽檄遙知邊奏至，龍顏時向內家顰。自聞
> 東越唇亡後，早使憂天泣小臣。
>
> 光祿蔬盤出尚方，拓枝新染布袍黃。威儀已睹漢司隸，邊
> 幅還嗤蜀子陽。書載五車分秘閣，手裁三詔壓明光。六龍
> 此日無消息，夜半占星淚幾行。（頁139-140）

〔註100〕《屈大均詩詞編年箋校》，頁1086。
〔註101〕《獨漉堂詩集》，《續修四庫全書》第1413冊，頁24。

丙戌年為 1646（順治三年），此年南明諸王兵敗如山倒。前此南京弘光已滅；魯王監國則於該年六月兵敗舟山，後入閩地；隆武於該年八月卒於汀州；而這一年之歲末，廣東的廣州與肇慶，也分別成立了紹武政權與永曆政權；錢澄之此年居閩地，面對曾追隨的行朝，隆武之滅，以及未來何去何從的身世之感與茫然悲慟〔註102〕，宜乎「無題」。

第一首即提到南越國與永曆帝的互涉。首聯寫閩地汀州情事，八月唐王卒於此，十月錢澄之同在閩地應已得知此消息（或認為唐王凶多吉少），故出句言「消息定如何」，實則對句「悵望灑淚」詩人空望旌旗，灑淚天地已有答案；頷聯回到詩人所處的時空環境，在南方向來不是漢家衣冠所在，故云「迷漢幟」，而現下之閩地野戍荒陬，是國境之南，也是充滿未知的地域空間，寂寞荒城，孤月殘暈，少數民族之「夷」鳴歌起舞，與自我形成差異的對照；頸聯寫魯王兵敗，徒能棲息閩地（稽山），竟不能如越王勾踐般再次復國，相較於魯王退至東南沿海，永曆帝卻遠在西南邊境的南粵，以歷史上的南越國之趙佗自立為王，王霸南方，詩人用了「寧」或有暗指永曆不應以此為自滿，更應朝向整合南方、復興漢室為目標。

第二首寫隆武。首聯寫隆武軍事策略本計畫取長沙，故「江楚」之軍民遙望天子之輦，狀閩地距離湖廣之迢遙；頷聯寫官員依復天子所在，奔趨行朝之報國心志，不以懷官去就為榮、翻勞辛苦為怨；頸聯朱提郡，乃東漢建安十九年劉備定蜀，改為屬國置治朱提縣（今雲南昭通市），描述永曆朝殿試應對儒生，在黃帳之內批覽邊防官吏之進奏；尾聯以北宋真宗，曾會戰契丹，訂立澶淵之盟。此盟約乃宋真宗景德元年（西元 1004 年），契丹人所建之遼國入侵，宰相寇準力排眾議，勸帝親征，雙方會戰距首都汴京三百里外之澶淵，宋戰勝遼國，並於澶淵定盟和解。歷史上稱為「澶淵之盟」。錢澄之寫

〔註102〕此年後，錢澄之準備出發到肇慶，戊子年（1648）則到達永曆行在。

1645 年九月初，隆武在福建登基還不久，即被勸說不要北上。而後他決意要在十月七日「出關親征」。但是以後一再延期，直到次年一月二十二日才得以出征〔註103〕。朝廷決議加上隆武的猶豫不決，舉棋不定，使得親詔北征之檄竟成虛空。

　　第三首寫永曆。首聯以「去日追班」回憶奔赴閩北福州隆武政權；頷聯以南陽諸葛自喻，此身仍是明朝舊日臣子，孰料如今隆武滅，永曆朝已新賜恩澤，另選功臣；頸聯揣想永曆將於西南稱帝，接獲邊臣之上奏，有感南明內部諸權分立的紊亂時局，深坐蹙眉；尾聯則以 1646 年六月，魯王監國兵敗舟山，黃斌卿不納，流亡海上，謂之「唇亡」，如今唇已亡，隆武政權恐將隨之傾滅，故齒豈能不寒？

　　第四首寫隆武與永曆。首聯「光祿」乃中國古代掌理膳食的官署，「尚方」為統治者製造各種器械的人，此句言隆武蔬食布衣辛勤如一日〔註104〕，卻北狩罹難，君臣情誼與臣子之痛絕，只能藉由「金蓮影裏拜空王」來憑弔；頷聯「司隸」，乃漢至魏晉監督京師和地方的監察官，此句謂隆武於閩北政權之制度健全，軍容壯盛，能統轄中央（福州）與地方（南方各省），「邊幅」之蜀子陽，乃指公孫述（前 7-36 年），字子陽，扶風茂陵人。兩漢間政治人物。曾經割據蜀郡，並自稱白帝。代指永曆偏居荒陬邊徼，如公孫述圖取「邊幅」之地；頸聯寫隆武內閣藏書勤於文攻，明光乃漢代宮殿，《三輔黃圖·漢宮》：「未央宮漸臺，西有桂宮，中有明光殿，皆金玉珠璣為簾箔，處處明月珠，金陛玉階，晝夜光明。」以桂宮代替桂王，此句謂錢澄之在唐王朝所手寫之詔書，能凌越壓制「明光」朝（永曆）之對策；尾聯回到總題之「無題」，寫唐王遇難汀州，縱有「壓明光」之對策，然苦無君王之消息、行蹤，只能在夜半占星，卜測吉凶，留下兩行清淚。

〔註103〕司徒琳：《南明史》，《南明史》，頁 70。
〔註104〕可並參〈鄞江感懷〉，頁 140。

筆者認為〈無題〉組詩紓發了錢澄之當時對唐王遇難汀州之哀慟，因「六龍此日無消息」而悵望灑淚、夜半占星；錢澄之在其一，先強調永曆帝不可滿足於稱帝南粵的「南越國」；其二，以澶淵之盟寫隆武親詔北伐之落空；其三，寫魯王（唇亡）兵敗舟山，後唐王又崩殂，南明正朔牽繫於永曆，切莫使小臣再泣；其四，以隆武朝之蔬盤／威儀／五車，分別對舉永曆朝之邊幅／蜀子陽／明光，最終以六龍未駕，音訊全無之落寞悲痛作結。

然仔細閱讀詩句，可以發覺錢澄之除了講述隆武朝事外，也有意透過「南粵」、「趙佗」、「邊幅」、「蜀子陽」、「明光」不斷指涉南方的永曆帝，蓋時值永曆帝將登基於廣東肇慶，詩人原先將希望寄託於唐王，孰料隆武政權潰敗得令人出乎意料與措手不及，身為明遺忠臣，南明一絲所繫，僅剩永曆帝王，借取隆武朝失敗的經驗以作殷鑑，乃詩人之職責，而其中最重要的一點就是勸諫永曆帝不應豪霸南方為榮，偏安自足，莫自詡為「南越國」之王，「寧同王尉陀」一語，道盡詩人欲與王室共同奮戰團結，整頓內部勢力，避免唇亡齒寒，又再度錯失北伐良機。此正與瞿式耜於 1648（永曆二年）〈恢復大捷疏〉中提到的，彼相呼應：

> 皇上若不乘此機會，迅駕六龍，西幸出楚，據上游而規中原，恐時不再來；而各勳鎮戮力勤王之心，亟欲覲天顏而不可得，不幾大辜其望乎？……毋狃于偏安，坐失事機，遂遜于漢光帝、唐肅宗也。〔註105〕

切莫偏安一隅，欣喜得意而錯失良機，此乃南明遺民詩人念茲在茲者。

（二）黨／國的權力競奪

來到南方的南明政權，以南越國自居，惟當時西南藩鎮割據，諸將分郡，王權不易統合，造成南方帝國君主輕，將帥重之分治現象，而當永曆帝還都肇慶，朝廷進行封官加爵，在分配官職和權力上要在

〔註105〕《瞿式耜集》，頁 99。

兩派人之間保持平衡，一派是在皇帝顛沛流離中的「扈駕元勳」，一派是跟隨李成棟從廣州來的「反正功臣」。但是不久，舊臣與新貴之間的矛盾就更加典型的由同鄉、師生和同寅關係形成的黨派之間的矛盾所替代。為了生存和取得支配地位，一個黨派必須在內廷、外廷和地方政府（這在永曆時期就是各地將領控制下的機構）都有得力的成員。黨派競爭的目標是獲取官職，特別是內閣中的高級官職，從而影響甚至控制皇帝的行動。

永曆形成了兩個大黨。佔優勢的楚黨的核心成員在都察院（外廷）。它在太監和錦衣衛（內廷）中也有擁護者和同情者。此外，它還得到了地方的軍事領袖（主要是李成棟，他現在是整個東南的總督，和瞿式耜，他任兵部尚書，負責保衛桂林）以及宰輔的支持。這一黨的領袖，左都御史袁彭年、吏科給事中丁時魁，加上御史劉湘客、蒙正發和金堡，以他們在政治上的跋扈，被稱為五虎。較弱的吳黨從內廷獲取支持：太監、外戚，特別是馬吉翔，他作為錦衣衛指揮使，成了皇帝身邊有影響的隨從和大臣。這一黨在地方上的主要支持者是慶國公陳邦傅，他不斷地並經常非法地擴張他在廣西的勢力〔註106〕。

正由於黨派對立與勳鎮割據，明末黨爭的亂象，也延續在南明黨/國政治的互鬥傾軋上，壁壘分明的黨派分野，形成了南明「以國為家」的黨政現象，亦即認同中華國族，但內部卻有不同黨政、體系、門派、共盟、對立，彼此之間攻訐、爭鬥、陰陷、殺伐；錢澄之詩即記載，吳黨攻擊楚黨成員，不顧北虜近在咫尺，內政已然崩盤的腐朽局勢，〈梧州雜詩〉永曆四年正月雄關失守，上移蹕梧州，臣等扈從。

其九：

　　請對真何事，寒蟬此日喧。露章承內旨，詔獄見君恩。負

────────────

〔註106〕以上參考〔美〕牟復禮、〔英〕崔瑞德編，張書生等譯：《劍橋中國明代史》（北京：中國社會科學出版社，1992年），頁 659-660。

> 國罪應得，除奸功莫論。**虜氛還咫尺，朝局已全翻。**上輔駐
> 蹕，廷臣遽請對，劾奏袁彭年、劉湘客、丁時魁、金堡、蒙正發等誤
> 國，下詔獄。（頁 292）

雄關失守，永曆甫移蹕梧州，廷臣遽上奏議對，欲彈劾楚黨五虎（袁
彭年、劉湘客、丁時魁、金堡、蒙正發），錢澄之認爲於國有罪理應
受罰，除奸剷惡之功則爲臣責無需邀功；孰料清虜已近在咫尺，燃眉
之急，朝局卻發生吳黨陰陷楚黨五虎「負國罪」，鬩牆內鬥，時局全
翻。此吳／楚黨爭所造成之權力傾軋與爭鬥，實乃南方帝國建立過程
中，值得深索之處。

　　底下以錢澄之爲中心，分析此現象。其〈端州雜詩〉十四首之
三、四、五、六、七、八、九、十二，即能闡明當時因黨爭所引發的
黨國政治，其三云：

> 輦衛蕭條國計虛，元勳迎駕意何如？度支空佩司農印國賦
> 悉歸藩鎮，按部眞埋御史軍時罷巡方。吏職濫從軍府署，人
> 情求仕漢廷疏。閫權不肯兼中外，猶許朝班得內除。（《藏
> 山閣集》，頁 253）

此首主要寫南明永曆朝政之腐朽殘敗。首聯寫保衛天子的軍隊蕭頹，
國家之計虛空浮泛，尚需藉助外廷之「護駕元勳」，如陳邦傅等勢力
始能安全抵達端州；頷聯接寫內部制度問題，「司農」爲古代官名，
其中太倉掌米穀庫儲，均輸掌物資供應，平準掌物使調節，都內管理
國庫，籍田皇管皇帝躬耕事宜。「御史」乃整肅政治的監察院，此句
謂永曆內廷，權責分部徒具虛名，毫無實權，原應控管財稅國庫的「司
農」，其權限反而悉歸「藩鎮」，內外顛倒，而天子派大臣巡察四方之
「巡方」，也被罷免，御史車所代表的六部職官之一在內廷亦被淹埋
〔註 107〕；頸聯謂官吏與軍府原屬文武部門，但卻濫竽充數，不問專

〔註107〕 瞿式耜亦有類似觀點，〈請力破積習疏〉云：「天子僅有空名，賦稅
　　　　 不歸天府，福威之柄弛，玉食之途隘。即使舊疆盡復，兩京盡恢，
　　　　 而官方賦稅不由詮計，一切用人行政，強藩盡得操之，則壞法亂紀
　　　　 之罪，臣等猶不能辭之也。」（頁 122）

業職能而浮濫屛雜，只需上奏求情之疏，即能得官；「閫權」指統兵在外的統帥或軍事機構，此應指吳黨中掌握廣州勢力的陳邦傅，言其擴張自己於廣東的版圖，不肯兼「中」（內廷），以致朝班新舊官員之任命又屬另波勢力，終使內外分立對峙。

其四云：

> 江右安危久不傳，諸君高會慶新年。未知**南粵將軍**貴，祈訐西園公子賢。卿士幾人能入幕，朝廷何事可**分權**。東來相國休憑藉何公吾驤以李元胤薦再入直，激切彈文出散員。（頁253）

首聯稱鄰近粵北的江西與清軍之攻防戰役，動態尚未明朗，端州（肇慶）的士人已歡天喜地迎接新年；頷聯費解，出句的「南粵將軍」應指廣州地緣的軍閥，或爲陳邦傅，其所代表者爲吳黨，「西園公子」乃楚黨一派之士人；頸聯稱永曆朝廷黨派色彩壁壘分明，吳、楚勢力各居一方，有幾人能憑靠實力勝任入幕之賓，進入朝廷之後，因權限劃分的失衡偏倚，又如何能適當分權？尾聯以來自廣州的相國何吾驤受李元胤（李成棟之子，楚派，反正將領）之推薦，欲介入端州的政治場域，遂引發起激切的「彈文」，彈劾官員犯錯的奏疏，漫天肆起。

其五云：

> 回首神京直北看，天隅數郡豈偏安？比聞**政府**頻虛席，何事言官輒免冠。**國法未嚴臣節見**，朝廷多故聖恩寬。即今典制遵神祖，竊恐拘文此日難。（頁253）

首聯以明遺身分釐測北方神州，錢澄之認爲南明雖處天隅，但擁有南土數郡，其領土疆界不僅是偏安而已；頷聯稱永曆朝近來虛位以待賢能之士，延攬人才，但動輒得咎，任官容易撤職也輕率；以致頸聯所述之國法未嚴，亂無章法，毫無紀律，內廷多故即在於聖主天子之寬宥，未能從嚴辦理，詩人之委婉批評，於焉可見〔註108〕；尾聯遂感

─────────────

〔註108〕相同的概念同樣見於其六：「近日中書詔已繁，詞頭更褻白麻尊。

觸南明內政，縱使要依循神祖之制，恢復古制，但時局已變遷、內政大權早已轉移至將軍、藩鎮身上，就算要「拘文」固執字義循古法統，也困難重重了。

其七，云：

> 聖度遙從仗外瞻，天顏春藹正尊嚴。中興政賴言官直，跋扈情銷相國廉山陰相國嚴起恒以清操為諸鎮服。最喜文華勤講幄，早傳慈壽罷垂簾。太后間御便殿同聽政，至此罷。瞿公念主箴規切，握扇書成也不嫌留守瞿公以握扇書四箴進呈。（頁253）

其八，云：

> 主恩浩蕩等閒叨，謬廁儒冠拜赭袍。**藩吏幾人瞻北闕地方有司皆由藩屬，朝班此日重西曹。**承時反正功非細，破格酬勳爵太高。齕齧莫矜臣節苦，蘇卿雪窖總徒勞。時重反正，薄守節。（頁254）

首聯言桂王時常論功加爵，賞賜下屬，以致氾濫，詩人用主恩浩蕩來反諷永曆朝的封爵，貪戀權位獲取官祿，已成輕而易舉之事，而文武官宦的職能紊亂，未能各盡其責，以致儒冠書生卻進入「赭袍」的軍陣行伍之中，制度敗壞可以想見；頷聯「藩吏」，此指稱藩屬官吏地方自治，有幾人回顧神州，光復之任？而此日的朝班內廷側重「西曹」刑部，不問文治只仰刑責；頸聯以當時反正將領李成棟等人立下大功，但詩人認為論功行賞應名實相符，若逕然封爵酬勳，將破國格盡失矩度；尾聯寫在永曆朝政敗壞，黨派鬩牆之際，再也無須矜憐錢澄之等「臣節」之苦，仍舊固守著蘇武北海牧羊的堅貞志節與不屈心志，今已不合時宜。

其九，云：

> 忠貞部曲駐施州，躍馬徵衡堵相謀。忠貞本號一隻虎，堵公胤錫招降，駐施州衛。至是檄援江右。江上勢方成破竹，穴中鬥忽

> 本朝相業惟調旨，寰海人心仰代言。天語簡來偏足貴，溫綸濫得豈為恩。莫因亂事多寬假，一字低昂國體存」（頁253）

起諸侯。**諸藩與忠貞不協，聞其至，一時搶攘**。三年百戰城全棄，
五路連營兵已收。湖北湖南皆赤地，蒼梧象郡迴生愁。時兩
湖已棄，聞忠貞將潰入粵西。(頁254)

此詩沿南明軍旅組織之成員複雜，有流民軍、山寨軍，兩者亦不相
容。首聯寫忠貞軍被堵胤襲招降，後駐守於施州，成了支援江西的勁
旅；頷聯寫忠貞軍勢如破竹，但鎮守湖廣一帶的藩屬與忠貞軍不和，
不但不支援尚搶攘爭奪；以致造成頸聯所說的三年苦戰所攻下的城
池，因不團結在清軍侵襲之下，狼狽棄逃；此時兩湖已棄，潰敗的忠
貞軍隊遂只能退守粵西（蒼梧、象郡）。

其十二，云：

乍喪元戎舉國悲，軍中留後早相推。李既歿，中軍杜永和自行
總督事。即愁聞帥權旁落，豈慮天王政下移。諸將比肩輕節
鉞，同官署目擁旌麾。紛紛**割據**知難問，從此關門不用師。
諸將不相統屬，各據一郡。(頁254-255)

此首寫李成棟卒後，其軍政大權旁落各軍閥。首聯謂李成棟歿，南國
之兵車大傷，舉國皆悲，湖廣軍政推舉中軍杜永和爲總督事；統兵在
外的統帥（李成棟）之殞滅，以致軍權旁落，此令人憂愁困苦，哪裡
會顧慮到天子王權之轉移呢？詩人以此反諷南明朝廷中君輕將重的
政治生態與軍帥爲主的場域結構；於是頸聯、尾聯所稱述的南明諸
將，彼此之間競奪豪取、相互傾軋，輕視天子授給大將以示威信的信
物（節鉞），旗下軍伍亦只聽從所屬將領各擁其主，割據一方不相統
屬，佔領一郡門戶各立，不臣於王師之令，儼然已自居爲王。

從上述諸詩來看，錢澄之敘述了南明永曆朝廷吏職濫缺、文武職
能屛雜、國法未嚴、吳楚黨爭激烈、諸藩之間互奪不諧、君臣勢力傾
斜失衡、外廷自立割據、諸將不相統屬之史事，以組詩的方式呈現出
敏銳的史識與故實，稱爲詩史，良有以也；而永曆朝勢如水火的吳、
楚黨爭，他們雙方各有內廷、外廷、地方官的支持者與派系，兩方的
資源與人力幾乎掌控了永曆朝廷，明顯的看出南明政權的特點之一，

乃在於以黨政為國家之領導方向，這種「黨／國」的政治思維，即是以中華民族為本體，到了南方後卻因勢力的起落、權益的分配、組成份子的背景（如流民軍、反正軍、山寨軍），進而劃分從屬權勢範圍，政黨之間彼此傾軋鬩牆，進而影響南明國政。

（三）在帝國與邊境之間

在永曆朝廷與地方上（特別是邊境的少數民族）的互動之中，南明以南越王的帝王臨駕南方，表面看來永曆帝為共主，但實際上乃透過軍事統治，郡縣藩屬自立，將帥實掌有軍政大權，南明朝廷以帝國之姿駕臨南方邊徼，原本居住於此的少數民族，以中國的版圖界域來看為「南蠻」之地，是境內邊緣地帶，永曆帝逃亡雲南，屈大均〈有所思〉：「將相幾人留島嶼，君王何日出蠻夷。」〔註109〕以將相代指鄭成功水師，並期許永曆帝離開「蠻夷」荒地，在南明遺民中，實際走過閩浙、贛西、兩粵等地，歷險患難之經驗者，錢澄之洵為其中代表，其詩中所反映之南明（特別是永曆朝）政權的諸多情事，已見上述。此處我們將分析詩中以「帝國」王權之視角來觀看南方邊疆民族，所映顯出的帝國威權與殖民統治之間的微妙互動，從而映證本節所謂的「國族的南方帝國」。

錢澄之〈人來說嶺南事悵然述懷〉：

半年庾嶺夢，消息竟成虛。百粵應難去，雙峯從此居。也聞稱正朔，何計覓乘輿。羨爾雲中翼，因風寄帛書。雙峯，邑名。（頁155）

此年乃1647年（永曆元年）元旦後不久，時值錢澄之遊居閩地，隆武遇害於汀州已近半年，詩人在閩地接獲粵地情報，因此有感而發。首聯寫「半年庾嶺夢」，應是從丙申八月唐王崩殂始，到丁亥元旦之間，計半年，閩粵兩地隔絕，消息未通；頷聯寫「百粵」即永曆行在難以抵達，遂居福建雙峯；惟頸聯詩人知悉永曆亦稱正朔，登基於肇

〔註109〕《屈大均詩詞編年箋校》，頁24。

慶，仍透露出詩人欲奔赴行在之志，故云：「何計覓乘輿」，更欣羨雲
中飛鳥能自由來去，憑風寄訴遺民心曲。此詩中的第五句：「也聞稱
正朔」，可知在詩人心中，唐王、桂王各自以正朔稱帝，南土，遂成
了其行帝／國策略的腹地。再如 1648 年（永曆二年；順治五年）九
月後，錢澄之別江西友人，將抵達天子行在〔註 110〕，其〈別新城諸
友〉之二記載：

> 嚴裝去江邑，整駕赴庾嶺。日余事馳驅，南瞻帝星炳。桂
> 水白雲遙，蒼梧暮煙冷。天王在蠻夷，臣敢憚修梗。豫章
> 奉正朔，王化未全秉。所慮夷習存，寧憂胡馬騁。六龍彎
> 何遲，叩閽臣嘗請。旦夕奉鳴鑾，子其慰引領。（頁 231）

此年永曆帝即將重還肇慶，錢澄之去江邑、赴庾嶺，也就是天子行
在（肇慶），但從詩中桂水、蒼梧判斷，指的是永曆先前奔竄至粵西
一帶，在錢澄之認知中的西南邊緣是「蠻夷」之地，此地雖尊永曆
為正朔，但「王化」流播未廣，因此詩人擔憂浸淫邊徼過久會有「夷
習存」，若相較北方胡馬的南攻，清虜的進逼，永曆帝苟且偏安西
南，不積極進取，錢澄之是反對的；但從「蠻夷」、「夷習」等中心
觀看邊緣的話語。循此，南方邊境民族便淪為次一等之族裔，如〈
獞行〉：

> 昭江江邊夾板 　，茅屋架在青山腰。男旋女繞坐不臥，斫
> 取松明通夕燒。女兒梳頭亦有日，朔日殺豕塗豕膋。夾板
> 囊頭髮雙綰，丈夫耕荒婦採樵。獞女娟娟溪邊白，鴉鬟堆
> 漆前覆額。見人欲逝如鳥驚，細摺花裙古襞積。猺獞亦雜
> 村民住，村民往往著獞布。能通華語賜以冠，猺中奉之為
> 猺官。獞人並受猺官制，呼我華人皆為帝。仙迴洞裡多猺
> 田，如今盡屬官兵佃。嗟爾猺獞奉官毋犯法，爾不見仙迴
> 之猺田盡沒！（頁 308）

這首詩敘述了幾個重點。第一，昭江邊境的少數民族有兩大族群，分

〔註 110〕按該年永曆帝準備從粵西還都肇慶，錢澄之擬從江西出發至粵地。

別是　（猺）族，亦作「傜族」、「瑤族」〔註111〕。「獞」族，即今之「壯族」〔註112〕。第二，前八句描述　族的生活方式與風俗，從居住的茅屋架在山腰，燃燒松樹通夜照明，女兒梳頭會挑選在每個月的初一殺豕，以豕油梳抹在頭髮上，頭髮梳裝成囊袋，縮成雙環，成家的丈夫墾荒耕種，婦女採樵挑木，第九句到第十二句則是描述「獞」族少女的髮式，不同於　族的雙縮呈盤狀，而是以「鴉鬟」覆蓋額頭，見到陌生人飛逝如驚弓之鳥，裙襬如花裾般之綴痕，隨風飄逸；第十三句到第十八句則講述漢族／　族／獞族的秩序結構，在這村莊部落之中，管理者是精通華語的　族，被賜有象徵在上位者之冠，尊奉爲「　官」，而獞族又接受　族的管理與制度，兩個少數民族均稱呼華人爲「帝」，換言之，若由階位之由高至低排序，爲：華、　、獞；最後四句，則以仙迴洞一代多爲　之領地，如今卻被南明地方官兵強占豪取，詩人以　、獞二族奉官守法，　田卻遭沒收，感到不平。

　　這首詩雖爲　族／獞族之不平對待而發，只是觀看視角並不是站在同理的角度上，村落之中以能夠精熟漢語的　族爲管理者，並賜與榮冠之恩惠，「呼我華人皆爲帝」，儼然自居在上，「華」是中心、主體，「夷」是邊緣、他者，不能被滲透、凌越、同化，尊卑貴賤，階級分明，不容逾越。南明帝制思考的權力展現，不是對北方入侵的清虜，竟是南方的少數民族〔註113〕。

〔註111〕　多分布於大陸地區湖南、兩廣及雲南、四川、貴州等相鄰的大山窮谷之中。

〔註112〕　中國古代少數民族，〔清〕陸次雲《峒谿纖志・卷上・獞人》：「獞人，居五嶺之南，冬綴鵝毛、木葉爲衣，能用毒矢，中之者肌骨立盡，雖猺人亦且畏之。」

〔註113〕　這種居上位者的帝國主義之優越感，也展現在對待鄰國的稱呼上。永曆流亡到緬甸邊境是當時文武將領所不願見的情形，永曆十二年清軍入滇，當時有建議幸蜀、或到雲南蠻峒，沐天波曰：「自迤西達緬甸，糗糧可資，出邊則荒遠無際，萬一追勢少緩，據大理兩關之險，猶不失爲蒙段也。」永曆十三年，桂王從滇京出發，又流亡至騰越、南甸，終抵緬甸。到了緬甸之後，依照緬甸八月十五的習俗羣蠻贊見，威脅

總上三小節所述，南明政權稱帝南方，永曆帝與西南邊境的互動，首先表現在自立為「南越王」的統治地位；再次，則因稱帝引發出權利分配、諸將割據、朝廷內外的競奪爭鬥，形成激烈驚駭的吳、楚黨爭；再其次，挾帶著國族的帝國思維，來到西南邊境，面對少數民族所呈現出的漢族中心與優越感，在詩句之中隱然流瀉。此三項乃永曆朝的帝／國特質。

三、孫可望乞封疆為王

南明諸王星羅棋布，分散各地〔註114〕，各地政權傾覆疾速，陳子龍曾針對弘光政權之不思進取，有感而發，其中便談到各地豪傑欲自立為王的情勢：

> 竊聞山東、河北，義旗雲集，咸拭目以望王師，朝廷晏然置之度外，何以收三齊技擊之雄，慰燕趙悲歌之士乎？臣恐天下知朝廷不足恃，不折而歸敵，則豪傑皆有自王之心矣。〔註115〕

「自王之心」的王霸論述，自然造成了將帥分治郡縣，割據一方，互不統屬之現象，以南明諸政權來說，此可以佔領大西南的軍閥孫可望為代表，孫氏轄有川、滇、黔，又有南明兵戎車馬，並接管張獻忠、李自成等流民軍，與另一位軍閥李定國平分西南勢力。孫可望於西南（雲南）封爵稱王，曾自曰：「吾據滇、黔，帝制有餘，於冊封何有？」〔註116〕認定自己不但超越天子冊封之權位，更是滇、黔

沐天波渡河並索禮物，至則脅令白衣，椎髻跣足，領諸海郡燹夷酋而拜。天波不得已從之，歸而泣曰：「井亘不用吾言，致有今日，國體何在？辱及吾祖。所以屈者，恐驚憂皇上耳。」以帝國為中心來面對羣蠻燹夷，自然會有「國體」淪喪之痛感。再如南明朝臣昌琦入緬甸境內所帶領之迎駕軍隊，為緬甸阻擋下來；昌琦泣諫曰：「臣無狀，不能宣威遠夷，使有輕朝廷心。」（《南明史》，頁2765），「宣威遠夷」仍可見南明顯露漢家天威、威加海內的中國思考。

〔註114〕 安宗即位，惠王常潤准住廣信，上言瓣壤嚴疆如江右，諸王星列棊布，何處再堪位置，情詞懇切。（《南明史》，頁1782）
〔註115〕 《陳子龍詩集・附錄二》，頁694。
〔註116〕 《南明史》，頁3061。

之「帝」，對於南明朝廷來說，孫氏之封疆自立，形成了一種「國中之國」〔註117〕的特殊現象。

  錢澄之有詩載孫可望封疆爲王事，〈端州雜詩〉其十三，云：

  春王朔未出關門，喜見滇南使叩閽。請附心知天命在，乞
  封名仰聖朝尊。孫可望自稱平東王，據有雲南，至是請附乞封。
  漢家故事需廷議，明主權宜有特恩。史記功臣多賜姓，何
  難破例與稱藩？可望請封，金堡諫阻，廷臣多泥祖制，以異姓不
  得封王爲辭。雲南古徼外西南夷所居，楚莊蹻西略王其地，號滇國，
  漢曰益州，武帝朝彩雲見南中，雲南之名始此。（頁255）

此詩寫於1649年（永曆三年）元旦，首聯言春天王朔（永曆）未出
宮殿、入朝班，來自滇南的使者已叩宮門，準備拜謁天子；頷聯謂使
者所欲傳達之使命，乃孫可望「請附乞封」，孫氏心知永曆爲天命所
在，承認其皇權，效命聖朝，卻也希望能夠在雲南郡受到乞封；「漢
家故事」指歷來「異姓諸侯」爲古制不得違反，金堡極力諫阻「引祖
制無異姓封王之典，連上七疏，力阻其請，下諸臣廷議。」〔註118〕
因孫可望非朱明之後，不得封王，但錢澄之認爲「明主權宜」，亦即
永曆帝可以因時制宜特別恩赦孫可望之封王，如《史記》記載分封異
姓諸侯般，不妨破例陳規，讓孫可望可以稱藩封王〔註119〕。

〔註117〕此處必須先承認「南明」有成爲「國」之可能，其詳細指涉、內涵、
   想像、建構、方式，可參上述「南國」一節，而孫可望於雲南郡封
   疆爲王（雖未成功），但自立爲王的霸權，乃基於南國之中的「帝
   制思考」，姑稱之爲「國中之國」。「國中之國」之概念，可參《南
   越國史》，頁97。

〔註118〕〈上政府滇封三議〉己丑五月，《藏山閣集》，頁404。

〔註119〕錢澄之贊成孫可望封王，自有其軍事謀略。大抵有三項重點。第一，
   賊號僭竊已久，徒爲虛名，此時若敕書獎勵孫可望出滇之功，錫王
   號，孫可望的對頭李定國、劉文秀本就不聽命於孫，反倒會更加踴
   躍地奉命永曆；第二，孫可望中軍馮雙禮，未受到請封，錢澄之建
   議把分封馮雙禮之疏由李定國、劉文秀上奏，再問孫可望是否應
   允，若然，李定國、劉文秀之於馮雙禮遂有「德」之恩惠，若否，
   則馮必怨孫，離間兩人，孤立孫可望，李定國、劉文秀、馮雙禮便
   在同一陣線，孫氏勢力既孤，必仰賴永曆帝，尊朝廷矣；第三，孫
   可望縱使掌握有官銜、封王、事權、王爵的權力，但仍是朝臣，需

　　一年後，朝廷仍未明確封孫可望爲王，但孫可望派遣使者覲見王朝，請永曆帝加錫封爵，〈沮封篇〉記載：胡執恭矯詔封孫可望秦王，已知不由朝命，可望遣使頻請，意在得秦。高必正入朝，呼其來使，以大義責之。

> 去夏遣使冊封滇，賊臣矯詔封使還。滇人請命求國號，廷
> 議可否將一年。國號擬上上未允，勛國將軍來朝天。將軍
> 入朝沮封議，舊主封者誰敢異？坐召滇使謁樓船，詞嚴義
> 正色凜然。自陳己罪犯京闕，「汝曹徒擾擾西南偏。聖恩赦我
> 寧有汝，與我同心報明主。本朝異姓無王爵，上違祖制誰
> 敢許？鞭弭纍纚足周旋，汝曹勿欺天子孱！」滇使叩頭唯
> 唯退，舉朝爭歎將軍賢。將軍此議眞不朽，滇人聞言能信
> 否？爲語使者復命歸，勿謂議出廷臣口。（頁298）

此詩寫於 1650 年（永曆四年）。「去夏」乃指 1649 年（永曆三年）夏天，如前所述此年春天孫可望欲封於雲南，消息傳到吳黨的陳邦傅，陳氏遂派遣胡執恭冊封孫可望，惟此冊封乃虛矯，永曆帝並不知情，故言「矯詔」，後孫可望知冊封不具實質之效，頻請使者覲朝永曆，請命國號，而此封王之廷議，從 1649 年（永曆三年）元旦到 1650 年（永曆四年）元旦，「將一年」卻未得到應許，此時勛國將軍高必正適朝天子，高將軍曾爲李自成部將，對自己在崇禎十七年陷京破城所造成的帝京淪陷，感到罪惡，因此他義正詞顏，正色凜然的指斥滇使，割據西南偏霸一隅，還不斷干擾軍政，若不是永曆朝接納叛軍，昭宗寬赦，曷能再有流民軍？故此應同其心志，報答聖上主恩，方爲要務，回顧本朝無異姓封爵之前例，這是祖制豈能違背，提醒滇使轉達孫可望莫欺孱弱的天子太甚，錢澄之最後提出看法，認爲將軍之論實乃不朽，但隨即撇清立場，認爲拒絕封爵爲高必正個人之見，並不是廷臣之論，此正與其〈上政府滇封三議〉之旨，立場一致。若相較錢澄之因時制宜，認爲異姓諸侯不妨封爵，瞿式耜則堅

聽令於內廷。此三議，乃錢澄之贊成封孫可望爲王之理由。詳參〈上政府滇封三議〉己丑五月，《藏山閣集》，頁 404-406。

持：「自古開創中興之主，未嘗不于同姓之封三致意者，所以篤親親之仁，而本支百世也。我國家大封同姓諸王，星列棋布，磐石之宗于斯爲盛。」（頁 102）忠勤受人翼戴者如靖江王，爲瞿式耜推薦受封，但前提仍是以「同姓」作爲分封之要件。錢、瞿二人對異姓是否封侯的態度，迥然有別，不可於爲無察。

第五節　民族的南方願景

一、以瞿式耜爲中心的討論

　　當南明帝／國以軍國的政權制度凌駕南方，或以南越王稱帝偏安，或以黨國權力分配優先於地方建設，或對少數民族所透顯出的帝王霸權，乃至封疆覬爵自立爲王，在在都表述出南明帝／國的國族觀念，此亦即「以國爲家」，先從「國」的實權建立爲訴求重點，「家」的安居落實反倒是其次，這其中的帝制邏輯（永曆朝廷）、黨國政治（吳楚黨爭）、南方國族（華夷區辨）相互交雜，形成一種「國族的南方帝國」之思維。

　　只是，來到南方（特別是大西南）的永曆朝，在無法確定光復中興的「時間表」，只能按部就班的開始規劃南方建設的「進度表」，從南土開創出在地的願景，期望共享一種深刻的，平等的同志愛〔註120〕，此乃「以家爲國」的地方思維。這種不以國族爲優越思考，而以民族爲平等的思考，誠如明遺民魏禧晚年的詩歌所說：「華夷各君臣，中外仍朋友。」〔註121〕就不是以國族來強加區分。而是屬於

─────────────

〔註120〕納迪克‧安德森（Benedict Anderson）依循人類學的主張，主張對民族作如下的界定：它是一種想像的政治共同體──並且，它是被想像爲本質上有限的（limited），同時也享有主權的共同體。民族被想像爲一個共同體，因爲儘管在每個民族內部可能存在普遍的不平等與剝削，民族總是被設想爲一種深刻的，平等的同志愛。（《想像的共同體：民族主義的起源與散佈》，頁11-12）

〔註121〕魏禧〈詠史詩和李咸齋〉，《魏叔子詩集》，《清代詩文集彙編》第92冊（上海：上海古籍出版社，2010年）卷四，頁782。

「以家為國」的民族願景，將南方塑造成一具有情感聯繫並與土地之間產生深刻互動的「地方感」〔註122〕。

在南明諸政權中，以永曆朝建立較久，於西南腹地亦有長時間之停駐，東南沿海雖有鄭成功之抗清起義，但鄭氏仍遙遵奉永曆為正朔；是以，西南境地較有可能成為一地方被經營與建設〔註123〕，如留守桂林的瞿式耜，其與桂林所映現出之「人與地」的情感、互動、建設、聯繫，可以說是透過「地方表達了面對世界態度的概念，強調的是主體性和經驗，而非冷酷無情的空間科學邏輯。」〔註124〕可資深索。

故此處論述將以永曆朝的瞿式耜為主軸，先宏觀他在奏疏中所記錄的當時西南邊境之歷史敘事與軍事動態，藉以理解人／地之間的互動，從其奏疏、書牘、詩歌中，留下大量有關南方、土地、地方、片土的文字敘述，深入的觀察遺民詩中的南方願景、規劃、建設，亦可用來對照上述錢澄之的「國族的南方帝國」。

二、邊境敘事與軍事動態

底下從瞿式耜於 1647 年（永曆元年）到 1650 年（永曆四年）的上疏，羅列其與永曆之間的君臣關係、當時西南的軍事情報、遷徙流動的境遇，讓荒域遐天的地理空間與南明的歷史敘事，可以更為清晰地呈現。

〔註122〕晚近有關人文主義地理學的研究，可供參考，其中 Tim Cresswell 著，徐苔玲、王志弘譯：《地方：記憶、想像與認同》（台北：群學，2006 年），頗具代表性。書中談到「地方」的概念與理論，以段義孚闡述「地方之愛」一詞，指涉了「人與地方的情感聯繫」，段氏並透過與空間的對比來定義地方。他發展出一種作為行動與移動之開放場域的空間意義，地方則是牽涉了暫停（stopping）和休憩，以及涉身其中。空間適合空間科學和經濟理性的抽象概念考察，地方則適於諸如「價值」（value）與「歸屬」（belonging）這類事項的討論。（《地方：記憶、想像與認同》，頁 35）

〔註123〕鄭成功 1661 年退守臺灣建立東都，後鄭氏父子於台灣之經營（1662-1683），亦可當作「地方」來論述，惟此論題與本文的研究起迄不符，茲附記於此，可做為日後參照。

〔註124〕《地方：記憶、想像與認同》，頁 34。

年　代	永曆帝流亡之地 瞿式耜留守之地	西南軍事動態
順治三年		瞿式耜立永明王由榔，乃迎王梧州，以十月十日監國肇慶。十二月望，大兵破廣州。王坤趣王西走。式耜趨赴王，王已越梧而西。
順治四年 永曆元年 〔註125〕	瞿式耜極陳桂林形勢，請留，不許。自請留守，許之。又請還桂林，王已許之，會武岡破，王由	正月，大兵破肇慶，逼梧州，王由平樂抵桂林。二月，王將走全州。大兵於三月薄桂林，焦璉與

〔註125〕根據永曆元年二月十三日所寫的〈留守需人疏〉記載，瞿式耜上疏永曆帝駐蹕桂林，時永曆帝「鑾輿幸楚」，瞿式耜求緩聖駕，當時各路調兵的軍力、楚中一帶也準備到廣西迎駕永曆，諫昭宗應以桂林為重，等到兵力齊全，「不惟西可保，而東尚可圖」，且「一面分路進兵先定平梧，仍將留守，情形不時飛報以慰勝懷」（頁54），永曆元年二月十八日寫的〈請駐全陽疏〉，請求永曆帝讓瞿式耜奉守桂林，瞿認為湖南、楚中諸侯各據，藩鎮掌權，以南京、閩中事為前車之鑑，故請永曆不宜「今移蹕者再四，每移一次則人心渙散一次」，上疏永曆應留守桂林，粵與楚為唇齒相依，桂林距湖南沅江聲息既近，「皇上斷宜駐全以雷粵也」，而「準臣仍駐桂林以終雷守之局」，永曆元年三月初二日，又發表〈省會無虞再赴行在疏〉，可以推知永曆帝仍未親臨桂林，瞿式耜正面對桂林守城之艱，所謂「此日正當極危極險，萬死一生之日，速催援師救此危疆矣。大兵既集省會無虞，臣自當亟赴行在。」（頁57）永曆元年三月十二日〈飛報首功疏〉記載焦璉身先士卒與護守桂林事；永曆元年三月二十一日的〈力辭勳爵疏〉、三月二十三日的〈辭督師敕命疏〉、三月二十四日的〈堅辭勳封疏〉，則宣示了瞿式耜以殷殷報國之心為重；永曆元年四月六日的〈西鎮兩次報捷疏〉則敘述江西潯州之勝功；永曆元年四月二十日〈雷守之擔難弛疏〉，其中「知皇上于十五日即已移蹕武崗」，可知永曆又流竄到武崗；六月初一日〈破敵大獲奇功疏〉記載馬允昌馬之驥父子、白貴、白玉等忠勇鎮將於桂林省城大獲奇功；七月二十一日〈陳謝疏〉：「仍祈返蹕全陽，左右東西皆可居中照管。一俟恢平蕩梧之後，臣等即躬迎御輦，隨駕蒼梧。」永曆帝之不居桂林、全陽，可知仍流亡在外；永曆元年九月初三的〈請移蹕桂林疏〉則亟陳「肇造西土，自此剿楚，奠粵恢江，右取閩淛，復兩京」、永曆元年十月初二日的〈請速幸桂林疏〉：「上意直以柳為居中之地耶，夫柳猺獞雜處，地脊民貧，此最偏僻之區，何謂居中抑或有以南慶為言，從臾皇上之遠幸耶？慶則壞鄰黔界，南則地逼交夷，皇上方將乘高扼要以為圖大之謀，寧有深入荒

	靖州走柳州，式耜復請還桂林。十一月梧州復破，王方在象州，欲走南寧。以大臣力爭，十二月還桂林。	瞿式耜奮戰，會廣陳邦彥等攻廣州，大兵引而東，桂林獲全。王聞捷，封式耜臨桂伯、璉新興伯。
	瞿式耜極陳桂林形勢，請留，不許。自請留守，許之。	
順治五年 永曆二年 〔註126〕	三月，時王駐南寧，式耜遣使慰三宮起居。閏三月，式耜請王還桂林，王從成棟請，將赴廣州。瞿式耜力爭之，乃駐肇慶。十一月，式耜以機會可乘，請王還桂林，不納。	南安郝永忠戰敗，奔入桂林，請王即夕西走。

敗僅思避地，而尚可以成大業者。臣等自夏徂秋，苦守一年，無非以桂林爲西省上游，形勝嵯峨，城郭堅固，確然興王根本之地，北規楚、東恢粵，惟此地爲適中。」以桂林爲固根之基，反對桂王偏寓柳州。

〔註126〕永曆二年十一月十五日，瞿式耜仍舊以桂林爲宏圖宅中之地，撰有〈請移蹕桂林疏〉；永曆二年十一月十七日〈不敢輕離西土疏〉，時衡陽已克復，瞿式耜再力求「恭候西幸，以信前詔」；永曆二年十二月初一，〈恢復大捷疏〉「并請聖駕速幸桂林，以圖大業事。」（頁77）；永曆二年三月初一，〈變起倉卒疏〉主要講述郝永忠催桂王移蹕西行，瞿式耜焦愁煩懣於「聖駕之亟于西行」而不願桂林君臣疆土，許諾「但皇上雖棄桂林，而臣尚必欲留桂林始終」（頁81）；永曆二年十一月初七〈請派餉疏〉請桂王編派糧食兵餉予桂林，並讚揚焦璉以封疆爲己志的節操；〈請移蹕桂林疏〉，先引用了桂王之奏，言永曆帝深知桂林險要圖大之格局，敕：「朕隨返蹕桂林，星駕湖南，直趨建業，展謁陵寢，志固未嘗須臾忘楚也。恐楚、粵諸勳鎮謂朕偏安東粵，緩圖中原，特敕卿等慎勿輕信。」指當時永曆帝還都肇慶，敕詔予瞿式耜將返蹕桂林，故式耜直言：「惟是今日之勝局，以必幸楚爲主；而幸楚以必西上爲主。……星駕六龍，入桂而後入楚，入楚而後規定中原。」（頁89）瞿式耜以桂林爲根基，謀取湖南再攻復中原，此其軍事戰略。永曆二年十一月十七〈不敢輕離西土疏〉亦以「八桂之控楚服」、「得保此殘土」、「且使江、楚、滇、黔，知根本尚自有人」而「不敢輕離西土一步也」。狀己殫守桂林之志。〈恢復大捷疏〉則勸諫桂王湖南一帶已功克，「皇上若不乘此機會，迅駕六龍，西幸出楚，據上游而規中原，恐時不再來；而各勳鎮戮力勤王之心，亟欲覲天顏而不可得，不幾大負其望乎？……毋狃于偏安，坐失事機，遂遜於漢光武、唐肅宗也。」（頁99-100）以偏安廣東肇慶而不圖恢復，將使各地勳鎮大失所望。

	瞿式耜在桂林，嘗曰：「臣與主上患難相隨，休戚與共，不同他臣。一切大政，自得與聞。」	
順治六年 永曆三年 〔註 127〕	肇慶	正月，時魁等逐朱天麟，不欲何吾騶爲首輔。未幾，騰蛟、聲桓、成棟相繼敗歿，國勢大危。

〔註 127〕永曆三年二月初三〈請優賢王之封疏〉：「臣自撫粵至今，五載于茲。……今臣留守之局既竣，臣將離此土矣。」（頁 103）表明了自己從順治二年避居廣東不仕唐王到順治六年（永曆三年）守衛桂林之志。永曆三年七月十五〈報臣孫入粵疏〉，寫瞿式耜之孫瞿昌文「間關海道，自浙而閩，由閩入粵，……得達桂林與臣一見，終遂其代父尋親之志也。」（頁 104）永曆三年九月具奏〈報中興機會疏〉，引用了錢謙益的手書一札：「西南幅員且半天下，……人之當局如弈棋然，楸枰小技，可以喻大。在今日有全著，有要著，有急著，善弈者視勢之所急而善救之。今之急著，即要著也；今之要著，即全著也。夫天下要害必爭之地，不過數四，中原根本自在江南。長、淮、汴京，莫非都會，則宜移楚南諸勳重兵全力以恢荊、襄，上扼漢沔，下撼武昌，大江以南在吾指顧之間。江南既定，財賦漸充，根本已固，然後移荊、汴之鋒掃清河朔。高皇帝定鼎金陵，大兵北指，庚申帝遁歸漢北，此已事之成效也。其次所謂要著者，兩粵東有庾關之固，北有洞庭之險，道通滇、黔，壤鄰巴蜀。……皇上則擇險固寬平富饒之地，若沅州或常德，爲駐蹕之所，居重馭輕，如指使臂。夫奕棋至于急著，則斜飛橫掠，苟可以救敗者無所不用。……但得一入長江，將處處必多響集；即未必盡爲佐命之偉勳，亦足以分虜之應接，疲虜之精神，使不能長驅直入。我得以完固根本，養精蓄銳，恢楚恢江，剋復京闕，天心既轉，人謀允臧。」（頁 105-106）永曆三年十一月初三〈糾罪鎮疏〉以胡執恭假傳聖旨，僞詔聖上冊封孫可望爲秦王，胡氏乃陳邦傳中軍，瞿式耜藉此疏希冀永曆帝明察陳邦傳年來舉動乖張、胡執恭僞詔冊封孫氏的罪愆（頁 108）；永曆三年十一月十八日〈述湖南近日情形疏〉則分析「虜勢雖合而實分，我師雖分而實合。」（頁 113）；〈請酬閫司勞績疏〉，請永曆帝「將李成龍實授正總兵，加都督同知，仍管廣西都使司事。」（頁 114）；〈恢復靖州疏〉以綏、靖當黔、粵之衝，王進才恢復靖州之功居多。（頁 116）；〈恢復永興耒陽疏〉以「今永、耒既得，則衡虜有旁牽之慮，而永陽之氣益孤，從此正兵出永，偏師出衡，皆有建瓴破竹之勢。」（頁 118）；〈賢王宜優異疏〉，奏請加封楚系的通山王蘊釪（頁 120）；永曆三年十一月二十二日〈請力破積習疏〉以內政紊亂互鬥起始，「區區兩粵，竟分畛域，東人自東，西官自西，一王之土，判若兩家，銓臣注選，彼此瞻顧，究同畫諾而已。」並以粵西官方之壞，「始于勳鎮邦傳之橫」，對照勳臣李成棟忠

桂林	
順治七年 永曆四年 〔註128〕	正月，南雄破。王懽，走梧州。	九月，全州破。開國公趙印選居桂林，衛國公胡一青守榕江，與寧遠伯王永祚懼不出兵，大兵遂入嚴關。十月，一青、永祚入桂林分餉，榕江無戍兵，大兵益深入。十一月五日，式耜檄印選出，不肯行，再趣之，則盡室逃。一青及武陵侯楊國棟、綏寧伯蒲纓、寧武伯馬養麟亦逃去。永祚迎降，城中無一兵。
	趙印選居桂林不出兵，王永祚迎降，城中無一兵。式耜端坐府中，家人亦散。俄總督張同敞至，誓偕死，乃相對飲酒。是夕，兩人秉燭危坐。黎明，數騎至。式耜曰：「吾兩人待死久矣。」	

謹之心。若不循禮法，「即使舊疆盡復，兩京盡恢，而官方賦稅不由銓計，一切用人行政，強藩盡得操之，則壞法亂紀之罪，臣等猶不能辭之也。」（頁121-122）；永曆三年十一月二十三日〈奉天大捷疏〉以下湖南奉天，寶慶即在指顧，楚事漸易圖矣。從此粵西之門戶既固，楚南之虜勢亦衰。（頁126）；〈馬進忠大捷疏〉稱馬進忠為諸勳之冠，恢常德、復武岡，戰功累累，軍聲大振。（頁127-128）；永曆三年十一月二十九日〈請以監軍御史藍亭巡按衡、永、長、寶疏〉以藍亭熟練楚事，與諸勳服習最久，借輕熟之長才，作恢復之勝算耳。（頁129）；〈特表危城各官疏〉薦永曆嘉勉沈閬中、邵之驊、鍾行旦、高遷、朱中困、朱朝祚等人積勞（頁131-132）；永曆三年十二月初一日〈楚南近日情形疏〉奉陳湖南永、衡、武、寶、綏、靖近日情形（頁132）；〈述各路塘報疏〉言湖南之事，正未可輕言底定也。（頁133）；〈恢復常寧疏〉，以「常寧既得，則衡城之腰脅已斷，刻刻有取衡之勢。」（頁138）；〈舉程源經理黔蜀疏〉中「由西蜀以定三秦，正建瓴之事也。」並推舉久事黔、蜀的程源為才望大臣（頁142）；〈請給標將敕印疏〉先明官職名器不可濫邀，林應昌、焦璉乃實有報效之功，故名實相符，而徐高、戚良勳、何騰蛟、堵胤錫等諸勳坐營標陣，實應掛印（頁143-144）。

〔註128〕 永曆四年二月初七日〈救劉湘客等五臣疏〉，以陳邦傳、嚴起恆與楚黨的五虎之政爭，營救五虎：劉湘客、袁彭年、丁時魁、蒙正發、金堡。（頁144-145）；永曆四年二月十三日〈再救五臣疏〉、永曆四年二月二十一日〈三救五臣疏〉營救五臣，此時輔臣嚴起恆偕瞿式耜力救之。並於疏中「伏乞皇上將臣先賜罷斥」（頁147）遂有其後之〈引咎乞罷疏〉，並在永曆四年七月、八月為其孫瞿昌文無法勝任翰林院檢討，上〈為孫辭館職疏〉（頁150-151）、〈再為孫辭館職疏〉（頁152）；永曆四年十一月二十八日〈臨難遺表〉為瞿式耜奏疏之殿，亦其四載以來護城守志，保全尺土之見證。（頁153-155）

以上不殫辭費，從 1646 年到 1650 年（永曆四年）觀察瞿式耜於西南的軍事策略，藉由奏疏可以進一步了解其與永曆帝之間的互動，並有助於我們理解他意圖在西南（地方）上的基礎建設與規劃。

三、地方建設與願景

瞿式耜有關南方之地方建設與擘畫願景，如下引各文類，先排比「奏疏」文字，如下：

1. 今天降禍孽，遭此慘變，總爲留守**地方**，擁護皇上，得罪忌己之人。……但皇上雖棄桂林，而臣尚必欲留守桂林始終，無非爭此**一塊土**以還祖宗，爭此一口氣以謝天下。若不克如願，臣惟有以身殉之而已。爲此瀝血哀籲，并陳不能扈駕之由，筆與淚俱，忘其唐突，罪當萬死。（永曆二年〈變起倉卒疏〉，頁 81）

2. 新興侯焦璉麾下戰兵萬餘，年來苦掙，**地方**得有今日，即此萬餘之部曲也。該勳以封疆爲性命，以百姓爲身家，念征繕之無從，遂簪珥之不惜。（永曆二年〈請派餉疏〉，頁 86）

3. 臣自撫粵至今，五載于茲，稔知賢王（按：指靖江王亨歅）之忠誼最悉，昨年攝禮部時，即擬代為陳情，會事變不果。今臣留守之局既竣，臣將離此土矣。（永曆三年〈請優賢王之封疏〉，頁 86）

4. 蒙皇上鑒臣樸忠，待罪綸扉，簡命留守，西陲片土，不至失陷腥羶。自丁亥迄今三載，固無日不抍一死，以報皇上，以守封疆。……臣不知有身，遑知有家？（永曆三年〈報臣孫入粵疏〉，頁 103）

5. 臣惟國家建設省會，則三司官總領之；建設府縣，則正佐等官分任之；而皆稱爲守土之吏。所謂責任，**地方存與共存，亡與共亡者也**。（永曆三年〈特表危城各官疏〉，頁 131）

6. 弟初以永、祁遺孽不難勦除，豈意恭酋又帶生虜復來，而馬養麟、李一魁等，各擁兵無故先退，搖動人心。當

地方平靜之日，遍行騷擾，一聞虜息，俱望風而奔，此
等鎮將兵馬，豈不大誤封疆？(永曆三年〈述各路塘報疏〉，
頁 133-134)

7. 然臣自守粵以來，從未爲地方人才一爲表章，從未爲有
功士紳一爲敘擢，此實臣心敕敕未安之事也。(永曆三年
〈表急公紳士疏〉，頁 138)

8. 據樞臣程源疏薦謂本官威攝漢、夷，恩感苗、仲，請恩
掛印，以服僚、傜。在樞臣不過從地方起見，非有私心。
(永曆三年〈察奏謝國恩疏〉，頁 141)

9. 奏爲黔、蜀經理宜急，特請簡用才望大臣，以恢西北之
疆圉，以成一統之大業事。(永曆三年〈舉程源經理黔蜀疏〉，
頁 142)

10. 當年擁戴，一片初心，惟以國統繼絕之關，繫乎一線。
不揣力綿，妄舉大事，四載以來，雖未瞖有寸功，庶幾
保全尺土。(永曆四年〈臨難遺表〉，頁 154)

奏述部份，環繞於對「地方」（西南）之闡釋，重點有四：第一，桂
林已是最後一塊土，呼籲永曆帝切莫隨意奔竄，拋棄此淨土；第
二，桂林（西南）是軍事將領用碧血丹心所開闢出來的封疆，一塊
可以讓軍民暫時安居其中的「地方」；第三，由於此處是以百姓爲身
家之「地方」，瞿式耜便苦心經營此地，無日不拚一死，把這裡當做
復興中原的最後一綫，將國家建設之重責大任，放回到地方上的「守
土之吏」，可說是「以家爲國」的政策思維；第四，以「地方」之建
設、發展，爲首要考量，超越了不同種族之間的界限與隔閡，不以漢
人爲中心思維，侵凌西南之夷，而是以恩惠感化苗、仲、僚、傜等邊
境民族。

另外書牘部份，如：

1. 吾自十一月十三日上桂林省城復任，原奉守敕著照舊巡
撫，意謂可以做一年半載，亦將粵西地方整頓一番。……
巡撫一官關係地方，吾脫得此擔儘自逍遙，但吾自遭患
難以來，宦興久以索然。(〈丙戌九月二十日書寄〉，頁 251)

2. 吾留守桂林兩年于茲，吃盡苦，費盡心，亦只保得**地方**不淪腥穢耳。寇賊之淫擄殺戮，烏能禁之？以天子之尊而不敢一觸其兇威，脅之東則東，脅之西則西。彼時時以甲申燕京之事橫在胸中，目中且無共主，又何有大僚？今年二月廿二之奇劫、奇慘，眞古來史書中所不經見者，吾重在社稷、在封疆，心憤舉朝共棄會城，偏欲以一人守之。今仰仗天地祖宗之靈，興、全片壤可以恢復，雖楚督師何公之力居多，而絕處逢生、無中變有，于人民竄盡之日，轉輸糧餉以果三軍之腹，恐非留守老臣在**此地**，不知何如矣！(《戊子又三月廿九日書》，頁263)

3. 只是目前局面（總不過「欺善怕惡」四字），凡勳鎮之強梁跋扈者，則奉之惟恐不及，而留守、閣臣與地方撫、按，直視爲可有可無。我死掙得來之**地方**，徒以供他人享用，且反欲奪其事權，直舉朝皆病狂喪心之徒矣！……吾自丙戌之冬，擁立今皇上，辛苦兩年，只保得一塊粵西，究竟是我開府之地（到底不至走作）。(《戊子九月書寄》，頁264)

4. 吾之留守桂林，不止要照管東西，通何督師之氣脈，亦爲東邊用人行政，惟知奉承薙髮之人，全不顧朝綱清議，太看不得。與之同流合污既不能，終日爭嚷又不耐，反不如身居局外，（即有差處，不得粘到我身上，）猶得清清白白做一人也。若論功來，以擁戴元臣，而又苦掙得粵西一省，爲**中興根本之地**，即如此歸，亦無憾于衷矣！
(《戊子九月又書寄》，頁266)

5. 汝（按：指瞿式耜之孫瞿昌文）到平樂、昭平，必聞省中近耗，將無又起驚疑，而不知此虛驚不必疑也。虜雖踞全，而其勢頗弱，滇兵儘足辦之。……昨**地方**雖偶爾遭殃，嗣此或無他慮矣。吾身爲留守督師不能擴土恢疆，早奏中興之績，而終年終月，日惟調停主客，倪仰勳鎮，究竟**地方**不得免于傷殘，吾亦何顏復任此局？(《己丑六月初二日再付昌文》，頁270)

較諸奏疏之義正嚴詞，書牘部份則屬私領域之寄贈對象，文字情感上顯得坦率直露；像是針對「地方」之建設，書牘反映了當時「勳鎮」之跋扈與強梁，致使地方上的建設與凝聚，無預期中的理想，更直言：「直舉朝皆病狂喪心之徒」。

最後，則有詩歌表述「地方」感，如：

一刻清涼眞**淨土**，憺然相對欲忘歸。（〈昭州郡守梁君襄明邀余大士庵看竹，庵故詮部唐公別業，涼風習習，竟忘身之在炎方也。即席賦贈二首，以紀其遊〉之一，頁206）

憖留**樂土**供閑賞，願乞餘年伴懶殘。（〈昭州郡守梁君襄明邀余大士庵看竹，庵故詮部唐公別業，涼風習習，竟忘身之在炎方也。即席賦贈二首，以紀其遊〉之一，頁207）

末劫幸雷茲**淨土**，何當披髮早皈空。（〈丙戌夏六月，余以得代請告，候朝命梧江。念丁光三、鄭大野，相別數月，爰以扁舟過端州訪之，二公喜出意表，布席閱江樓。次日，攜尊訂遊七星巖，適曹石帆憲副亦至，同遊攬勝，得未曾有。歸舟口占數律以紀其事。閱江樓則別有述也〉之一，頁207）

遐**方**遠勝江南**地**，達者爭看處士星。（〈八月廿三日端州郡伯朱子暇邀同林六長、方密之、徐巢友遊七星巖，密之以佳什見投，依韻奉次〉之三，頁212）

直指**此地**又三載，刀鋒箭簇君不改。君有詩人手，又有諫臣骨。揮手作詩見君心，剖心上可灑日月。此地陽朔酒，耳熱堪十斗。（〈短歌贈吳鑑在〉，頁231）

從奏疏、書牘、詩歌所排比出來的資料，可以清楚看到瞿式耜乃將桂林當作一塊土、地方、此土、片土的地方來經營，先固守於此地不輕易撤退，再鼓勵將領北伐封疆，並重視守土之吏的德行，需將地方上的存續，視爲至要之責，同時也表彰當地的有功士紳，認知到巡撫官職與當地最爲密切相繫，因此建議黔、蜀應簡用才望大臣，拔擢賢能，這些對地方的建設與培育，他謙稱「不過從**地方**起見，非有私

心。」這可說是讓「地方」成為一種政治象徵，誠如哈維（David Harvey）所論述：

> 提供救贖希望的唯一政治願景，就是奠基於認識地方、根著於地方、獻身於地方，以及再神聖化地方之上。（1996：302）〔註129〕

故此，建設南土之桂林，都是著眼於地方的基層建設，力圖扎根南方的「中興根本之地」，復明始能有再現之日。再如〈臘月廿五日雨雪初霽，偕方密之、朱子暇、姚以式同遊靖邸梅亭，酒罷復叩王燕，即席紀事，得三十韻〉一詩，亦透顯出其中的「地方感」：

> 烽息城依舊，春來景再新。探梅淹積雨，融雪趁良辰。謝屐欣初試，梁園幸托隣。攜尊偕素友，屏騎且綸巾。步屧循山麓，聽歌隔水濱。殘英飄綺戶，落瓣砌花茵。隊舞戎裝炫，庭懸樂部勻。夕陽移小幔，清沼覘微鱗。飛盞酬欣賞，排肩縱主賓。小伶翻雜譜，垂手旋輕身。薄醉將歸走，賢王促召頻。燒燈過複道，簇仗擁車輪。美奐新成構，芳筵已盛陳。賓朋叨預宴，少長盡趨塵。蠟燭吹烟煖，笙歌逼坐親。傳觴周小戶，奏伎絕羣倫。撤席方移玉，當階又放春。琪枝搖檻陛，火樹照城闉。伐鼓喧聲沸，看花賀采均。來遊真泮渙，罷宴尚逡巡。緬溯兵烽日，空餘子影民。王宮徒鞠草，行殿久埋榛。何意荒涼地，重逢佳麗晨。廓清殊迅速，生聚好艱辛。紓策羣賢苦，傷心一老貧。衣冠多暚就，風雅起沉淪。興劇清游慣，時乘勝賞因。逢場原是假，行樂卻為真。玳管爭擷藻，蟲音亦效顰。要知今日會，強半再來人！（頁219）

此詩寫於1648年（永曆二年）農曆十二月二十五日，時永曆帝已還都肇慶，瞿式耜留守桂林，與方密之、朱子暇、姚以式等人同遊，聚會後眾人感及王謝堂前燕之今昔對照，即席紀事，首句到第四十四句描述聚會時節，乃在冬去春來，梅開融雪之際，遊賞地點則在山麓水

〔註129〕《地方：記憶、想像與認同》，頁100。

濱、殘英落瓣，沿路上步履輕移、歌舞隨伺在側、樂音曼妙悅耳，直
到夕陽西垂、庭院沼澤魚麟跳動，眾人回府開始晚上的筵會，盛陳佳
餚的筵席，燭火燈光玉煙吹煖，照耀通明，醉觴起落，觥籌交錯，歌
妓樂舞迤邐其中，旖旎聲色，忽然鼓聲沸騰，來遊眾人逐逯巡城池，
詩人此處仍在私領域的聚會中，掛記著黎民百姓，回溯過往烽煙肆
起，無辜的蒼生容顏與孤單的寂寥身影，王宮宗室與行朝宮殿淪夷爲
荒煙鞠草。而第四十五句到第四十八句，則闡述桂林乃一荒涼地，是
一處相對故土而陌生的異域，但眾人聚集糾合於此地，準備迎接明朝
佳秀清麗的晨光，瞿式耜並宣稱肅清當地紛擾與鬥爭，進度尙稱迅
速，惟「生聚」起業之困難艱辛，洵屬不易；由此，可推知瞿式耜有
意識地要在桂林增殖人口，積蓄財富，教以忠義之行，訓練作戰之
法，儼然要從「地方」之基礎建設爲起始，將桂林打造成南明遺民心
中一處可以肯定自身生活方式的觀點，進而對「地方」產生政治上的
認同〔註130〕。

　　我們可以說，瞿式耜這種緣於地緣所引發出的「地方」之認同
觀念，游移在北方故土／南方異域之中，顯現其難以二分的認同情
境；離散文學中有「根」與「路」的論述，前者爲故鄉、過去、記
憶，後者爲離散之地、未來、不可知〔註131〕；瞿式耜的家國觀念，
可謂兩者兼具，意即他精神原鄉乃在江南，此爲其根；來到南土的
未來際遇，此爲「路」，他雖不免有淪喪異域，恐終老於死的恐懼與

〔註130〕就第四章所述，瞿式耜對於南方疆域的認同觀念乃：「身心輟輜的
　　　　認同」；這是指膺任邊防重責的瞿式耜，一方面得先對「茲地」
　　　　逐漸認同，凝聚「地方感」，但同時又在異域空間對記憶中的鄉
　　　　愁之召喚，不斷給予回應與回憶，以致於在身／心層面上，對南
　　　　方的「認同」，呈現出兩方之拉扯、輟輜、矛盾、徘徊、猶疑的動
　　　　態歷程。但從這裡的論述看來，瞿式耜對南方的建設是有初步的
　　　　規劃與設想，仍不能抹煞其「地方感」，如果桂林城沒有潰敗的如
　　　　此迅速，傾覆得出乎意料，或者南方（地方）願景可以被完成、實
　　　　踐。
〔註131〕李有成編：《離散與家國想像》導論部分。

悲嘆，然較諸多數南明遺民對南方異域的拒斥與歧見，瞿式耜有著對現實妥協的認知，縱使「生聚好艱辛」，仍舊嘗試從「地方」（桂林）──「離散之地」──作爲他開展未來的光復中興之路，對「地方」基層建設，打造南方願景，縱使身／心轉輾，仍在此地產生「認同感」。以歷史發展來看，瞿式耜的南方擘畫與經營，雖未獲永曆朝充分地支持，加上桂林於 1650 年（永曆四年；順治七年）即爲清軍攻克淪陷，長耕於此地從 1645-1650 近六年（順治二年十一月十三日至順治七年閏十一月十七日）的苦心，成效與結果看似徒勞與白費，惟其努力掙取、意圖扎根地方的南方論述，這其中所顯露出之「民族的南方願景」是彌足珍貴的，應給予肯定與重視。

小　結

　　南明，在歷史上與清朝抗衡了近二十年（1644-1662），偏安南方的南明，由於政權分治、地緣政治，致使政權分散與各擁其主之現象，儼然在南方形成了一個與北方相對立的「國」。此處之「國」與近現代的國家定義雖不完全符契，但南明遺民詩中的「南國」，基於各諸王尊奉華夷對立的民族旗幟，且掌控有南方的疆界領土，並使用相同的語言，已然具備若干條件。事實上，南明在不到二十年間即滅亡，或許其國祚能夠延長的話，對南方的創設、地方的願景、甚至帝國的建立，也不無可能。基於這樣的特殊背景與時空環境，南明遺民詩中即大量出現了「南國」辭彙。大體說來，此處的「南國」有多重指涉，或特指江南、閩南、兩粵（領土）；或表述行朝所在（政權）；或復興圖謀之根基（象徵）；或存留漢家衣冠之地（文化），不但可實指其空間方位與地理位置，亦可用來表示抽象的民族情感與精神空間。順著這樣的思考脈絡，我們必須先理解「南國」在歷史語境之中的指涉範圍，到了明清之際如何被沿襲與轉化？南明遺民詩中使用「南國」辭彙之動機爲何？又依據怎樣的方式而建

構出了這種「南國想像」？

　　從實際分析可以得知，南明遺民詩承傳與並開展了《詩經》、《楚辭》中的「南國」語境。就《詩經》而言，南明遺民詩繼承其南方諸侯王國的象徵，又開展出如「車攻」的中興意義；就《楚辭》而言，繼承其南方佳人／美人的追慕求索，暗示對明朝的懷念與傷悼，同時也顯現出「佳麗徵南國」之歷史動盪與時代滄桑。並由此為基礎，拓展出領土、行在、中興基地、漢家衣冠等文化意義。其中值得注意的是「南國」所承具的正統命脈之文化意義，可與班納迪克‧安德森（Benedict Anderson）「想像的共同體」之概念相互參照，南方建立之「南國」毋寧是一種藉由「民族」（中華民族）所形塑出來的家國版圖，凝聚了江南（福王）、浙東（魯王）、閩北（唐王）、兩粵（桂王）之不同地域所在的政權，藉由這個「想像的共同體」，建構出了「南國」。那麼，此一概念如何成立、建構？筆者認為其建構「南國」之方式有二：平行的想像、垂直的想像。

　　以「平行的想像」來說，南明遺民以「清軍入侵的外患」、「流民起事的內憂」、「華／夷之辨的激化」等內憂外患，並藉由「民族」血緣立場，意圖將南方勢力凝結在一起，指向共同的敵人，這個跨越地域與政權的「想像共同體」可以說是南明遺民在 1644-1662 抗清中興的象徵，此為「平行的想像」。

　　以「垂直的想像」來說，「南國」之建構不僅考慮到當下的內憂外患之現實處境，亦須從歷史文化上的正統來尋求支援，「垂直的想像」便由此而發生，進一步檢視與「南國」有關之上下文脈絡，可以發覺，「南明」與永嘉之難的東晉／南朝、安史之亂的唐代、靖康之亂的南宋，均有外族入侵致使中土淪陷，王室流離，正朔南移的共同際遇，南明與此正具有相似的歷史情境。因此，以「東晉／南朝」、「唐代」、「南宋」為中介，想像出了「南國」，藉由這三個歷史鏡像，迴映出當下自身之處境，一方面強調南明為文化正統之承續，一方面凸顯了建構「南國」的可能徑路。綜合上述，我們可以論證：

南明遺民透過「民族」凝聚內部的分散政權與整合南方的資源，此乃「平行的想像」；藉由「歷史」尋求血緣族裔的支持與正統文化的根源，此乃「垂直的想像」；透過這兩種「想像」的方式，時空交錯，經緯交織，「南國」作為一想像的共同體，遂能於焉彰顯、成立。

最後，我們則思辨南明對於家／國的論述。來到南方，或「以國為家」的黨政派系，或「以家為國」的地方安居，正呈顯了兩種可資對照的家／國思維。本章分別以錢澄之、瞿式耜為分析個案，探討此問題。

以錢澄之來說，其詩中呈顯了「國族的南方帝國」此一議題。以南明永曆帝與大西南的邊境互動為線索，帝制邏輯對待邊境民族所呈顯出「帝國／邊境」之迹痕。遺民詩中的「南越王」是詩人用來勸諫永曆帝莫以南越王自居，偏霸南雄，不圖北伐進取的歷史典故。再次，永曆廷的吳、楚黨爭，形成西南方「以國為家」的權力競奪與派系傾軋。最後，則更有勳鎮邀功晉爵，將領獨霸一方，如孫可望於危疆封爵，自立為王的案例。這其中的帝制邏輯（永曆朝廷）、黨國政治（吳楚黨爭）、南方國族（華夷區辨）相互交雜，形成一種「國族的南方帝國」之思維。凡此，均呈現了南明遺民詩中對於「國族的南方帝國」之制度、軍閥、藩鎮、黨爭、邊境、國體、南夷、民族的多重顯示。

以瞿式耜來說，討論「民族的南方願景」此一論點。如果說上述南明帝／國的國族觀念與權臣割據乃「以國為家」，瞿式耜則不以國族為優越的思考，而是以「民族」為平等同理的立場，屬於「以家為國」的民族願景，將南方塑造成一具有情感聯繫並與土地之間產生深刻互動的「地方感」，從其奏疏、書牘、詩歌中，留下大量有關南方、土地、地方、此地、片土的文字敘述，體現了他與桂林所映現之「人與地」的情感、互動、建設、聯繫，並嘗試積極努力開展南方的建設與願景，瞿式耜以西南地緣為「地方」之思考，誠可用來對照上述錢澄之的「國族的南方帝國」。

第六章 結 論

　　天崩地坼，神州陸沉，輿圖換蕘之際，明末清初的「南方」是一處充滿辯證性意義的空間／地方，李惠儀教授曾指出：

> 隨著朝代更替，區域性的變化也跟著產生，北方由於農民起義與清軍屠殺更加荒蕪；明朝的危機看似更加不可取消且恢復秩序是更加迫切的事務。清初政府中的漢人看來是北人較佔優勢。……在南方、西方與東南沿岸省份抵抗則持續增長。加上大多數著名的遺風來自南方，特別是江南與浙江；相當的數量來自安徽、福建、廣東、湖南。……遺民網絡看似擁有一個明確的地域性身分，使用遺民文化的學者擴大了「地方自豪感」，毫無疑問的提供了地方分權的印象。〔註1〕

隨著南明政權一路向南的不斷遷徙、流亡、播遷，造成了境內遺民大規模的往南方「移民」，南明遺民進出南／北空間上的身體行動與疆界挪移，促使南方疆域與南方遺民形成一種人與地之間的遇合、對話、詮釋。空間離境不是一個靜止、固著的現象；相反的，離境是在不斷的流動。到了南方邊緣的遺民，以不得不然的離心選擇，從熟悉的江南，流離至八荒之域的閩南、嶺南、滇南，於天南一綫之中存續

〔註 1〕 Wai-yee Li, "Introduction" In *Trauma and Transcendence in Early Qing Literatur*. Ed.Wilt L. Idema, Wai-yee Li, and Ellen Widmer. Cambridge, Mass.: Harvard University Asia Center, 2006, p.5-6。引文為筆者暫譯。

南明正朔與復明興望，面對政權／疆域／境界／國族／身分／認同／屬性的繆轕複雜與反覆拉扯，遭逢巨變的遺民身心，為了避免「仁義充塞而至於率獸食人」的亡天下，以個體微小的生命勇敢面對江山易主的世變定局，對抗世變的無情打擊，他們梯山橫海，梯山棧谷，涉風災鬼難之域，飽受炎霜與寒暑，甚至往窮海南溟之鯨波鼉島找尋可以繫九鼎於一絲之地，冀能於絕島存留正朔，其心志、精神寔撼動天地，鬼神感泣。而這其中更難能可貴的，還在於南明遺民如何面對改朝換代後，精神創傷的撕裂記憶，進行重建與彌縫，賡續堅定不移的心志，抗明殉節者，如夏完淳、陳子龍、祁彪佳；堅定復明者（此特指南明抗清時期），如張煌言、瞿式耜、徐孚遠、錢澄之、屈大均；晚年懺悔贖罪者，如錢謙益；乞師鄰國（安南、日本）後播儒學於東亞者，如朱舜水；終身不仕二朝，著書立言者，如黃宗羲、顧炎武、王夫之；心懷故朝，卻不強加限制子孫應試清廷之舉者，如有風流遺民之稱的冒襄。南明遺民面對外在困境的摧殘與人心反覆叵測的猜忌之中，拒絕一次次的名利欲望之誘惑，承受一次次的身心挫折之考驗，接受一次次的政權翻覆之輪替，走過崇山峻嶺、越過驚濤駭浪、通過生命幽谷，每一次抱著僅有的希望，卻又都換來無限的絕望與落寞，不奢望知音索解，身心折磨的試煉摧殘與終究無能回天的憾恨，都化成了滿腔忠義之志，回敬無情天地。誠如黃宗羲〈兵部左侍郎蒼水張公墓誌銘〉：

> 語曰：「慷慨赴死易，從容就義難。」所謂慷慨、從容者，非以一身較遲速也。扶危定傾之心，吾身一日可以未死，吾力一絲有所未盡，不容便已。古今成敗利鈍有盡，而此不容已者，長留於天地之間。愚公移山，精衛填海，常人藐為說鈴，聖賢指為血路也。是故知其不可而不為，即非從容矣。〔註2〕

死有輕於鴻毛亦能重如泰山，南明遺民殉國死節者，以生命換取志

〔註2〕《黃宗羲全集》第十冊（杭州：浙江古籍出版社，2005 年），頁288-289。

節，就貪生怕死的人之常情來看，基本上其忠君報國的死節與忠義
是受到肯定的；不過黃宗羲此處卻認爲「慷慨赴死」，一死了之固然
能夠保存大節，但若相較於明亡後倖存下來的遺民來說，活著的遺
民以愚公移山、精衛塡海的匡世精神，爲了扶危定傾，拯濟崩壞之
世，誓志不移，在荊棘榛林中匍匐前進，濺血開路，縱使肉身成道，
在所不惜與不悔，活下來所面對的考驗更爲嚴苛與艱辛，存活下來
的付出、努力、犧牲之過程，所考驗的是更堅強的人性，所需要的
是比「慷慨赴死」更巨大的力量，這是黃宗羲體認到的知其不可爲
而爲之的「從容就義」，不以成敗論英雄，遺民之志的精神、勇氣、
實踐、堅持、努力，與天地相應共振，爲宇宙繼起之生命，郭曾炘
（1855-1928）《雜題國朝諸名家詩集後》如是說道：

> 字字流從肺腑眞，乾坤淸氣幾遺民。更生別具千秋眼，前
> 數寧人後野人。明季遺民能詩者至多，皆宇宙不可磨滅文字，當
> 求其安身立命所在，不當僅於格調字句間第其優劣。〔註3〕

直以「宇宙不可磨滅文字」來定位遺民詩，坦然面對「命」之不可移，
而積極創造「運」的無限可能，若從詩學論述來看，則不能單從傳統
格律、字句來論其高下，而必須就其中所鎔鑄的生命意義與存在眞
理，進行思辨與探索，其演繹生命之豐富過程，已足以震感天地，撼
動人心。

第一節　二元對立的結構與襯補

英國文豪狄更斯（Charles Dickens）以法國大革命爲時代背景所
撰之名著《雙城記》開場之引言，提到：

> 那是最好的時代，也是最惡劣的時代；是智慧的時代，也
> 是愚蠢的時代；是信仰的時代，也是懷疑的時代；是光明
> 的季節，也是黑暗的季節；是充滿希望的春天，也是使人
> 絕望的冬天；我們的前途充滿了一切，但什麼也沒有；我

〔註 3〕《清詩紀事・明遺民卷》，頁 436。

們一直走向天堂，也一直走向地獄。〔註4〕

雙城記中的此段話頗適合用來詮釋與理解南明文學之整體輪廓。此處筆者將試圖論證南明文學／歷史的主要特徵，乃在於具有二元對立之結構型態。第一，南明／清初紀年問題。第二，遺民與貳臣。第三，盛／衰。第四，亡國之音論與天地元氣說。第五，變動的空間與安居的地方。這五點的對立趨向與二元結構至爲明顯，表面上看來，像是選擇了某一方，也就是不贊成另一方，但若將這二元結構同時並列，卻可以發現，與其說他們是互相排斥、彼此對立的，毋寧說是一種藉由此方論定彼方，兩者之間相互定義，彼此映照的闡釋架構。於是，以南明來省思清初之正統；以遺民來同情的理解貳臣之抉擇；以陽九之厄來期待貞下起元、否極泰來之日；以亡國之音來激勵天地元氣之價值；以變動的空間來表達對安居於地方的渴望。由此，表面上是二元對立，實質上卻是一體兩面，互相映照、襯補、迴視，可以彼此聯繫、呼應、映證，藉由論述某一方，同時也詮釋與定義了另一方。底下分述之。

一、南明／清初

我們所認知中的明末清初是一個變動的世代，滿清進入中原，改朝換代後新舊觀念的輻輳、異族文化的刺激，促使知識份子反省晚明詩風與世運，重建儒家的精神價值。黃俊傑先生認爲，儒家的知識份子面臨世變中的轉型，「遺民儒學」的精神正是儒學傳統中特見精神的組成部分，其云：

> 正因爲儒家之「道」皆主於經世、淑世、救世，所以在東
> 亞歷史上政治權力變遷之時，如中國的春秋戰國時代、秦
> 末漢初、魏晉南北朝、隋末唐初、唐末五代、宋元之際、
> 明末清初、清末民初等，日本的德川（1600-1868）初期、
> 幕末維新時期、朝鮮朝（1392-1910）末期西方文化東漸之

〔註4〕狄更斯著，齊霞飛譯：《雙城記》（台北：志文出版社，1984年），頁19。

際，以及一八九五年臺灣割讓日本之際等時期，都是儒學
價值理念備受考驗之時。在歷史扉頁翻動、政權轉移之際，
儒學的「道」常在抱道守貞的儒者身上獲得淋漓盡致的展
現。〔註5〕

明朝養士三百年，卻遭罹天崩地坼之時代變局，黃宗羲即針對科舉取
士制度，提出反省，其〈腳氣詩十首〉之十：

儒家有堂奧，牛毛不足譬。冥契苟未深，出語即乖戾。凡
子張空虛，良楛亂市肆。土砅點四書，朱陸急同異。近來
學人少，誰何識真偽。遂以科舉學，劫人之聽視。括帖上
下文，原無真實義。推之入理窟，塗車可略地。有明三百
年，人物多顜頜。何怪時厭薄，艱難得委質。此曹愈紛紜，
棄婦等標致。〔註6〕

博雅知識的學人已少，爲了求取功名科舉應試者漸多，士子學習「括
帖上下文，原無真實義」，失去了內蘊厚實的學問基底，以致有明三
百年應試的士人憔悴疲憊，這可說是黃宗羲在明亡後對明朝制度的一
個反省與批判。

　　本論文所指涉的南明起迄乃 1644-1662，此際正是清代順治、康
熙年號，也就是說清初與南明在歷史上是並置而論的。如溫睿臨雖
然以清人的身分重構南明史，但對於南明抗清運動和曾經參與其事
的歷史人物，卻仍保持著一種諒解和同情的態度。例如，在因「避
本朝」而於體例上以「紀略」代替傳統正史記載帝皇事蹟的「本紀」，
復指出南明諸政權「勢不及北」，認爲他們嚴格上「不成朝」的同時，
作者也採用了一種同情明遺民的歷史移情（historical empathy）書寫
手法，尊稱南明的君主爲「皇帝」，並在敘事過程中，大膽地使用了
南明君主的年號紀年〔註7〕。到了徐乾學、徐元文或彭孫遹等漢族士

〔註5〕黃俊傑：〈論東亞遺民儒者的兩個兩難式〉，《臺灣東亞文明研究學
　　　刊》第3卷第1期（總第5期），2006年6月，頁63。
〔註6〕《黃宗羲全集》第十一冊（浙江古籍出版社），頁338。
〔註7〕參考自陳永明：〈從「爲故國存信史」到「爲萬世植綱常」：清初的

人，則是暗地裏透過對南明忠臣抗清的肯定，間接地確認了南明政權的合法性，而將南明諸王的事蹟置於本紀的附錄，根據陳永明的分析，可以顯示出清初的南明諸政權，從帝王（本紀）到諸王（列傳）的地位降遷與清帝立場，其云：

> 對於館臣請爲南明忠臣寫傳，繫南明諸王傳於本紀附錄，不把他們的政權視作僭僞等建議，康熙皇帝最初是同意的，惟當康熙五十年發生了「《南山集》案」後，他開始意識到，漢族士子建議把南明諸王傳放在本紀附錄，實有暗寓明、清之際，正統歸南明之嫌的時候，便毫不猶豫的推翻了自己先前的承諾。最終，南明諸王的傳記並沒有放在定稿本《明史》的〈本紀〉附錄中，而只是極其簡略地分置於他們各自所屬的〈諸王列傳〉裏。〔註8〕

這也就是說，在清初的南明史書寫中，南明與清初的紀年是同時並行的〔註9〕。如果相較清初官修明史的遮掩立場，戴名世的發言則是肯定南明帝王的政權、封疆、政教：

> 昔者宋之亡也，區區海島一隅，僅如彈丸黑子，不踰時而又已滅亡，而史猶得以備書其事。今以弘光之帝南京，隆武之帝閩粵，永曆之帝西粵、帝滇黔，地方數千里，首尾十七八年，揆以春秋之義，豈遽不如昭烈之在蜀，帝昺之在崖州。〔註10〕

以三國鼎立時，蜀漢昭烈帝入西蜀；以崖山海戰的南宋帝趙昺作爲中國存續之一綫；是以，南明諸政權不但可以封王，更可以視爲「帝」，如同三國西蜀劉備、南宋崖山趙昺，因此與其掩蓋、貶低、抹煞南明的歷史地位，毋寧讓南明弘光、隆武、永曆、魯王與清初順

南明史書寫〉，《清代前期的政治認同與歷史書寫》（上海：上海古籍出版社，2011 年），頁 122-123。

〔註 8〕陳永明：〈從「爲故國存信史」到「爲萬世植綱常」：清初的南明史書寫〉，《清代前期的政治認同與歷史書寫》，頁 131-132。

〔註 9〕可參第一章對南明「帝」究竟放於「本紀」，還是「諸王列傳」的討論。

〔註10〕《戴名世集》（台北：文海出版社，1988 年），頁 419-420。

治、康熙年號同時並論，承認其在同一時空中與清初呈現一平行的歷史進程。

二、前朝遺民／新朝貳臣

南明遺民是變遷時代中被拋擲在世界之中的倖存者、生存者、見證者，他們之中或殺身成仁，如陳子龍、夏允彝、夏完淳、吳應箕、瞿式耜；或終身不仕，如顧炎武、黃宗羲、冒襄；或飄零異域，如朱舜水；或橫山梯海，如迷航之旅的徐孚遠；或暗中陰助復明運動，如方以智、張煌言、徐孚遠、錢澄之、陳恭尹；或降清反正，如錢謙益。大致說來，遺民與貳臣之身分判然有別，每個人的抉擇與考量也會因為當時面臨的不同情境，而有相異的取決與走向，在新舊交接的過度期間，往往是考驗人心的關鍵時刻，如陳、夏、吳、瞿等人忠心明室，其志動天撼地，將儒家「死，重於泰山」之道義倫理，演繹出令人肅然起敬、淋漓盡致的行動。

反觀「貳臣」，只要被貼上這層標籤，似乎如何努力也無法洗脫罪名，以錢謙益名列《清史‧貳臣傳》來說，乾隆三十四年六月，諭曰：

> 錢謙益本一有才無行之人，在前明時身躋膴仕。及本朝定鼎之初，率先投順，洊陟列卿。大節有虧，實不足齒於人類。朕從前序沈德潛所選《國朝詩別裁集》，曾明斥錢謙益等之非，黜其詩不錄，實為千古綱常名教之大關。彼時未經見其全集，尚以為其詩自在，聽之可也。今閱其所著《初學集》、《有學集》，荒誕悖謬，其中詆謗本朝之處，不一而足。夫錢謙益果終為明朝守死不變，即已筆墨騰謗，尚在情理之中；而伊既為本朝臣僕，豈得復以從前狂吠之語，列入集中？其意不過欲借此以掩其失節之羞，尤為可鄙可恥！〔註11〕

乾隆話語嚴如斧鉞，刀落見骨，昭然堅定，使得錢謙益身名之後褒貶不一，終乾隆之世，查禁錢謙益著述之嚴令，未稍懈怠。牧齋著述皆

〔註11〕王鍾翰點校：《清史列傳‧貳臣傳》第二十冊（北京：中華書局，1987年），頁 6577。

入禁書書目；至因涉及牧齋而遭全燬或抽燬之書，難知其確數，謹就禁書書目所列者已逾百者〔註12〕。近來學界已逐漸關注錢謙益詩文、文學史地位，並從當時錢氏所處的立場與情感脈絡，為其言說與辯護。筆者認為，遺民殉節捨身取義「盡大丈夫之責」，誠然可佩，惟錢謙益以活下去的生者之姿，後半生懷著贖罪懺悔的心志，不斷在詩中表述遺民之悲與故國意識，並用晚年近二十年的時間以實際的抗清行動來面對內心的悔愧與洗刷降清的汙名，並寫有《投筆集》在復明運動中具有運籌帷幄的軍師地位，如陳寅恪所云：「此集牧齋諸詩中頗多軍國之關鍵，為其所身預者，與少陵之詩僅為得諸遠道傳聞及追憶故國平居者有異。故就此點而論，投筆一集實為明清之詩史，較杜陵尤勝一籌，乃三百年來之絕大著作也。」〔註13〕較諸歸隱山林、消極避世以全節保身的遺民來說，這種努力的過程，也應該值得被肯定。

　　就儒家的忠節觀念來看，自然是「遺民」受尊敬，「貳臣」受物議，政治操守是高下有別的。但謝正光先生曾就顧炎武、孫承澤、朱彝尊三人之行誼進行考論，將傳統認知中的遺民與貳臣必不可越之界線打破，而認為政治操守與社會倫理是可以分開的，則遺民與貳臣往還，亦非絕不可解〔註14〕。世變之中的遺民，經歷過明朝歲月與新朝統治，在生命中必須面對重大的出處抉擇與生命考驗，選擇遺民或出仕新朝，都是兩難的決定。陳永明則以黃宗羲為個案，分析其曾經參與南明抗清運動，後又認同清政府的現象，認為黃宗羲不以「一家一姓之忠」為考慮重點，批評他「晚節可譏」，純屬將後人觀點強加於前人的誤解，論斷似乎有欠公允〔註15〕。因此，如何將遺民的行徑與

〔註12〕可參丁原基：《清代康雍乾三朝禁書原因之研究》（台北：華正書局，1983 年），第五章〈乾隆朝禁書之原因〉，頁 240。

〔註13〕《柳如是別傳》（北京：三聯書店，2001 年），頁 1193。

〔註14〕〈清初的遺民與貳臣——顧炎武、孫承澤、朱彝尊交遊考論〉，《清初詩文與士人交遊考》（南京：南京大學出版社，2001 年），頁 330-391。

〔註15〕參考陳永明：〈遺民意識與「君臣之義」：黃宗羲的個案〉，《清代前

抉擇置諸在社會結構之中進行探討與分析，不先入為主地以遺民為高、貳臣為低，回歸到當時他們各自所身處的時地因緣與情境脈絡裡頭，設身處地之同情的理解，也是必要的〔註16〕。

三、陽九之厄／貞下起元

　　第三種對立的二元結構，乃是興衰起伏的「陽九之厄」（衰）與「貞下起元」（興）之逆境思考。朱舜水〈中原陽九述略〉：

> 孤臣飲泣十七載，難骨支離，十年嘔血，形容毀瘠，面目枯黃，而哭無其廷，誠無所格。中包胥其人傑也，能感動讐仇之秦，為之出五萬之師，統之以三大將，閱國歷都，復既亡之楚，不失尺寸，況此時秦、楚歲歲構兵哉！故曰，包胥其人傑也。彼獨非人臣哉！瑜腆顏視息，能無媿之哉！民之憔悴於虐政，未有甚於此時者也。立功成名，聲施萬世，未有易於此時者也。時乎時乎！遇此千萬年難遇之期，而棄之輕於鴻毛，吾謂智者之所不為也，仁者義者之所不為也，有志者之所不為也，亦甚可惜矣！

> 以前數欵，名曰《述略》。述者，記其行事，無有粉飾文致；略者，具其梗槩，不能委曲周詳。誅惡者法貴從寬，執筆者理宜存厚。況乎鬼蜮暧昧，敗俗傷風，事難直書，須敦大體。又且年來酬應既寡，聞見日疎，年衰善忘，轉眼遺忽。偶追昨事，數日難尋。一時欲歷敘精詳，其勢不能捷得。是以掛一漏百，略述大端。然已髮上衝冠，罪不容戮矣！賢契幸為存之，他日采逸事於外邦，庶備史官野乘耳。

期的政治認同與歷史書寫》，頁 23-41。

〔註16〕不過，不仕二朝是否即為「遺民」則見仁見智，乾隆皇帝對入清以後以遺民身分終老的前朝遺老，有這樣的評價：「金堡（1614-1680）、屈大均之倖生畏死，詭託緇流，均屬喪心無恥。若輩果能死節，則今日亦當在予旌之列；乃既不能捨命，而猶假語言文字，以圖自飾其偷生，是必當明斥其進退無據之非。」乾隆皇帝明顯以「死節」作為忠的主要標準，故傳統認知的南明遺民如金堡、屈大均對其而言，只是貪生畏死之徒。陳永明：〈《欽定勝朝殉節諸臣錄》與乾隆對南明殉國者的表彰〉，《清代前期的政治認同與歷史書寫》，頁 202。

　　　　辛丑年六月望日，明孤臣朱之瑜泣血稽顙拜述。〔註17〕
是年，先生在長崎。先生既絕望於光復，有浮海終焉之志；六月，
著《陽九述略》，投安東守約藏之〔註18〕。朱舜水此處以「申包胥」
〔註19〕為傑出的人臣典範，南明目前正遭逢「千萬年難遇之期」，朱
明忠臣切莫「棄之鴻毛」，更要把握時機，拯濟身陷於清虜虐政中的
蒼生黎民，當時代的智者、仁者、義者、有志者，應戮力以赴，忠臣
義士須肩擔重任，如此方能突破「陽九之厄」的困境，故先生雖「絕
望於光復」，卻仍在外邦異域中存續「復明」的想望，「述略」的記
載，正是為了「他日采逸事於外邦，庶備史官野乘耳」的遺民心曲與
歷史見證，流亡海外，避難扶桑的風土紀錄與儒學傳播，促使朱舜水
在日本流寓期間與江戶前期儒學界的朱子學、闇齋學、古學等三個
主要流派的代表人物，直接或間接有過來往，意外的帶給他發揮自身
才華的另一個人生舞臺。根據學者徐興慶的研究，朱舜水曾參與鄭成
功於 1658 年進軍長江沿岸的復明運動並有「日本乞師」意識，對明
朝具有忠誠的節義思想與大義情操，其海外經營與國家認同，不但展
現了遺民「輕於鴻毛，重於泰山」的志節，東渡日本講學對江戶初期
的思想界、前期水戶學以及《大日本史》修史事業，更具有深遠的影
響〔註20〕。
　　覺浪道盛於 1648 年（順治五年）所作的〈尊火為宗論〉及〈麗
化說〉則述及陽藏陰中，如何度過寒冬，在極低潮的谷底重見生機，

〔註17〕《朱舜水集》（北京：中華書局，1990 年），頁 13。《陽九述略》凡
　　　　分四章，第一章論致虜之由；第二章論虜勢二條；第三章論虜害十
　　　　條；第四章論虜滅之策。詳參《朱舜水集‧附錄一年譜》（北京：中
　　　　華書局，1990 年），頁 691。
〔註18〕《朱舜水集‧附錄一年譜》，頁 686、690。
〔註19〕春秋時楚國大夫。本姓公孫，名包胥，因封於申，故號申包胥。與
　　　　伍員友善，員以吳師伐楚，入郢，包胥入秦乞師，依庭牆哭七日，
　　　　秦伯乃遣將定其國難，後昭王返國賞功，逃而不受。
〔註20〕徐興慶：《新訂朱舜水集補遺》（臺北：國立臺灣大學出版中心，2004
　　　　年），頁 1-53。另可參林俊宏：《朱舜水在日本的活動及其貢獻研究》
　　　　（台北：秀威資訊，2004 年）。

貞下起元，否極泰來：

> 邵堯夫云：「冬至子之半，天心無轉移。一陽初動處，萬物
> 未生時。」蓋子之半，正是坎中一晝真陽，爲天之根，火
> 之宗也。陽藏陰中，即龍宮之在海藏，神龍之潛九淵。(〈尊
> 火爲宗論〉)

> 太極火神，必先附麗於〈坎〉二陰中。當〈坤〉盡子月之
> 半，一陽始來，爲地雷〈復〉。所謂「帝出乎震」，以躍乎
> 龍門而入於〈巽〉方，乃相見乎〈離〉。(〈麗化說〉)

道盛論中，即分別以「坎中一晝真陽」和「一陽始來，爲地雷〈復〉」，
以爲「坎」卦（☵）二陰所包藏的一陽，以及〈復〉卦（☷）五陰
所乘之一陽，均代表作爲天之根本的太極火神，嚴寒的冬至其實是
「陽藏陰中」的節氣，萬物綿延不絕的生氣並未因此而斷絕。至於
〈離〉，〈說卦〉云：「離也者，明也。」又云：「離爲火。」亦即道
盛所說的「冬」，非止於時節之冬，更是時代之冬，此冬象徵的是
明朝亡國以後，變色的山河大地已淪爲死滅的世界；而在冬灰之中
所潛伏的陽火，乃是喻指明朝雖亡，但必將有重燃生機的中興之日
〔註21〕。

　　與此相同信念者，亦即抱持否極泰來、貞下起元的復明意識，
尚可見諸錢澄之〈六朝松石歌〉：

> 葆光堂前有古松，年□五鬣陰不濃。玉麟犀甲脫落盡，白
> 如蜿蜒蛻骨龍。松下峨峨石高揭，松根石色無分別。巫峽
> 廟前一朵雲，蛾眉頂上千年雪。我來撫石坐松下，堅貞潔
> 白還相亞。松石由來質本同，此石定是此松化。石上鑴字
> 記六朝，六朝到今千載遙。塵尾風流長已矣，幾人勁節同
> 高標。國朝此地中山有，轉屬中丞猶未久。中山之後爲青
> 閣，中丞子孫至今守。去年大樹軍前需，不爲石憂爲松虞。

〔註21〕覺浪道盛此處的尊火論以及相關詮釋，引自謝明陽：《明遺民的「怨」
　　　　「群」詩學精神：從覺浪道盛到方以智、錢澄之》（台北：大安出版
　　　　社，2004 年）中精彩的分析，頁 104-106。

　　願松盡化松根石，復恐秦人更有赭鞭驅。〔註22〕

此詩收錄於《田間詩集》卷三《江上集》，根據作者自注詩集起迄，乃甲午至丙申〔註23〕，也就是1654-1656年，從前後相關詩作判斷，此時應為：1656年冬至後不久，錢澄之於南京所做〔註24〕。「葆光堂」為明初中山王徐達的「西園」之園林建築，在今南京〔註25〕，故詩中云：「國朝此地中山有」，此松先為中山王所擁有，後囑託於中丞，又轉為青閣，歷經人事異動、歲月滄桑與歷史變遷，然此松從明初到清初，仍為後世子孫所固守；詩人並聯想到堂前的古松與園林內的大石在色澤上幾無差別，詩人撫石坐松，縱使「六朝到今千載遙」，經歷史遞嬗，朝政轉移，「六朝松」仍可從松變化到石，進而在「石上鐫字記六朝」的重生轉化之能力；只是此松卻因去年軍需備戰，恐有被砍伐戕害的危機厄運，因此詩人並不擔心「松根石」，反倒是擔憂「松」之慘遭戕害與殺伐。是以藉由這樣的詮釋脈絡，詩中最後兩句就有了「復明」的讀法：

　　願松盡化松根石，復恐秦人更有赭鞭驅。

明遺民詩中的「秦」乃「清」之隱喻〔註26〕；「六朝松」懼畏於清人燒燬之「赭」，故錢澄之在此將「六朝松」轉化成「石」，以「松根石」之不畏火舌的吞噬，來象徵南明復清之心志以及天道循環之理。也正因此，取「六朝松石」之昂然挺立、重生轉化、亙古不衰的屹立精神，冀求南明政權能在困頓的時局與陽九之厄的運勢之中，仍有貞下起

〔註22〕《田間詩集》，《清代詩文集彙編》第40冊（上海：上海古籍出版，2010年），頁326。

〔註23〕我在此採用的版本是《田間詩集》，《清代詩文集彙編》第40冊（上海：上海古籍出版，2010年）

〔註24〕此詩前五首為〈雨花臺送余大微之永年署〉，前一首為〈冬至夜同介丘友蒼陪虞山翁禮墻即事〉，頁325、326。

〔註25〕詳細介紹可參：http://www.njyl.com/article/s/581094~314495-10.htm

〔註26〕明遺民以明、明月、日、月、明珠影射明朝，以秦、清影射清朝之例，可見周煥卿：《清初遺民詞人群體研究》（上海：上海古籍出版社，2008年），頁274-279。

元、否極泰來的復明興望〔註27〕。

四、亡國之音／天地元氣

《禮記・樂記》：「亡國之音哀以思，其民困。」又：「桑間濮
上之音，亡國之音也，其政散，其民流，誣上行私而不可止也。」
〔註28〕此處的亡國之音有二指，一爲使國政敗壞的靡靡之音，一爲
國滅亡後的音樂。南明遺民詩對於「前明」來說，可說是一首首對
於故國的鎮魂曲，也是哀悼國殤的樂音曲調。遺民心曲究竟是「亡國
之音」或是「天地元氣」，前者爲終止、哀悼，後者爲開始、生機，
爲相反相成的有機循環，相較亡國之音，黃宗羲則認爲遺民是天地之
元氣：

> 嗟乎！亡國之戚，何代無之。使過宗周而不憫《黍離》，陟
> 北山而不憂父母，感陰雨而不念故夫，聞山陽笛而不懷舊
> 友，是無人心矣。**故遺民者，天地之元氣也**。然士各有分，
> 朝不坐，宴不與，士之分亦止於不仕而已。所稱宋遺民如
> 王炎午者，嘗上書速文丞相之死；而己亦示嘗廢當世之務。
> 是故種瓜賣瓜，呼天搶地，縱酒祈死，穴垣通飲饌者，皆
> 過而失中者也。君之所處，爲得中矣。……自有宇宙，祗
> 此忠義之心，維持不墜，但令淒楚蘊結，一往不解，原不
> 必以有字無字爲成虧耳。〔註29〕

黃宗羲此處主要是在闡明遺民之務因人而異，也就是「各有分」，只
要「不仕」大抵能稱之爲遺民，但這不表示身爲遺民就必須「廢當世
之務」而消極隱避，故他反對呼天搶地、放縱形骸、祈求一死的頹喪
無爲，只要維持不仕的大原則，秉持著忠義之心而坦然面對應盡的社
會倫理，便能「得中」。因此，遺民不是亡國之後被放逐天地的遺棄

〔註27〕同時，我們若注意到明年（1657）鄭成功於南京的水師起義，那麼
　　　　錢澄之此時在金陵所寫的〈六朝松石歌〉，其時地因緣與復明活動應
　　　　有可資探討的關係。
〔註28〕孫希旦：《禮記集解》（臺北：文史哲出版，1988 年），頁 899。
〔註29〕黃宗羲：〈謝時符先生墓志銘〉，《黃宗羲全集》第 10 冊，頁 422-423。

者，而是宇宙之間的「天地之元氣」，是延續，同時也是新的開展。
此遺民論調相對於亡國之音而言，有其積極的詮釋與態度。

　　到了錢謙益則將遺民之詩當作國史的見證，並闡釋詩歌與世運
之間的關係，〈胡致果詩序〉：

> 三代以降，史自史，詩自詩，而詩之義不能不本於史。曹
> 之贈白馬，阮之詠懷，劉之扶風，張之七哀，千古之興亡
> 升降，感歎悲憤，皆於詩發之。馴至於少陵，而詩中之史
> 大備，天下稱之曰詩史。唐之詩，入宋而衰，宋之亡也，
> 其詩稱盛。皋羽之慟西臺，玉泉之悲竺國，水雲之苕歌，《谷
> 音》之越吟，如窮冬沍寒，風高氣慄，悲噫怒號，萬籟雜
> 作。古今之詩莫變於此時，亦末盛於此時。至今新史盛行，
> 空坑、厓山之故事，與遺民舊老，灰飛煙滅。考諸當日之
> 詩，則其人猶存，其事猶在，殘篇齧翰，與金匱石室之書，
> 並懸日月。謂詩之不足以續史也，不亦誣乎？〔註30〕

這裡指出，「詩」之蘊藏奧義本諸「史」之見識，詩的根源與史之基
源是互通的，如曹植〈贈白馬王彪〉共七章〔註31〕，以曹彰之死籠
罩詩篇，寫出曹植對未來的茫然與曹彪生死離別的祝福與絕望，沉
鬱頓挫，淋漓悲壯；「張之七哀」，指西晉張載〈七哀二首〉〔註32〕，
言漢陵被掘及其荒涼之景象；西晉劉琨〈扶風歌〉〔註33〕，寫劉琨
從京都洛陽到山西晉陽途中所作，寫出途中的坎坷與胸鬱悲涼之情
狀。這些不同時代、相異際遇的詩人都表達出興亡之感與歷史盛衰，
到杜詩則具備了大量史實，故稱為「詩史」〔註34〕。錢謙益此段的

〔註30〕《錢牧齋全集》第五冊，頁 800-801。
〔註31〕逯欽立輯校：《先秦漢魏晉南北朝詩》（台北：木鐸，1983 年），頁
　　　　452-454。
〔註32〕《先秦漢魏晉南北朝詩》，頁 740-741。
〔註33〕《先秦漢魏晉南北朝詩》，頁 849-850。
〔註34〕錢謙益的詩史說，可參張暉：《詩史》（台北：台灣學生，2007 年），
　　　　頁 197-201；嚴志雄（Lawrence C. H. Yim）："Qian Qianyi's Theory of
　　　　Shishi during the Ming-Qing Transition"（錢謙益之「詩史」說與明清
　　　　易鼎之際的遺民詩學），*Occasional Papers, Institute of Chinese*

論述重點就在於「詩本於史」，詩的意義必需建立在史識、世運、國史之上，將詩歌創作與一代之史聯繫起來，兩者息息相關，唐詩入宋已衰，但宋詩卻稱盛此乃造成宋滅的原因之一。不把遺民與亡國之音畫上等號，反而認為遺民之詩歌為歷史見證，可以記錄南宋遺民忠臣如文天祥殉節、陸秀夫投海的南宋痛史，詩歌可以映證歷史，「文學與歷史之間不存在所謂『前景』與『背景』的關係，而是相互作用，相互影響。」〔註35〕此時的詩歌表述，比建構出的歷史來得更為真實與深刻。而我們從亡國之音，到黃宗羲的天地之元氣、錢謙益的詩史與世運，也看出了遺民詩歌所具有的撼動天地之氣勢與震懾人心之能量。

五、變動的空間／安居的地方

　　最後一項二元結構，即是空間與地方。空間與地方之差異，段義孚（Yi-Fu Tuan）曾經連結了空間與移動，地方與暫停（沿途的停靠站）。並云：

> 隨著我們越來越認識空間，並賦予它價值，一開始渾沌不分的空間就變成了地方……。「空間」與「地方」的觀念在定義時需要彼此。我們可以由地方的安全和穩定得知空間的開放、自由和威脅，反之亦然。此外，如果我們將空間視為允許移動，那麼地方就是暫停；移動中的每個暫停，使得區位有可能轉變成地方。〔註36〕

南明遺民行腳南方邊徼，實地踏訪，隨著南明政權一路向南的不斷遷徙、流亡、播遷，從熟悉的江南到陌生的異域，如果說江南是一安居的地方，那麼更深遠的南方就是不斷移動的空間；如本論文第

Literature and Philosophy, No. 1（2005）: 1-77。中央研究院中國文哲研究所《中國文哲論叢》第一號，頁 1-77。

〔註35〕趙一凡、張中載、李德恩主編：《關鍵詞》（北京：外語教學與研究出版社，2006 年），新歷史主義條，頁 670。

〔註36〕Tim Cresswell 著，徐苔玲、王志弘譯：《地方：記憶、想像與認同》（台北：群學，2006 年），頁 16-17。

四章所提到的張煌言對南方疆域的概念，其漂泊動盪的背景，反映出「處處無家處處家」之空間感知，因應轉徙、流離的際遇，遂爾總是有「總是姓名隨地變」的身分認同之駁雜多變，對他來說，南方疆域是變動不居的「空間概念」，而不是安居的「地方意識」。不獨張煌言，前引述之徐孚遠、錢澄之等人，對南方空間大抵均抱持著不安、恐懼、游移、矛盾的暫居心情，於是詩中大量出現遣興、娛憂、舒悲、感離、恨別、思歸、懷鄉、苦窮、絕望的情緒，南方作為一變動的空間無法給予安居的地方之感，縱使有瞿式耜大量的以（南方）「地方」為創設之基礎，不過由於南明政權分治，無法凝聚分散勢力，南方政權又各自相互對立，分野明顯，加上政權翻覆之速更是出乎意料，遺民士人投身其中一政權又把希望寄託在下一個，如錢澄之與隆武、永曆；徐孚遠與魯王、永曆；鄭成功與隆武、永曆；我們可以說，南明結束的太快，只在歷史中維持了近二十年（1644-1662），相較於 1949 年之後流亡至臺的遺民儒者已有長期寓居臺灣的打算，南明遺民從陌生的空間感，要漸轉自安居的地方感，這之中的軌跡自然也就不甚明顯。

總上所述，南明文學的二元結構與襯補模式，已至為清楚。首先，「南明／清初紀年」。在時代上，它與清初紀年並行，並在南方自居帝王、建立諸政權、分封藩王、使用年號，在同一時空中與清初呈現一平行的歷史進程。第二，「遺民／貳臣」。明末清初為世變中的轉折時代，南明正好是這一轉型時期的過度階段，它延續了明末的文學資產與文化運動，又對清初文學開出尊唐或宗宋的理論思考〔註37〕，甚至可以說，南明遺民不是天地所棄絕，前朝之所遺，而是變動時代中價值理念與文化系統的延續與保存，沒有此過渡期就

〔註37〕廖淑慧在《清初唐宋詩之爭研究》（嘉義：國立中正大學中國文學研究所博士論文，2003 年）第四章〈明清之際唐宋詩學的反省與重整〉即以南明遺民陳子龍、錢謙益、顧炎武、王夫之、黃宗羲為對象，分述其詩學觀念，並有「南明至清初『尊唐』理論之調整」一小節，頁 170-275。

不會有開創性，是朝向新理想、新方向的關鍵時刻，這是一個「最好的時代，也是最惡劣的時代。」因此，重新反省傳統認知中的遺民與貳臣之身分認同，有其必要。第三，「陽九之厄／貞下起元」。盛衰起滅，禍福相倚，否極泰來的諭解兆示，讓南明遺民在絕谷窮境之中仍有一綫希望。第四，「亡國之音論／天地元氣說」。不把遺民詩歌純粹當作西臺、睎髮、谷音等亡國之音的沉痛論調與消極態度，轉而視爲「天地之元氣」論與見證世運的詩史詮釋。第五，「變動的空間與安居的地方」。南／北空間的差異與位移，造成流亡者的離境遷徙之路與精神跋涉之旅，惟其根仍在那夢裡記憶中的故土。透過這五點的對立趨向與二元結構，表面上看似二元對立，實質上卻是一體兩面，互相映照、襯補、迴視，可以彼此聯繫、呼應、映證，藉由論述某一方，同時也詮釋與定義了另一方。

第二節　本文研究成果

本博論總題爲《南明（1644-1662）遺民詩中的「南方書寫」》，即是透過南方書寫所呈顯的三個主要面向——南都、南疆、南國——來做全面深入的討論。這三者之間彼此聯繫映照，與遺民的城邦、記憶、地域、認同、身分、家國、國族、民族等複雜問題相互牽引、聚合與詮釋，可以統攝在「南方書寫」的網狀脈絡之中。南明遺民詩以南方作爲觀測世界的方式，流亡者的詩學論述如何在南而又南的地域空間上開展出「南方書寫」之詩學意義，對於明清文學史、遺民文學、地域文學，都有不可忽視的重要意義，值得細加考究。

據此，論文第二章〈南明遺民詩中的南方視域及其詩學意義〉，先考察南明遺民詩中的南方視域與詩學意義，南明遺民詩在南方視域之中所內蘊之深層意識，正在於自我／他者、先見／實境、中心／邊緣、主體／世界的多重交會與相互融聚，由此而形構出「南方意識」之認同與「南方隱喻」之詮釋的相關問題。由此爲討論基礎，歸納出

三個研究向度：南都、南疆、南國，分別是論文中的第三章到第五章
──「南明遺民詩中的南都圖像與回憶文學」、「南明遺民詩中的疆域
概念與地理詩學」、「南明遺民詩中的南國想像與家／國論述」──底
下分述之。

　　在第三章「南明遺民詩中的南都圖像與回憶文學」中，遺民詩中
對「南都」的城市景構、空間圖像與地理景觀之描繪，在書寫、記
憶、遺忘、療癒的過程中，展示了南明遺民詩中的「南都圖像」之多
重景觀，南京作爲南明遺民心中明朝故國的重要象徵，對親身參與過
明末清初世變風暴中的前朝遺民而言，如何面對與轉化那些記憶中的
名物、都城、歷史、經驗，在新舊之間找到心情的轉換、平衡、調
適？如何處理往昔的創傷，是耽溺記憶不可自拔，抑或可以撫平傷
慟，重新出發找尋新的價值觀與生存意義？就此而言，「南都」以空
間實體再現了南明遺民詩中的集體書寫、創傷記憶與回憶圖像。本
章第一節爲追憶中的「明末南都」。所欲論述者乃明末南京秦淮之風
貌，當其時南國歌舞昇平，茲細分成秦淮／風月、貢院／舊院、畫舫
／酒館、名士／名妓，作爲明遺民追憶明末南都之內容。第二節爲現
世中的「清初南都」。所代表者乃清初南都的如實景象，茲分成「長
江天塹」、「帝都／亡都」、「詮釋哀江南」，這三點反映出入清之後的
南明遺民對南都的戰略、時局、政權之深刻思考，以及寓目所及的
荊棘銅駝之景象。合觀上述二節，書寫中的「南都」呈現出一驟然斷
裂的裂痕，亦即明末／清初、美好的過去／殘破的現在、已逝去的
記憶／未所知的當下，追憶中的「明末南都」與現世中的「清初南
都」，兩者所呈現之殊異景象，織綜在文本之中，形塑了明末清初的
南都圖像。

　　接續上面對南都的「記憶」論述，以 1657 年（永曆十一年；順
治十四年）的冒襄、王士禎，在同一年分別舉辦之聚會爲討論主軸，
以詩作觀察其中的記憶模式、書寫樣態，以期更明確的了解清初「回
憶文學」的特質與時代意義。故此，第三節爲「1657 年（永曆十一

年；順治十四年）的秦淮──以冒襄《同人集》卷六爲中心的討論」。
首先考證冒襄與前朝遺民之子孫、社友之「世盟高會」的時地因緣、
出席名單、大會性質，而認爲這是具有「遺民意識」之社集活動。接
著，分析冒襄在個人所著的《巢民詩集》與編纂的《同人集・秦淮倡
和》中，展現的兩套記憶模式。冒襄的身世記憶反覆回溯「二十年前」
的晚明風流與政治榮光，在私領域的個人記憶中，不可自拔；《同人
集・秦淮倡和》則是遺民後代、世講，抒發「集體記憶」之公開場域，
在面對天崩地坼的創傷記憶，撫慰傷痛後，他們即將迎向未來的生命
意義與存在價值。《巢民詩集》與《同人集・秦淮倡和》，遂發展出兩
套書寫記憶的系統模式。最後，第四節爲「1657 年（永曆十一年；
順治十四年）的濟南──以王士禛〈秋柳詩四首〉爲中心的討論」。
環繞於〈秋柳詩四首〉的公案，因不同身分而賦秋柳，致使讀者容易
化約王士禛〈秋柳詩四首〉即爲「遺民意識」之展露；有鑑於此，筆
者挑選南明時期，賦秋柳之遺民者──徐夜、顧炎武、冒襄──此三
人均自覺有遺民身分，在詠物賦柳中，也投射了自我的遺民情志與家
國興感，無論是徐夜讚揚南明重臣左懋第，顧炎武專指永曆帝事，冒
襄寫鄭成功水師健兒，不但確有所指，不含糊其辭，且也都與「南明」
有關，無諱其遺民身分；凡此，均與王士禛〈秋柳詩四首〉的美學風
格、話語建構、發言位置，有著明顯的差異。

　　在第四章「南明遺民詩中的疆域觀念與地理詩學」中，先確定
「地之南，海之東：南方疆域的地理空間」，即在說明南方疆域的地
理空間之範圍。首先從屈大均之論述談「南之又南」的邊徼荒域；再
從江浙、閩海、日本三個區塊作爲討論「海之東」的主軸。而「行腳
者的南方地理景觀」，進一步討論南明遺民所經歷的南方疆域之地理
景觀與空間意蘊，茲細分成江南水域、東南沿海、嶺南山系、西南荒
江、海上孤島；此節凸顯出「南方疆域」殊異之類型乃至與各自政權
相互定義，人／地之互動交流，所彼此映照相繫之緊密網絡。對於南
方之「認同」觀念，如何看待與分析？茲以張煌言、瞿式耜爲核心的

討論，回到南明遺民詩中的「疆域認同」，對他們而言，南方疆域一方面是復興河山，鼎定神州的「一塊地」，一方面又是陌生的南荒，遺民詩中具體反映了對於南荒之獵奇、新異、探索、恐懼、焦慮、憂鬱、絕望、拒斥的情緒話語，我們將藉由張煌言、瞿式耜所分別代表之東南沿海、西南邊域的地理疆域與空間體驗，探討其中所顯露出來的「認同」觀念，若相較學界慣常從「身分認同」、「政治認同」來論述遺民身分之二元對立，從「疆域認同」的角度切入，可以發現張煌言乃「無路可退的認同」，瞿式耜為「身心輾轉的認同」；兩人對南方的「認同」觀念，不像遺民／貳臣在身分上的判然二分，而是呈現出拉扯、輾轉、矛盾、徘徊、猶疑的動態歷程，這是一種無法概約簡化，必須重新回到時事脈絡，因應個人情境而做論述的「疆域認同」。最後則討論「國境之南的地理詩學」。有了上述「南方疆域」之地理空間的基礎，我們將根據其中之自然／人文地理學，提出此中所映現出的一套複雜多元，跨越政權／地域／國境之光譜圖景，實為一國境之南的地理詩學。

在第五章「南明遺民詩中的南國想像與家／國政治」中，首先考述「南國」於歷史語境的展開與多重涵義。分析其中上溯《詩經》、《楚辭》的「南國」論述與轉化；接著，歸納出南明遺民中的「南國」辭彙之多重意涵，並藉由班納迪克・安德森（Benedict Anderson）所著的《想像的共同體》概念，將本論文中的「南國」作一理論性的基礎介紹，並將這個概念引渡到詮釋之中，嘗試釐清「南國想像」的建構方式。第二節承續上面的理路，由於「南國」是一「想像共同體」，其建構南國之方式有二：平行的想像、垂直的想像。以前者來說，南明遺民以「清軍入侵的外患」、「流民起事的內憂」、「華／夷之辨的激化」等內憂外患，並藉由「民族」血緣立場，意圖將南方勢力凝結在一起，指向共同的敵人，這個跨越地域與政權的「想像共同體」可以說是南明遺民在1644-1662抗清中興的象徵，此為「平行的想像」。惟「南國」之建構不僅考慮到當下的內憂外患之現實處

境，亦須從歷史文化上的正統來尋求支援，「垂直的想像」便由此而
發生，進一步檢視與「南國」有關之上下文脈絡，可以發覺，「南國」
與歷史上的「東晉／南朝」、「唐代」、「南宋」三個朝代常相提並論，
本文認爲永嘉之難的東晉／南朝、安史之亂的唐代、靖康之亂的南
宋，與南明正具有相似的歷史情境。因此，以「東晉／南朝」、「唐
代」、「南宋」爲中介，想像出了「南國」，藉由這三個歷史鏡像，迴
映出當下自身之處境，一方面強調南明爲文化正統之承續，一方面
凸顯了建構「南國」的可能徑路。綜合上述兩節，我們可以論證，「南
國」作爲一想像的共同體，其建構方式有二：南明遺民透過「民族」
凝聚內部的分散政權與整合南方的資源，此乃「平行的想像」；藉由
「歷史」尋求血緣族裔的支持與正統文化的根源，此乃「垂直的想
像」；透過這兩種「想像」的方式，時空交錯，經緯交織，「南國想
像」的系譜學，即於焉彰顯。第四節以錢澄之爲中心，討論「南方
的國族帝國」此一議題。以南明永曆帝與大西南的邊境互動爲觀察
線索，提出「南越王」的象徵與永曆朝的關連；永曆廷的黨／國之
權力競奪；乃至孫可望自立爲王，危疆封爵等有關「帝國」的一連
串思考。第五節以瞿式耜爲個案，討論「民族的南方願景」此一論
點。如果說上述南明帝／國的國族主義與軍閥割據，乃「以國爲家」，
瞿式耜則不以國族爲優越的思考，而是以民族爲平等同理的立場，
可謂「以家爲國」的民族願景，將南方塑造成一具有情感聯繫並與
土地之間產生深刻互動的「地方感」，從其奏疏、書牘、詩歌中，所
留下大量有關南方、土地、地方、此地、片土的文字敘述，體現了
他與桂林所映現之「人與地」的情感、互動、建設、聯繫，誠可用
來對照上述錢澄之的「國族的南方帝國」。

第三節　未來研究方向

　　本論文考察了南明遺民詩中的「南方書寫」（1644-1662），並分

從南都、南疆、南國三個層面作爲論文主軸，細讀遺民詩中的心靈意
識與精神狀態，文中涉及了城邦、記憶、地域、認同、身分、族裔、
家國、國族、民族等交織而成的複雜命題，雖力圖還原當時情境樣貌
與更深入的辯證思考，惟限於論文章節安排與整體架構，仍有未逮之
處可做爲日後的努力方向。底下分述之。

　　第一，在「南都」方面。本論文緊扣「回憶」角度來論述明末／
清初的南都圖像與冒襄、王士禛所分別表徵的兩種回憶文學之類型。
值得注意的是，南都（秦淮）爲江南名都，「城市」見證著一個時代
的繁華興衰，更是兩方交戰之際攸關生死抉擇，忠誠節義的殉道場域
〔註38〕。因此，南明遺民詩中的「圍城書寫」頗值得注意。以當時江
南淮北的揚州而言，面對清軍南下圍困揚州，時有史可法殉城，王秀
楚《揚州十日記》記載倖存者的劫後回憶錄〔註39〕。另外如遺民歸莊
亦有圍城詩，〈崑山被圍甚急兩嫂暨諸從子女皆在城中〉〔註40〕，從
江南的「圍城」到更南方的廣州之役，屈大均有詩紀之〔註41〕。乃至
湖南、江西的圍城攻防戰，如魏耕〈題姜老曰廣絕命辭卷後兼贈其從
孫文鎮行腳〉，《小腆紀傳》：「我大清兵之圍南昌也，聲桓撤贛圍援
之。」「棄要害入孤城。」此處的要害是九江，孤城即南昌。姜曰廣
書生，不知兵，使駐王得仁的九江軍召回南昌，以致大敗〔註42〕，可

─────────────

〔註38〕徐鼐曾討論劉宗周與徐石麒「與城殉節」的葬身之所，云：「城未投
　　　降則猶我城也，故死與城俱。城既降，則非我城也，故不如野死。
　　　從容就義，是之謂歟！」《清詩紀事・明遺民卷》，頁 1085。京城淪
　　　陷應殉節與否的問題，從學於劉宗周的魏學濂當京城淪陷而不死，
　　　被認爲是「功利誤之」，趙園：《制度・言論・心態──《明清之際
　　　士大夫研究續編》（北京：北京大學出版社，2006 年），頁 47。至於
　　　降城的原因，其中一點是地方官僚爲了保存生命財產，見謝國楨：《南
　　　明史略》，頁 103。
〔註39〕王秀楚：《揚州十日記》、《嘉定屠城紀略》，《臺灣文獻史料叢刊》（台
　　　北：大通書局，1987 年），頁 9-44。亦可參黃遠〈節烈婦〉，《清詩紀
　　　事・明遺民卷》，頁 1129-1130。
〔註40〕《清詩紀事・明遺民卷》，頁 469。
〔註41〕《清詩紀事・明遺民卷》，頁 873。
〔註42〕《清詩紀事・明遺民卷》，頁 510。

以知道，九江當時爲險要之地，姜曰廣爲救「圍城」（南昌），而撤退極爲重要的軍事要塞——九江之地——攻防戰略與軍事政策，可謂牽一髮而動全身。另有如瞿式耜的死守桂林〔註43〕。從揚州、崑山、廣州、江西、桂林，這些「城市」因屠殺、圍城、殉城、降城所引發的記憶與事件，和「南都」相較起來，其記憶型態與書寫模式如何呈現？進一步來說，若將「圍城」事件相互比較與對照，如揚州屠城與南京降城，前者史可法的英勇抗敵堅持不降，後者如錢謙益的南京城迎降，一滅一存，不同抉擇導致不同定案，錢謙益如何看待史可法的行爲與評價？遺民詩人對兩座名城、二人的棄捨與看法又爲何？而實際身歷其境參與圍城（或坐困圍城），與客觀陳述事件的詩人，兩者之差異何在？「降城與屠城」對其他圍城是否造成影響，如何牽引其他城市主事者的抉擇與決策？凡此，置諸南明複雜的利益衝突、權力結構、道義倫理、歷史情境與時事脈絡之中，都是耐人尋索的精采提問。

　　第二，在「南疆」方面。南明遺民如朱舜水、瞿式耜、張煌言、屈大均、錢澄之、徐孚遠均有實際的空間播遷與南方經驗，但對於未到過東南沿海、西南邊徼的南明遺民來說，東南／西南之地理空間，就只能是一種「想像的地理學」，其認知圖示之描繪與想像界域之勾勒，亦可堪注意。其中錢謙益《投筆集》中的「南方論述」，十三疊一零四首的大型連章組詩中，反覆言說南方邊境／身世記憶，即是一極佳的考察個案〔註44〕。再如徐孚遠、盧若騰、張煌言同爲幾社三

〔註43〕　瞿式耜有〈浩氣吟〉：「寅十一月初五日，聞警，諸將棄城而去。城亡與亡，余自誓一死。別山張司馬自江東來城，與余同死，被刑不屈。累月幽囚，漫賦數章，以明厥志。別山從而和之。」（《瞿式耜集》，頁232）

〔註44〕　嚴志雄（Lawrence C. H. Yim）：*The Poet-historian Qian Qianyi*（London and New York: Routledge, 2009）這本書有兩個目的。它是有關於錢謙益詩史的理論之研究，「詩的歷史」或「詩人的歷史學（者）」，（它）在清初的呈現以及探究錢謙益的詩史實踐，錢氏後期的組詩，可以認爲他最具有野心，而這在明清轉移之間構成了文學世界的領導者。嚴先生採用的論述文本即是《投筆集》。

子，學界已有基礎研究〔註45〕；本論文中亦曾針對張煌言、徐孚遠做較深入的分析，然其三人與金、廈、臺、澎關係密切，且互有異同，乃理解明鄭時期與南明時期至關重要的人物與議題。如徐孚遠曾短暫到過臺灣〔註46〕；盧若騰雖有詩寫臺灣〔註47〕，但則是耳聞與想像；張煌言則強烈反對將海外勢力移至臺灣；這三人詩歌之中的「臺灣意象」之呈顯與紀錄，介於真實／想像之間，適可與西方航海時代的「想像地理學」進行對照與詮釋，筆者希望未來能探討這三人有關金廈臺澎的詩作，進行比較與詮釋，對於閩南文學／臺灣文學古典詩中的「南方論述」再進一解。

第三，在「南國」方面。西南帝國與邊境民族的互動，看待邊境民族所呈顯出中心／邊緣之迹痕；乃至孫可望自立為王，危疆封爵等有關「帝國」的一連串思考。相較於東南沿海、撤退至臺灣，試圖立國於海外政權的鄭氏父子，這兩種帝國／殖民、中心／邊陲、內陸／海域、邊境／航海之國族主義的呈現與比較，要如何分析與省思〔註48〕？由西南永曆政權到東南沿海鄭氏經貿的帝國圖景，進一步的比較與對話，將是日後考索重點。

第四，南明遺民詩的編年箋注。如徐孚遠《釣璜堂存稿二十卷》、《交行摘稿》，徐孚遠與南明文學、臺灣文學、海外遺民之情事，至關重大。全祖望〈徐都御史傳〉：

> 閩中自無餘開國以來，台灣不入版圖，及鄭氏啟疆，老成

〔註45〕郭秋顯：《海外幾社三子研究》（高雄：國立中山大學中國文學研究所博士論文，2007年）。

〔註46〕徐孚遠詩可用來觀看南明遺民詩中認知的臺灣，〈送雪崿安置臺灣〉，《釣璜堂存稿》，頁433。

〔註47〕見其〈海東屯卒歌〉、〈長蛇篇〉、〈東都行〉、〈送人之臺灣〉、〈寄門人戴某〉（時在臺灣）諸詩。另有今人研究，郭秋顯：《海外幾社三子研究》（高雄：國立中山大學中國文學研究所博士論文，2007年），頁275-280。

〔註48〕施懿琳：〈後殖民史觀詮釋臺灣古典文學的一個嘗試──以明鄭時期為分析對象〉（台南：成大臺文所舉辦臺灣文學史國際研討會，2002年4月），施老師的分析正與筆者此處之觀察可相呼應。

者德之士皆以避地往歸之。而公以江左社盟祭酒爲之領
袖，臺人爭從之遊。公自歎曰：『司馬相如入夜郎教盛覽，
此平世之事也，而吾以亡國之大夫當之，傷何如矣。』至
今臺人語及公，輒加額曰：『偉人也。』」……嗚呼！明季
海外諸公，流離窮島，不食周粟以死，蓋又古來殉難之一
變局也。幾社殉難者四：夏、陳、何三公死於二十年之
前，公死於二十年之後，九原相見，不害其爲白首同歸
也。〔註49〕

林霍：

顧先生閒居島上，非詩無以自遣也。……羈旅流離，雖有
吟詠，不過悲歌以當哭耳。〔註50〕

徐孚遠「與諸公顛沛流離於外海，雖百死無悔也！」窮島、絕域、孤
臣，可謂其詩歌基調，較諸朱舜水於扶桑異域開出奇葩異卉，徐孚遠
以江左祭酒之身分來到外海窮島，推展教化，臺人從之，建構明鄭時
期的臺灣遺民儒學／詩學譜系，是至爲重要的關鍵人物。加上《交行
摘稿》中取道安南的航海旅程〔註51〕，南方經驗的馴服、觀看與他者
論述，實爲值得深入探討的問題。惟《釣璜堂存稿二十卷》、《交行摘
稿》均無繫年編排，雖有《徐闇公先生年譜》可初步參照，但釐清詩
中的南明史事、人物交流、時地考證，復原其心境，仍需從編年箋注
等工夫入手。

　　第五，南方（東南、西南）遺民與北方（西北、東北）遺民的比
較。南／北空間的差異對於遺民視域中的自我與家國意識之詮釋與理
解，以北方徐州二遺民爲例——萬壽祺（1603-1652）、閻爾梅
（1603-1662）——也就是萬年少與閻古古。明祚殞絕，而猶志存匡
復，常與崑山顧炎武密通款契。萬壽祺有《隰西草堂集》，閻爾梅有

〔註49〕全祖望：〈徐都御史傳〉，朱鑄禹彙校集注：《鮚埼亭集外編》（上海：
　　　　上海古籍出版社，2000年）卷十二，頁963。
〔註50〕林霍：〈徐闇公先生詩集後序〉，《徐闇公先生年譜・附錄一》，頁84。
〔註51〕詩作可參《交行離稿》，《徐闇公先生年譜・附錄二》，頁93、94、95。

《白耷山人集》〔註52〕，二人之西北論述與南明遺民詩中的「南方論述」可做參照，如萬壽祺〈甲申秋渡清河〉：

> 歲歲曾經此地過，秋風九月白茅多。依然西北中原路，明
> 月青天夜渡河。（頁138）

不同於南方邊徼荒域，明確提出走向「西北中原路」。再如閻爾梅：

> 山人既鬱鬱不得志，遂放浪賦遠遊，鹵北山川之雄深，古
> 帝王都會之環瑋，意所薄射，輒擊節悲歌。（頁250）

也以「鹵北山川」作爲遠遊目標。閻氏詩中更記載北方的奇異山水，如〈過永壽贈李懷仲五首〉其三：「山水多奇怪，秦中得武陵。」（頁337）；〈代州寓觀音閣陳淇公先來投刺兼餽食物賦此謝之淇公時爲雁平道〉：「奇山奇水入眼驚」（頁433）；以及大量的北方地景，如〈居庸關〉：「中華凡九塞，其一曰居庸。邃谷迴環拗，頑磯滑跌重。紫沙霾涿鹿，丹嶂接盧龍。突爾來流寇，無人舉寸烽。」（頁363）；〈恆山〉：「崖嶺天半敞雲扉，縮帶瓷渾繞翠微。滑路偏逢坳石礙，孤峯傑出眾山圍。根趨地外松如走，樓挂匼邊寺欲飛。北望龍城纏咫尺，青青荒冢識明妃。」（頁426）；〈關中雜詠〉（頁480）；〈咸陽雜詠〉（頁481）；〈秦嶺〉（頁492）；展示了與南國風情大異其趣的北地風貌，進而以詩爲北地「流民圖」，〈過永壽贈李懷仲五首〉有序：

> 按永壽縣，在乾州西北古麻亭鎮也。亂後虛無人，棄其東
> 偏而堞之，西隍之嶺，一線如行。魚脊縣治蹲其腰，居民
> 依東广穴，僅數十家綿之，詩所謂陶復陶穴者也。土埇氣
> 寒，民貧役重，黃岡、李懷、仲尹之三年頌聲作焉。予喜
> 而贈之，俾後之過此邑者，讀予詩如讀永壽風俗考，流民
> 圖也。（頁336）

「讀予詩」便可掌握永壽縣（今陝西咸陽）的風俗，以詩歌作爲地理誌的自覺與自信，可見一斑。此乃往西北移動之遺民者。

另有流放東北者。如函可（1612-1660），著有《千山詩集》，收

〔註52〕萬壽祺、閻爾梅：《徐州二遺民集》（台北：文海出版社，1967年）。

詩一千五百餘首，絕大多數作於流放期間。函可以非凡的詩歌語言
再現了他在嶺南、江南和遼東的經歷〔註53〕。祁班孫有《紫芝軒逸
稿》，通海案發後遣戍東北，與南明遺民往南的流離經驗與心境的詮
釋，可做對照〔註54〕。丁酉南闈科場案而遭流放寧古塔的方拱乾、方
孝標、吳兆騫、孫暘等人之流放經驗、創傷記憶，亦可做為日後參照
的基礎〔註55〕。

　　第六，對於南明文學／歷史的接受過程、知識生產、時代詮釋。
清末民初的張其淦（1859-1946）著有《明代千遺民詩詠》〔註56〕，

〔註53〕參嚴志雄：〈忠義、流放、詩歌──函可禪師新探〉，《千山詩集・導
　　　論》（台北：中研院文哲所，2008 年），頁 6。此外，詩僧的探討，
　　　近來以廖肇亨先生的系列研究可做導引，詳參廖肇亨：《明末清初遺
　　　民逃禪之風研究》（台北：國立台灣大學中國文學研究所碩士論文，
　　　1994 年）；廖肇亨：〈天崩地解與儒佛之爭：明清之際逃禪遺民價值
　　　系統的衝突與融合〉，《人文中國學報》2007 年 12 月第 13 期，頁
　　　409-456；《中邊・詩禪・夢戲：明末清初佛教文化論述的呈現與關懷》
　　　（台北：允晨文化，2008 年）；〈以忠孝作佛事：明末清初佛門節義
　　　觀論析〉，鍾彩鈞主編：《明清文學與思想中之情、理、欲》（台北：
　　　中研院文哲所，2009 年），頁 199-244。
〔註54〕曹淑娟探討祁班孫流放東北的心境與過程，細膩深刻，見其：〈從寓山
　　　到寧古塔──祁班孫的空間體認與遺民心事〉，《空間與文化場域：空
　　　間移動之文化詮釋》（台北：國家圖書館，2009 年），頁 31-72。
〔註55〕有關清初流放東北文士，謝國楨有〈清初東北流人考〉專文討論，
　　　《明末清初的學風》（臺北：仲信出版社，1981 年），頁 116-204。嚴
　　　志雄（Lawrence C. H. Yim）：Traumatic Memory, Literature and Religion
　　　in Wu Zhaoqian's Early Exile, Zhongguo wenzhe yanjiu jikan 中國文哲
　　　研究集刊（Bulletin of the Institute of Chinese Literature and
　　　Philosophy），No. 27（Sept. 2005): 123-65。王學玲：〈是地即成土──
　　　──清初流放東北文士之「絕域」紀游〉，《漢學研究》2006 年 12 月第
　　　24 卷第 2 期，頁 255-288。王學玲：〈一個流放地的考察──論清初
　　　東北寧古塔的史地建構〉，《文與哲》2007 年 12 月第 11 期，頁
　　　371-407。王學玲：〈從鼎革際遇重探清初遣戍東北文士的出處認同〉，
　　　《淡江中文學報》2008 年 6 月第 18 期，頁 185-223。嚴志雄：〈流放、
　　　帝國與他者──方拱乾、方孝標父子詩中的高麗〉，「行旅、離亂、
　　　貶謫與明清文學」專輯」，《中國文哲研究通訊》2010 年 6 月第 20 卷
　　　第 2 期，頁 93-120。
〔註56〕據凡例所稱：「詩詠初編十卷，二編十卷，共五古五百八十餘篇，不

目錄之前有眾人題詞：陳夔龍、陳三立、朱孝臧、王潛、吳道鎔、張學華、葉爾愷、陳伯陶、劉廷琛、章梫、桂坫、賴際熙、高振霄、朱汝珍、區大原、羅聽餘、梁慶桂、杜甄、蘇寶盉、李淵碩、楊玉銜、梁永思、許炳璈、甘啓元、梁廣照、徐夔颺、陳官桃、鄧爾雅、葉覺邁、蘇澤東、王芝蘭、張銘恩、祁正、張其潤，《明代千遺民詩詠》中以五古專體，有一詩詠一人者，有一詩詠數人者，在清末民初的世變與衝擊下，張其淦如何重新看待這群「明遺民」？南社諸子，如柳亞子（1887-1958）、陳去病（1874-1933）的「南明書寫」，如何召喚南明，以抗清遺民之國魂，作為革命派的象徵與後盾〔註57〕；中日抗戰結束後的謝國楨（1901-1982）關注東北流人〔註58〕；國共內戰後的陳寅恪（1890-1969）著有《柳如是別傳》〔註59〕，以名妓柳如是為傳主結合明清之際史事，寄託家國興懷與個人身世；來到臺灣的蘇雪林（1897-1999），是五四運動中唯一來到臺灣且居南方（府城）的作家，其撰著《南明忠烈傳》〔註60〕秉民族氣節與風骨典範，誠與南明遺民相互輝映，映照心曲。從清末民初、中日抗戰、國共內戰、1949年後流亡至臺、港的遺民儒者……，對這些動盪變遷的亂離時代來說，世變中的「南明」是一心靈鏡象，也是他們用來映照身世處境，堅定自我信念，詮釋生命意義，探究宇宙真理的一個「方法論」，我們可以說，建構「南明書寫」的多元圖譜，才正要展開。

作別體，以免參差，意在表章前賢，工拙所不計也。詩詠共得明遺民一千九百餘人，只稱明代千遺民者，舉成數也。」周駿富輯，張其淦撰、祁正注《清代傳記叢刊‧明代千遺民詩詠》第66冊（台北：明文書局，1985年），頁11。

〔註57〕可參林香伶：〈時代感懷與國族認同──柳亞子「南明書寫」研究〉，《政大中文學報》第5期（2006年6月），頁105-138。〈鄉邦意識與族群復興──陳去病「南明書寫」研究〉，《東華人文學報》第10期（2007年1月），頁181-232。《南社文學綜論》（臺北：里仁書局，2009年）

〔註58〕如《清初流人開發東北史》（臺北：台灣開明書店，1986年）一書。

〔註59〕陳寅恪：《柳如是別傳》（北京：三聯書店，2001年）一書。

〔註60〕蘇雪林：《南明忠烈傳》（台北：臺灣商務印書館，1969年）一書。

參考書目

一、南明歷史文獻（按照作者筆劃排序）

1. 王夫之：《永曆實錄》，《續修四庫全書・史部・雜史類》第 444 冊（上海：上海古籍出版社，2002 年）。

2. 李天根：《爝火錄》，《臺灣文獻史料叢刊》第五輯（臺北：大通書局，1987 年）。

3. 張岱：《石匱書後集》卷五，《臺灣文獻史料叢刊》第五輯（臺北：大通書局，1987 年）。

4. 邵廷采：《西南紀事》，《臺灣文獻史料叢刊》第五輯（臺北：大通書局，1987 年）。

5. 邵廷采：《東南紀事》，《臺灣文獻史料叢刊》第五輯（臺北：大通書局，1987 年）。

6. 計六奇：《明季南略》，《臺灣文獻史料叢刊》第五輯（臺北：大通書局，1987 年）。

7. 徐鼒：《小腆紀年》，《臺灣文獻史料叢刊》第五輯（臺北：臺灣大通書局，1987 年）。

8. 徐鼒：《小腆紀傳》，《臺灣文獻史料叢刊》第五輯（臺北：臺灣大通書局，1987 年）。

9. 溫睿臨：《南疆繹史》，《臺灣文獻史料叢刊》第五輯（臺北：臺灣大通書局，1987 年）。

二、南明遺民詩文集（按照作者筆劃排序）

1. 方文：《嵞山集》，《續修四庫全書》第 1400 冊（上海：上海古籍出

版，2002 年）。

2. 朱舜水：《朱舜水集》（臺北：漢京文化，1984 年）。

3. 吳應箕：《樓山堂集》（北京：中華，1985 年）。

4. 邢昉：《石臼前集》，《四庫禁燬書叢刊》第 51 冊（北京：北京大學出版社，2000 年）。

5. 函可著，嚴志雄、楊權點校：《千山詩集》（臺北：中研院文哲所，2008 年）。

6. 屈大均著，陳永正主編：《屈大均詩詞編年箋校》（廣州：中山大學出版社，2000 年 12 月）。

7. 金堡：《徧行堂集》，《四庫燬燬書叢刊》第 128 冊（北京：北京出版社，2000 年）。

8. 侯方域：《四憶堂詩集》，《四庫禁燬書叢刊集部》第 51 冊（北京：北京大學出版社，2000 年）。

9. 冒襄：《巢民詩集》，《續修四庫全書》第 1399 冊（上海：上海古籍，2002 年）。

10. 夏完淳著，白堅箋校：《夏完淳集箋校》（上海：上海古籍出版社，1991 年）。

11. 徐孚遠：《釣璜堂存稿二十卷交行摘稿一卷徐闇公先生遺文一卷》，《清代詩文集彙編》第 14 冊（上海：上海古籍出版，2010 年）。

12. 徐孚遠：《交行摘稿》，《叢書集成新編》第 68 冊（臺北：新文豐出版社，1985 年）。

13. 張煌言：《張蒼水詩文集》，《臺灣文獻叢刊》第 142 種（臺北：臺灣銀行經濟研究室編，1962 年）。

14. 陳子龍著，施蟄存、馬祖熙標校：《陳子龍詩集》（上海：上海古籍出版社，2006 年）。

15. 陳恭尹：《獨漉堂詩集》，《四庫禁燬書叢刊》第 183 冊（北京：北京出版社，2000 年）。

16. 黃宗羲著，沈善洪、吳光主編：《黃宗羲全集》（杭州：浙江古籍出版社，2005 年）。

17. 黃淳耀：《陶菴全集》，《文津閣四庫全書》第 433 冊（北京：商務印書館，2005 年）。

18. 黎遂球：《蓮鬚閣集》，《四庫禁燬書叢刊》第 183 冊（北京：北京出版社，2000 年）。

19. 錢澄之：《田間詩集》，《續修四庫全書》第 1401 冊（上海：上海古

籍出版社，2002 年）。

20. 錢澄之撰，湯華泉校點：《藏山閣集》（合肥：黃山書社，2004 年
    12 月）。

21. 錢謙益著，〔清〕錢曾箋注，錢仲聯標校：《錢牧齋全集》（上海：
    上海古籍出版社，2003 年）。

22. 瞿式耜：《瞿式耜集》（江蘇師範學院歷史系、蘇州地方史研究室整
    理；上海：上海古籍出版社出版，1981 年 11 月）。

23. 顧炎武著，王冀民箋：《顧亭林詩箋釋》（北京：中華書局，1998
    年）。

24. 顧夢游：《顧與治詩八卷》，《四庫禁燬書叢刊》第 51 冊（北京：北
    京大學出版社，2000 年）。

三、南明史研究（按照出版年月排序）

1. 謝國楨：《南明史略》（長春：吉林出版，2009 年）。〔註 1〕

2. 黃典權：《南明大統曆》（臺南：景山書林發行，1964 年）。

3. 〔美〕司徒琳著，李榮慶、郭孟良、卞師軍、魏林譯，嚴壽澂校訂：
   《南明史：1644-1662》（上海：上海書店，2007 年）。〔註 2〕

4. 朱希祖：〈南明三朝史官及其官修史籍考〉，《國史館館刊》1947 年
   8 月，頁 54-57。

5. 胡秋原：〈復社與南明諸王朝之抗清運動〉，《中華雜誌》1968 年第
   6 卷第 1 期，頁 21-27。

6. 楊雲萍：《南明研究與臺灣文化》（臺北縣：臺灣風物出版，1993
   年）。

7. 柳亞子：《南明史綱史料》（上海：上海人民出版社，1994 年）。

8. 陳永明：〈慷慨赴死易，從容就義難——論南明堅持抗清諸臣的抉
   擇〉，《九州學刊》1994 年 12 月，頁 61-76。

9. 秦慰儉：〈南明永曆政權在廣西的五年〉，《廣西民族學院學報》1995
   年第 2 期。

10. 黃君萍：〈廣州紹武政權的建立與南明政治的腐敗〉，《史學集刊》
    1996 年第 3 期。

11. 顧誠：《南明史》（北京：中國青年出版社，1997 年）。

〔註 1〕 《南明史略》寫成於 1957 年，此處採用再版。

〔註 2〕 原題為 *The Southern Ming, 1644-1662*（New Heaven: Yale University
        Press, 1984）；此處採用 2007 年中譯本。

12. 南炳文：《南明史》（天津：南開大學出版社，1999年）。

13. 李建軍：〈南明永曆朝廷與雲南沐氏家族關係考〉，《南開學報》2000年第6期，頁61-65。

14. 陳文源：〈南明永曆政權與澳門〉，《暨南學報》2000年11月第22卷第6期，頁61-65。

15. 吳航、馬小能：〈查繼佐的南明史書寫〉，《古籍整理學刊》2001年5月第3期，頁29-36。

16. 牛軍凱：〈南明與安南關係初探〉，《南洋問題研究》2001年第2期，頁91-97。

17. 劉曉東：〈南明士人「日本乞師」敘事中的「倭寇」記憶〉，《歷史研究》2001年第5期，頁157-165。

18. 南炳文：〈南明首次乞師日本將領之姓名考〉，《史學月刊》2002年第1期，頁47-52。

19. 大木康：〈宣爐因緣——方拱乾と冒襄——〉，《日本中國學會報》第55集，2003年。

20. 汪榮祖：〈桃花扇底送南明〉，《歷史月刊》2003年，頁28-32。

21. 南炳文：〈南明政權對日通好求助政策的形成過程〉，《南開學報》2003年第2期。

22. 熊宗仁：〈南明時期抗清的歷史正當性辨析——兼論孫可望領導的大西軍餘部與永曆王朝的「聯合恢剿」〉，《貴州民族研究》2004年第4期。

23. 黃玉齋：《明鄭與南明》（臺北：海峽學術出版，2004年）。

24. 錢海岳：《南明史》（北京：中華書局，2006年）。

25. 劉中平：〈南明弘光政權與清朝幾種政策的比較研究〉，《遼寧大學學報》2006年1月第34卷第1期。

26. 金宇平：《清廷與南明弘光政權關係研究》（湖南：湖南師範大學碩士論文，2006年）。

27. 李瑄：〈南明抗清運動中明遺民的失落〉，《四川師範大學學報》2008年第35卷第4期。

28. 徐立望：〈重現史實：傅以禮與南明史研究〉，《浙江學刊》2009年第2期。

29. 張西平：〈關於卜彌格與南明王朝關係的文獻考辨〉2009年第2期。

30. 張暉：〈詩歌中的南明祕史〉，《文史百題》2010年第6期。

31. 簡又文：〈南明民族女英雄張玉喬考証〉，《大陸雜誌》1970 年 9 月第 41 卷第 6 期，頁 169-186。

32. 葉高樹：〈徐鼐（1810-1862）的南明史研究〉，《輔仁歷史學報》1994年 12 月。

33. 萬曉一：〈南明永曆時期「御滇營」的覆滅〉，《雲南師範大學哲學社會科學學報》1995 年 4 月第 27 卷第 2 期。

34. 何冠彪：〈清高宗對南明歷史地位的處理〉，《新史學》，1996 年 3 月第 7 卷。

35. 翁洁：〈試論南明政權抗清的性質〉，《右江民族師專學報》1997 年 3 月第 10 卷。

36. 林觀潮：〈隱元禪師和南明抗清士人的關係〉，《韶關學院學報》2003 年 1 月第 24 卷第 1 期，頁 66-74。

37. 陳華林：〈南明地主降清集團的心理探究〉，《信陽師範學院學報》2003 年 4 月第 23 卷第 2 期。

38. 曹增友：〈耶穌會士與南明王朝基督化〉，《中西文化研究》2003 年 6 月。

39. 李建軍：〈孫可望、李定國等部農民軍與南明永曆朝廷關係考〉，《湖南師範大學社會科學學報》2003 年 9 月第 32 卷第 5 期。

40. 陳文源：〈西方傳教士與南明政權〉，《廣西民族學院學報》2003 年 11 月第 25 卷第 6 期。

41. 祝求是：〈南明馮京第日本乞師一次考〉，《寧波廣播電視大學報》2004 年 3 月第 2 卷第 1 期。

42. 陳華林：〈道德和利益的衝突——南明各社會群體複雜心態的原因探析〉，《信陽師範學院學報》2004 年 8 月第 24 卷第 4 期。

43. 吳元豐：〈南明時期中琉關係探實〉，《中國邊疆史地研究》2006 年第 12 卷第 2 期。

44. 張麗珠：〈「一代賢奸托布衣」——萬斯同之明史修撰與浙東史學的聯繫〉，《成大中文學報》2009 年 7 月。

45. 陳永明：〈從「爲故國存信史」到「爲萬世植綱常」——清初的南明史書寫〉，《新史學》2010 年 3 月第 21 卷第 1 期。

46. 孫景堯、龍超雲：〈天主教與南明永曆王朝關係蠡測——以安龍碑爲中心〉，《學術月刊》2010 年 9 月第 42 卷。

四、（南）明遺民文學研究（按照出版年月排序）

1. 余英時：《方以智晚節考》（臺北：允晨文化，1986 年）。

2. 潘重規：《亭林詩考索》（臺北：東大，1992年）。

3. 廖肇亨：《明末清初遺民逃禪之風研究》（臺北：國立臺灣大學中國文學研究所碩士論文，1994年）。

4. 廖肇亨：〈金堡『徧行堂集』による明末清初江南文人の精神樣式の再檢討〉，《日本中國學會報》1998年第51集。

5. 廖肇亨：〈金堡之節義觀與歷史評價探析〉，《中國文哲研究通訊》1999年12月第9卷第4期。

6. 林俊宏：〈南明盧若騰詩歌風格研析〉，《臺灣文獻》2003年9月第54卷第3期。

7. 王楚文：《明季僧人釋澹歸及其詞研究》（新竹：華梵大學東方人文與思想碩士論文，2003年）。

8. 嚴志雄（Lawrence C. H. Yim）：〈體物、記憶與遺民情境——屈大均一六五九年詠梅詩探究〉，《中國文哲研究集刊》2003年9月第21卷。

9. 嚴志雄（Lawrence C. H. Yim）：〈牢籠世界蓮花裡——錢謙益〈病榻消寒〉詩初探〉，《第四屆通俗文學與雅正文學研討會論文集》（臺中：中興大學中文系，2003年）。

10. 潘承玉：〈「更考遺民刪作伴，不須牛儈辱牆東」——清初「遺民錄」編撰與遺民價值觀傳播新考〉，《成大中文學報》第11期，2003年11月。

11. 謝明陽：《明遺民的「怨」「群」詩學精神——從覺浪道盛到方以智、錢澄之》（臺北：大安出版社，2004年）。

12. 吳盈靜：〈南明遺民流亡情境考察——以張蒼水其人其文爲例〉，《文學新鑰》2004年7月。

13. 潘承玉：《清初詩壇：卓爾堪與《遺民詩》研究》（北京：中華書局，2004年）。

14. 宋孔弘：《張煌言詩「亂離書寫」義蘊之研究》（臺北：師大國文系碩論，2005年）。

15. 孔定芳：〈明遺民的身分認同及其符號世界〉，《中國社會科學院研究生院學報》，2005年第3期。

16. 楊敦堯：《景象、記憶與遺民情境：龔賢《攝山棲霞圖》在清初金陵社會網絡中的意涵》（臺北：國立臺灣藝術大學造型藝術研究所碩士論文，2006年）。

17. 嚴志雄（Lawrence C. H. Yim）：Traumatic Memory, Literature and Religion in Wu Zhaoqian's Early Exile, *Zhongguo wenzhe yanjiu jikan*

中國文哲研究集刊（Bulletin of the Institute of Chinese Literature and Philosophy），No. 27（Sept. 2005）: 123-65。

18. 嚴志雄（Lawrence C. H. Yim）:〈自我技藝與性情、學問、世運——從傅柯到錢謙益〉，收入王璦玲主編:《明清文學與思想中之主體意識與社會》（臺北:中央研究院中國文哲研究所，2005 年）。

19. 嚴志雄（Lawrence C. H. Yim）: Political Exile and the Chan Buddhist Master: A Lingnan Monk in Manchuria during the Ming-Qing Transtion, Journal of Chinese Religions 33（2005）: 77-124。

20. 嚴志雄（Lawrence C. H. Yim）: "Qian Qianyi's Theory of Shishi during the Ming-Qing Transition"（錢謙益之「詩史」說與明清易鼎之際的遺民詩學），*Occasional Papers, Institute of Chinese Literature and Philosophy*, No. 1（2005）: 1-77。中央研究院中國文哲研究所《中國文哲論叢》第一號，頁 1-77。

21. 嚴志雄（Lawrence C. H. Yim）: "Loyalism, Exile, Poetry: Revisting the Monk Hanke", in Wilt Idema, Wai-yee Li, and Ellen Widmer, eds.,Trauma and Tr- ranscendence in Early Qing Literature（MA: Harvard University Asia Center, 2006), pp. 149-198。〔註3〕

22. 王學玲:〈是地即成土——清初流放東北文士之「絕域」紀游〉，《漢學研究》2006 年 12 月第 24 卷第 2 期。

23. 潘承玉:〈一個完整的南明文學觀〉，《學術論壇》2006 年第 9 期。

24. 林香伶:〈時代感懷與國族認同——柳亞子「南明書寫」研究〉，《政大中文學報》2006 年 6 月第 5 期。

25. 林香伶:〈鄉邦意識與族群復興——陳去病「南明書寫」研究〉，《東華人文學報》2007 年 1 月第 10 期。

26. 潘承玉:〈南明文學文獻的當代傳播考略〉，《西北師大學報》2007 年 9 月第 44 卷第 5 期。

27. 謝明陽:〈錢澄之的遺民晚景——以《田間尺牘》為考察中心〉，《臺灣學術新視野——中國文學之部（一）》（臺北:五南圖書出版股份有限公司，2007 年）。

28. 嚴志雄:〈陶家形影神:錢謙益的自畫像、反傳記行動與自我聲音〉，《臺灣學術新視野——中國文學之部（一）》（臺北:五南圖書出版股份有限公司，2007 年）。

29. 張智昌:《南方英雄的旅程:屈大均（1630-1696）自我形象釋讀》

〔註3〕此中文稿題為〈忠義、流放、詩歌——函可禪師新探〉，可參《千山詩集·導論》（臺北:中研院文哲所，2008 年），頁 1-56。

（新竹：清華大學中文所碩士論文，2007 年）。

30. 陳嚴坤：《明清之際北方儒學發展研究》（臺北：淡江大學中國文學所博士論文，2007 年）。

31. 王學玲：〈一個流放地的考察──論清初東北寧古塔的史地建構〉，《文與哲》2007 年 12 月第 11 期。

32. 廖肇亨：〈金堡之節義觀與歷史評價探析〉，《中國文哲研究通訊》1999 年第 9 卷第 4 期。

33. 廖肇亨：〈天崩地解與儒佛之爭：明清之際逃禪遺民價值系統的衝突與融合〉，《人文中國學報》2007 年 12 月第 13 期。

34. 王學玲：〈從鼎革際遇重探清初遣戍東北文士的出處認同〉，《淡江中文學報》2008 年 6 月第 18 期。

35. 郭瑞林：〈黃鐘大呂，末世強音──淺論南明詩〉，《湖南科技大學學報》2008 年 9 月第 11 卷第 5 期。

36. 李欣錫：《錢謙益明亡以後詩歌研究》（臺北：國立臺灣師範大學博士論文，2008 年）。

37. 李瑄：《明遺民群體心態與文學思想研究》（成都：巴蜀書社，2008 年）。

38. 黃毓棟：〈統而不正──對魏禧〈正統論〉的一種新詮釋〉，《漢學研究》2009 年 3 月第 27 卷第 1 期。

39. 胥若玫：《胡不歸？杜濬詩及其形象探析》（新竹：清華大學中文所碩士論文，2009 年）。

40. 劉威志：《明遺民錢澄之返鄉十年詩研究（1651-1662）》（臺北：東吳大學中文所碩士論文，2009 年）。

41. 嚴志雄（Lawrence C. H. Yim）：*The Poet-historian Qian Qianyi* (London and New York: Routledge, 2009)。

42. 大木康：〈順治十四年的南京秦淮──明朝的恢復與記憶〉，《文學新鑰》2009 年 12 月第 10 期。

43. 謝明陽：《雲間詩派的詩學發展與流衍》（臺北：大安出版社，2010 年 3 月）。

44. 嚴志雄：〈流放、帝國與他者──方拱乾、方孝標父子詩中的高麗〉，「行旅、離亂、貶謫與明清文學》專輯」，《中國文哲研究通訊》2010 年 6 月第 20 卷第 2 期。

45. 張暉：〈詩與史的交涉──錢澄之《所知錄》書寫樣態及其意涵之研究〉，「行旅、離亂、貶謫與明清文學》專輯」，《中國文哲研究通訊》2010 年 6 月第 20 卷第 2 期。

五、古籍專著（按照古籍時代排序）

1. 張亨：《詩經今注》（臺北：里仁書局，1981 年）。

2. 郭慶藩輯：《莊子集釋》（臺北：華正書局，1991 年）。

3. 〔宋〕洪興祖：《楚辭補注》（臺北：土城，頂淵出版，2005 年）。

4. 〔明〕張溥輯：《漢魏六朝百三名家集》（臺北：文津，1979 年）。

5. 〔清〕丁福保編纂：《全漢三國晉南北朝詩》（臺北：藝文，1975 年）。

6. 逯欽立輯校：《先秦漢魏晉南北朝詩》（臺北：木鐸，1983 年）。

7. 〔清〕嚴可均校輯：《全上古三代秦漢三國六朝文》（中文出版社，未注出版年月）。

8. 〔漢〕司馬遷：《史記》（四庫備要本，臺北：中華，1970 年）。

9. 張雙棣：《淮南子校釋》（北京：北京大學出版社，1997 年）。

10. 〔漢〕班固：《漢書》（四庫備要本，臺北：中華，1970 年）。

11. 〔唐〕房玄齡、褚遂良等奉勅撰：《晉書》（四庫備要本，臺北：中華，1970 年）。

12. 〔晉〕郭璞：《爾雅郭注》（四庫備要本，臺北：中華，1970 年）。

13. 徐震堮：《世說新語校箋》（北京：中華書局，2001 年）。

14. 〔梁〕庾信：《庾子山集》（臺北：中華書局四部備要本，1968 年）。

15. 〔梁〕蕭統編，〔唐〕李善注：《文選》（臺北：五南，1991 年）。

16. 〔唐〕姚思廉：《梁書》（臺北：新文豐，1975 年）。

17. 〔唐〕姚思廉：《陳書》（臺北：新文豐，1975 年）。

18. 〔清〕王琦注：《李太白全集》（臺北：九思出版，1979 年）。

19. 〔清〕仇兆鰲：《杜詩詳註》（臺北：里仁書局，1980 年）。

20. 〔唐〕柳宗元：《柳宗元集》（臺北：漢京文化，1982 年）。

21. 〔清〕王文誥，馮應榴輯注：《蘇軾詩集》（臺北：學海出版社，1985 年）。

22. 〔明〕萬壽祺、閻爾梅：《徐州二遺民集》（臺北：文海出版社，1967 年）。

23. 〔明〕王秀楚：《揚州十日記》、《嘉定屠城紀略》，《臺灣文獻史料叢刊》（臺北：大通書局，1987 年）。

24. 〔清〕孫靜庵：《明遺民錄》，周駿富輯，《清代傳記叢刊》（臺北：

明文書局，1985 年）。

25. 〔清〕余懷著，李金堂校注：《板橋雜記》（上海：上海古籍出版社，2000 年）。

26. 王鍾翰點校：《清史列傳‧貳臣傳》第二十冊（北京：中華書局，1987 年）。

27. 〔清〕屈大均：《廣東新語》（北京：中華出版，1985 年）。

28. 〔清〕王鴻緒等撰：《明史稿列傳》，周駿富輯《明代傳記叢刊》（臺北：明文書局，1991 年）。

29. 〔清〕錢曾著，謝正光箋校，嚴志雄編訂：《錢遵王詩集箋校增訂版》（臺北：中央研究院中國文哲研究所，2007 年）。

30. 〔清〕王士禛著，李毓芙、牟通、李茂肅整理：《漁洋精華錄集釋》（上海：上海古籍出版社，1999 年）。

31. 周興陸編：《漁洋精華錄匯評》（濟南：齊魯書社，2007 年）。

32. 〔清〕孔尚任著，王季思等校注：《桃花扇》（臺北：里仁，1996 年）。

33. 〔清〕全祖望著，朱鑄禹彙校集注：《鮚埼亭集外編》（上海：上海古籍出版社，2000 年）。

34. 〔清〕張其淦撰、祁正注，周駿富輯，《清代傳記叢刊‧明代千遺民詩詠》第 66 冊（臺北：明文書局，1985 年）。

六、今人專（編）著（按照出版年月排序）

1. 蘇雪林：《南明忠烈傳》（臺北：臺灣商務印書館，1969 年）。

2. 謝國楨：《明清之際黨社運動考》（臺北：臺灣商務印書館，1978 年）。

3. 謝國楨：《明末清初的學風》（臺北：仲信出版社，1981 年）。

4. 丁原基：《清代康雍乾三朝禁書原因之研究》（臺北：華正書局，1983 年）。

5. 鄧之誠：《清詩紀事初編》（上海：上海古籍出版社，1984 年）。

6. 余英時：《方以智晚節考》（臺北：允晨文化，1986 年）。

7. 錢仲聯：《夢苕盦詩話》（濟南：齊魯書社出版，1986 年）。

8. 錢仲聯編：《清詩紀事‧明遺民卷》（江蘇：江蘇古籍出版社，1987 年）。

9. 謝正光編著，王德毅校訂：《明遺民傳記資料索引》（臺北：新文豐，1990 年）。

10. 〔美〕牟復禮，〔英〕崔瑞德編：《劍橋中國明代史》上卷（北京：中國社會科學出版社，1992 年）。

11. 潘重規：《亭林詩考索》（臺北：東大出版，1992 年）。

12. 陳香編著：《晚唐詩人韓偓》（臺北：國家出版社，1993 年）。

13. 鍾嶸著、曹旭集注：《詩品集注》（上海：上海古籍出版社，1994年）。

14. 張榮芳、黃淼章著：《南越國史》（廣州：廣東人民出版社，1995年）。

15. 陳乃乾、陳洙輯：《徐闇公先生年譜》，《臺灣文獻叢刊》第 123 種（臺灣銀行經濟研究室編輯；台灣省文獻委員會出版，1997 年）。

16. 李德超：《嶺南詩史稿》（基隆：法嚴寺，1998 年）。

17. 嚴迪昌：《清詩史》（臺北：五南，1998 年）。

18. 趙園：《明清之際士大夫研究》（北京：北京大學出版社，1999年）。

19. 王文進：《南朝邊塞詩新論》（台北：里仁，2000 年）。

20. 吉川幸次郎：《中國詩史》（上海：復旦大學出版社，2001 年）。

21. 陳寅恪：《柳如是別傳》（北京：三聯書店，2001 年）。

22. 嚴迪昌：《清詩史》（杭州：浙江古籍，2001 年）。

23. 謝正光：《清初詩文與士人交遊考》（南京：南京大學出版社，2001年）。

24. 張錦忠：《南洋論述：馬華文學與文化屬性》（臺北：麥田出版，2003 年）。

25. Mike Crang 著，王志弘、余佳玲、方淑惠譯：《文化地理學 Cultural Geography》（臺北：巨流圖書公司，2003 年）。

26. 廖炳惠編：《關鍵詞》（臺北：麥田出版，2003 年）。

27. 〔美〕魏斐德（Frederic Wakeman）著，陳蘇鎮、薄小瑩等譯：《洪業——清朝開國史》（南京：江蘇人民出版社，2003 年）。

28. 徐興慶：《新訂朱舜水集補遺》（臺北：國立臺灣大學出版中心，2004 年）。

29. 陳繼龍：《韓偓事迹考略》（上海：上海古籍出版社，2004 年）。

30. 顧立誠：《走向南方——唐宋之際自北向南的移民與其影響》（臺北：國立臺灣大學出版委員會，2004 年）。

31. 謝明陽：《明遺民的「怨」「群」詩學精神：從覺浪道盛到方以智、錢澄之》（臺北：大安出版社，2004 年）。

32. 〔美〕梅爾清著、朱修春譯：《清初揚州文化》（上海：復旦大學出版社，2004年）。

33. 王璦玲：《晚明清初戲曲之審美構思與其藝術呈現》（臺北：中研院文哲所，2005年）。

34. 黃一農：《兩頭蛇：明末清初的第一代天主教徒》（新竹：清大出版社，2005年）。

35. 陳祖武編：《清初名儒年譜‧先公田間府君年譜（錢澄之)》（北京：北京圖書館出版發行：新華經銷，2006年。

36. 和辻哲郎著，陳力衛譯：《風土》（北京：商務印書館，2006年）。

37. 高洪鈞編：《明清遺書五種》（北京：北京圖書館，2006年）。

38. 趙園：《制度‧言論‧心態——明清之際士大夫研究續編》（北京：北京大學出版社，2006年。

39. 趙一凡、張中載、李德恩主編：《關鍵詞》（北京：外語教學與研究出版社，2006年）。

40. 大木康著，辛如意譯：《風月秦淮——中國遊里空間》（臺北：聯經出版，2007年）。

41. 王利民：《王士禛詩歌研究》（北京：中華書局，2007年）。

42. 陳芳明編：《臺灣文學的東亞思考——臺灣文學藝術與東亞現代性國際學術研討會論文集》（臺北：文建會，2007年）。

43. 張暉：《詩史》（臺北：臺灣學生，2007年）。

44. 廖美玉師：《回車：中古詩人的生命印記》（臺北：里仁書局，2007年）。

45. 王文進：《南朝山水與長城想像》（台北：里仁，2008年）。

46. 李孝悌：《昨日到城市：近世中國的逸樂與宗教》（臺北：聯經出版，2008年）。

47. 周煥卿：《清初遺民詞人群體研究》（上海：上海古籍出版社，2008年）。

48. 廖肇亨：《中邊‧詩禪‧夢戲：明末清初佛教文化論述的呈現與關懷》（臺北：允晨文化，2008年）。

49. 林香伶：《南社文學綜論》（臺北：里仁書局，2009年）。

50. 李有成、張錦忠主編：《離散與家國想像：文學與文化研究集稿》（臺北：允晨文化，2010年）。

51. 楊念群：《何處是江南？清朝正統觀的確立與士林精神世界的變異》（北京：三聯書店，2010年）。

52. 廖棟樑：《靈均餘影：古代楚辭學論集》（臺北：里仁書局，2010年）。

53. 龔顯宗、王儀君、楊雅惠主編：《移居、國家與族群》（高雄市：中山大學人社科學研究中心，2010年）。

54. 陳永明：《清代前期的政治認同與歷史書寫》（上海：上海古籍出版社，2011年）。

55. 嚴志雄：《秋柳的世界：王士禛與清初詩壇側議》（香港：香港大學出版社，2013年）。

七、專著論文（按照出版年月排序）

1. 陳寅恪：〈明季黔滇佛教考序〉，《陳援菴先生全集》（臺北：新文豐，1993年）。

2. 王汎森：〈清初士人的悔罪心態與消極行為——不入城、不赴講會、不結社〉，《國史浮海開新錄：余英時教授榮退論文集》（臺北：聯經出版事業公司，2002年）。

3. 王泰升：〈臺灣人民的「國籍」與認同——究竟我是哪一國人或哪裡的人？〉，《東亞視域中國籍、移民與認同》（臺北：國立臺灣大學出版中心，2005年）。

4. 王成勉：〈再論明末士人的抉擇——近二十年的研究與創新〉，《全球化下明史研究之新視野論文集》（三）（臺北：東吳大學歷史學系），2007年。

5. 廖美玉師：〈身與世的頡頏——吳梅村詩中的秦淮舊識〉，《近世文學國際學術研討會論文集‧清代文學與學術》（臺北：新文豐，2007年）。

6. 廖美玉師：〈反清復明與立國東瀛——鄭成功蹈海的兩岸詩情〉，《臺灣古典文學研究集刊》創刊號（臺北：里仁書局，2009年）。

7. 吳密察：〈鄭成功於閩南的抗清活動〉，陳益源主編：《閩南文化國際學術研討》（臺南：成大中文系，2009年）。

8. 陳春聲：〈16世紀閩粵交界地域海上活動人群的特質——以吳平的研究為中心〉，陳益源主編：《閩南文化國際學術研討會》（臺南：成大中文系，2009年）。

9. 王瓊玲：〈論清初劇作時空建構中所呈現之意識、認同與跨界現象〉，《空間與文化場域：空間移動之文化詮釋》（臺北：國家圖書館，2009年）。

10. 廖肇亨：〈以忠孝作佛事：明末清初佛門節義觀論析〉，鍾彩鈞主

編：《明清文學與思想中之情、理、欲》（臺北：中研院文哲所，2009 年）。

11. 曹淑娟：〈從寓山到寧古塔——祁班孫的空間體認與遺民心事〉，《空間與文化場域：空間移動之文化詮釋》（臺北：國家圖書館，2009 年 10 月）。

12. 龔顯宗：〈浩氣長吟天地間——論瞿式耜的精神與功業〉，龔顯宗、王儀君、楊雅惠主編：《移居、國家與族群》（高雄：中山大學人社科學研究中心，2010 年）。

八、期刊論文（按照出版年月排序）

1. 廖美玉師：〈中國古典詩歌中的自我放逐意識——由幾首「佳人」詩談起〉，《成大中文學報》第 1 期（1992 年 11 月）。

2. 林香吟：〈時代感懷與國族認同——柳亞子「南明書寫」研究〉，《政大中文學報》第 5 期（2006 年 6 月）。

3. 張蜀蕙：〈北宋文人飲食書寫的南方經驗〉，《淡江中文學報》第 14 期（臺北：淡江大學中文系，2006 年 6 月）。

4. 黃俊傑：〈論東亞遺民儒者的兩個兩難式〉，《臺灣東亞文明研究學刊》第 3 卷第 1 期，總第 5 期（2006 年 6 月）。

5. 陳美朱：〈「以意逆志」說在清初杜詩評註本中的實踐〉，《成大中文學報》第 15 期（2006 年 12 月）。

6. 王學玲：〈是地即成土——清初流放東北文士之「絕域」紀游〉，《漢學研究》第 24 卷第 2 期（2006 年 12 月）。

7. 施懿琳：〈憂鬱的南方——孫元衡《赤嵌集》的臺灣物候書寫及其內在情蘊〉，《成大中文學報》第 15 期（2006 年 12 月）。

8. 林香伶：〈鄉邦意識與族群復興——陳去病「南明書寫」研究〉，《東華人文學報》第 10 期（2007 年 1 月）。

9. 王學玲：〈一個流放地的考察——論清初東北寧古塔的史地建構〉，《文與哲》第 11 期（2007 年 12 月第 11 期）。

10. 廖肇亨：〈天崩地解與儒佛之爭：明清之際逃禪遺民價值系統的衝突與融合〉，《人文中國學報》第 13 期（2007 年 12 月）。

11. 王學玲：〈從鼎革際遇重探清初遣戍東北文士的出處認同〉，《淡江中文學報》第 18 期（2008 年 6 月）。

12. 蕭敏如：〈由「尊王」向「攘夷」的轉化——清初遺民士人《春秋》學中的民族意識〉，《臺北大學中文學報》第 5 期（2008 年 9 月）。

13. 黃毓棟：〈統而不正——對魏禧〈正統論〉的一種新詮釋〉，《漢學

研究》第 27 卷第 1 期（2009 年 3 月）。

14. 王璦玲：〈亂離與歸屬——清初文人劇作家之意識變遷與跨界想像〉，《文與哲》第 14 期（2009 年 6 月）。

15. 大木康：〈順治十四年的南京秦淮——明朝的恢復與記憶〉，《文學新鑰》第 10 期（2009 年 12 月）。

16. 蔡英俊：〈典故、意象與符號化的生活世界：關於明清詩文研究在方法上的思考〉，《清華中文學報・明清詩文特輯》（2009 年 11 月）。

17. 陳學霖：〈明朝「國號」的緣起及「火德」問題〉，《中國文化研究所學報》（2010 年 1 月）。

18. 黃語：〈論清初丁酉世盟高會〉，《深圳大學學報・人文社會科學版》第 27 卷第 2 期（2010 年）。

19. 廖美玉師：〈錢牧齋論學杜在建構詩學譜系上的意義〉，《文與哲》第 15 期（2010 年 4 月）。

20. 汪榮祖：〈文筆與史筆——論秦淮風月與南明興亡的書寫與記憶〉，《漢學研究》第 29 卷第 1 期（2011 年 3 月）。

21. 嚴志雄：〈流放、帝國與他者——方拱乾、方孝標父子詩中的高麗〉，「行旅、離亂、貶謫與明清文學》專輯」，《中國文哲研究通訊》第 20 卷第 2 期（2010 年 6 月）。

22. 廖美玉師：〈漫遊與漂泊——杜甫行旅詩的兩種類型〉，《臺大中文學報》第 33 期（2010 年 12 月）。

23. 廖美玉師：〈唐代江南〈諸曲〉的轉化、記憶與書寫〉，《文與哲》第 19 期（2011 年 12 月）。

24. 曹淑娟：〈江南境物與壺中天地——白居易履道園的收藏美學〉，《臺大中文學報》第 35 期（2011 年 12 月）。

25. 廖美玉師：〈浪跡窮荒——唐代詩人的邊境書寫與天下想像〉，《詩話學》第 11 輯（香港大學中文學院主編：臺中：文聽閣出版公司，2012 年）。

九、會議論文（按照出版年月排序）

1. 施懿琳：〈後殖民史觀詮釋臺灣古典文學的一個嘗試——以明鄭時期爲分析對象〉（臺南：成大臺文所舉辦臺灣文學史國際研討會，2002 年 4 月）。

2. 王璦玲：〈桃花扇底送南朝——論孔尚任劇作中之記憶編織與末世想像〉，《清代文學與學術：近世文學國際研討會論文集之三》（臺

北：新文豐出版社，2007 年）。

3. 廖美玉師：〈蹈海與立國──《全臺詩》所建構的東亞海洋詩學〉，《第五回東方詩話學會國際學術大會──東方詩學傳統與文化特性之現代性變容論文集》（韓國：韓國外國語大學校，2007 年 7 月 3-6 日）。

4. 嚴志雄：〈王士禛〈秋柳詩四首〉新探〉（臺北：臺灣大學中文系主辦物質與抒情學術研討會，文學典範的建立與轉化研究計畫，2009 年 10 月 16 日）。

5. 王璦玲：〈「實踐的過去」──論清初劇作中之末世書寫與遺民情結〉（臺北：中央研究院中國文哲研究所舉辦行旅、戰亂、貶謫與明清文學學術研討會，2009 年 12 月 3、4 日）。

十、碩博士論文（按照出版年月排序）

1. 廖美玉師：《錢牧齋及其文學》（臺北：臺灣大學博士論文，1983 年）。

2. 許淑敏：《南明遺民詩集敘錄》（臺南：國立成功大學歷史語言研究所碩士論文，1987 年）。

3. 王鴻泰：《流動與互動──由明清間城市生活的特性探測公眾場域的開展》（臺北：國立臺灣大學歷史學研究所博士論文，1998 年）。

4. 黃繼立：《「神韻」詩學譜系研究──以王漁洋為基點的後設考察》（臺南：國立成功大學中國文學研究所碩士論文，2002 年）。

5. 廖淑慧：《清初唐宋詩之爭研究》（嘉義：國立中正大學中國文學研究所博士論文，2003 年）。

6. 潘承玉：《南明文學研究》（廣州：中山大學「博士後研究出站報告」，2005 年）。

7. 郭秋顯：《海外幾社三子研究》（高雄：國立中山大學中國文學研究所博士論文，2007 年）。

8. 陳雅欣：《唐詩中的嶺南書寫研究》（臺南：國立成功大學中國文學研究所碩士論文，2008 年）。

9. 張智昌：《南方英雄的旅程：屈大均（1630-1696）自我形象釋讀》（新竹：國立清華大學中國文學系碩士論文，2008 年）。

10. 李欣錫：《錢謙益明亡以後詩歌研究》（臺北：國立臺灣師範大學國文研究所博士論文，2008 年）。

11. 高嘉謙：《漢詩的越界與現代性──朝向一個離散詩學（1895-1945）》（臺北：國立政治大學中國文學系博士論文，2008 年）。

12. 簡孝儒：《東晉南北朝淮水軍事戰略地位之研究》（臺南：國立成功大學歷史研究所碩士論文，2009 年）。

十一、外文譯著（按照出版年月排序）

1. 狄更斯著，齊霞飛譯：《雙城記》（臺北：志文出版社，1984 年）。

2. 班納迪克・安德森（Benedict Anderson）著，吳叡人譯：《想像的共同體：民族起義的起源與散佈》（臺北：時報文化，1999 年）。

3. 嚴志雄（Lawrence C. H. Yim）：Traumatic Memory, Literature and Religion in Wu Zhaoqian's Early Exile, *Zhongguo wenzhe yanjiu jikan* 中國文哲研究集刊（Bulletin of the Institute of Chinese Literature and Philosophy），No. 27（Sept. 2005）。

4. 嚴志雄（Lawrence C. H. Yim）："Qian Qianyi's Theory of *Shishi* during the Ming-Qing Transition"（錢謙益之「詩史」說與明清易鼎之際的遺民詩學），*Occasional Papers, Institute of Chinese Literature and Philosophy*, No. 1（2005）: 1-77。中央研究院中國文哲研究所《中國文哲論叢》第一號。

5. 〔英〕邁克、克朗（Mike Crang）著，楊淑華、宋慧敏譯：《文化地理學》（南京：南京大學出版社，2005 年）。

6. Wai-yee Li, "Introduction" In *Trauma and Transcendence in Early Qing Literatur*. Ed.Wilt L. Idema, Wai-yee Li, and Ellen Widmer.Cambridge, Mass.: Harvard University Asia Center, 2006）。

7. Tim Cresswell 著，徐苔玲、王志弘譯：《地方：記憶、想像與認同》（臺北：群學，2006 年）。

8. 嚴志雄（Lawrence C. H. Yim）：The Poet-historian Qian Qianyi（London and New York: Routledge, 2009）。